KB243729

안녕?
청춘 도쿄
in TOKYO

안녕?
청춘 도쿄

초판 1쇄 펴낸날 | 2011년 6월 10일

글 · 사진 | 수리
펴낸이 | 이금석
기획·편집 | 박수진
디자인 | 박서윤

펴낸곳 | 도서출판 무한
등록일 | 1993년 4월 2일
등록번호 | 제3-468호
주소 | 서울 마포구 서교동 469-19
전화 | 02)322-6144
팩스 | 02)325-6143
홈페이지 | www.muhan-book.co.kr
e-mail | muhanbook7@naver.com

가격 12,000원
ISBN 978-89-5601-283-4 (13800)

잘못된 책은 교환해 드립니다.

안녕? 청춘 도쿄

글 · 사진 **수리**

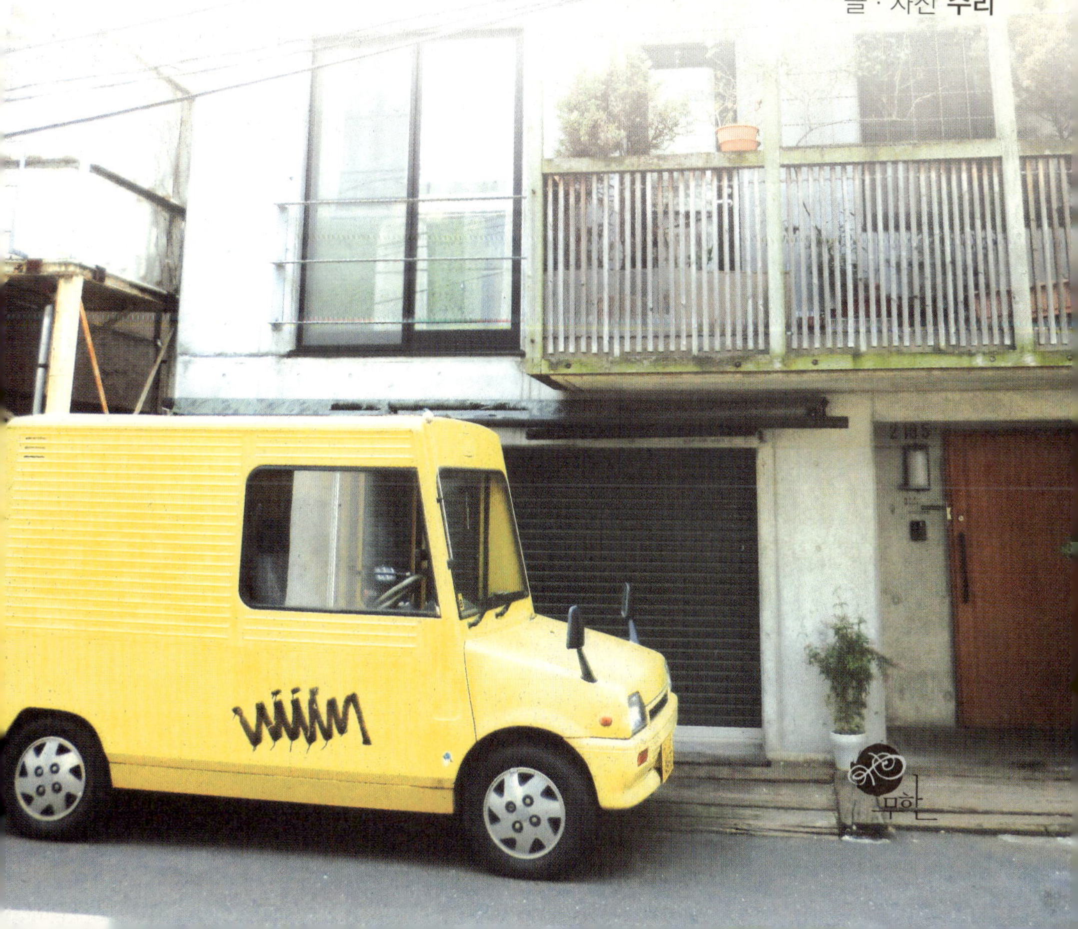

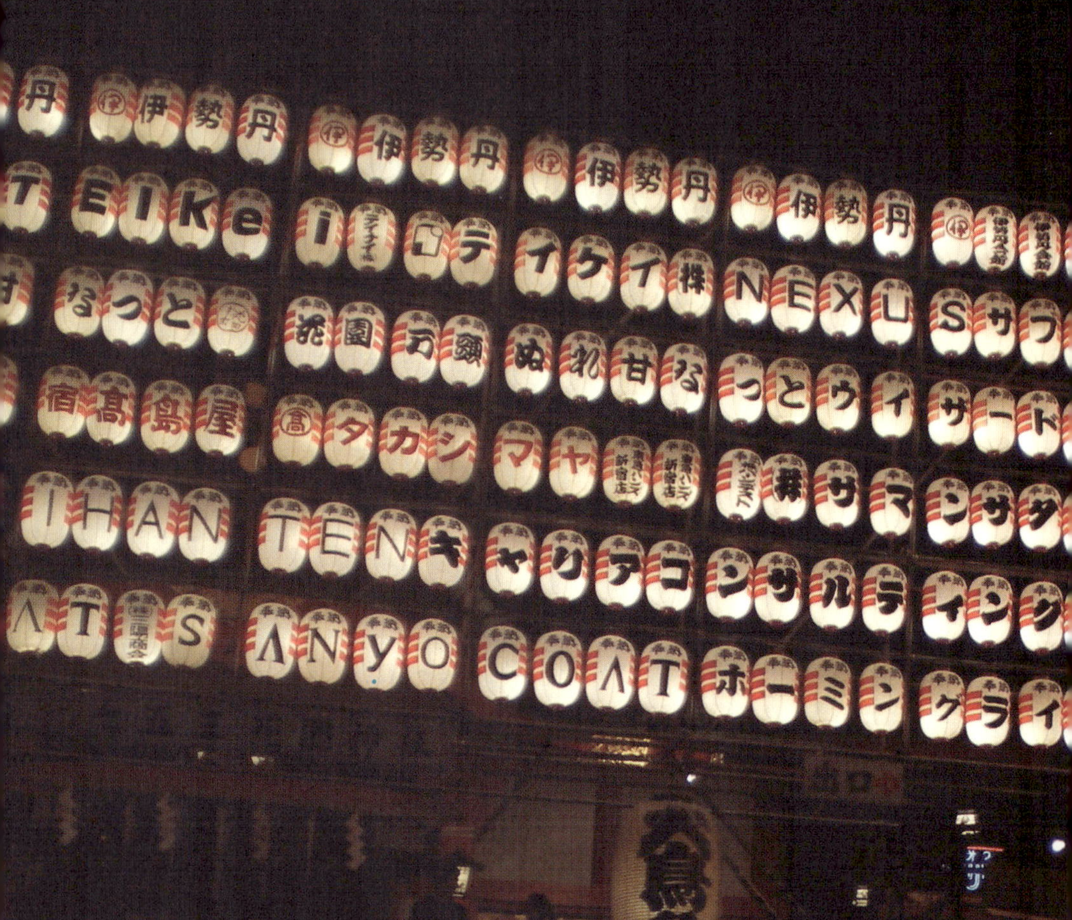

丹 伊 勢 丹 伊 勢 丹 伊 勢 丹 伊 勢 丹
TEIKEI テイケイ ロ テイケイ 株 NEXUS サフ
なつと 祇園万頭 ぬれ甘な つとウイ ザード
宿髙島屋 髙 タカシ マヤ サマンザダ
IHAN TEN キャリアコンサルティン
ATS ANYO COAT ホーミングライ

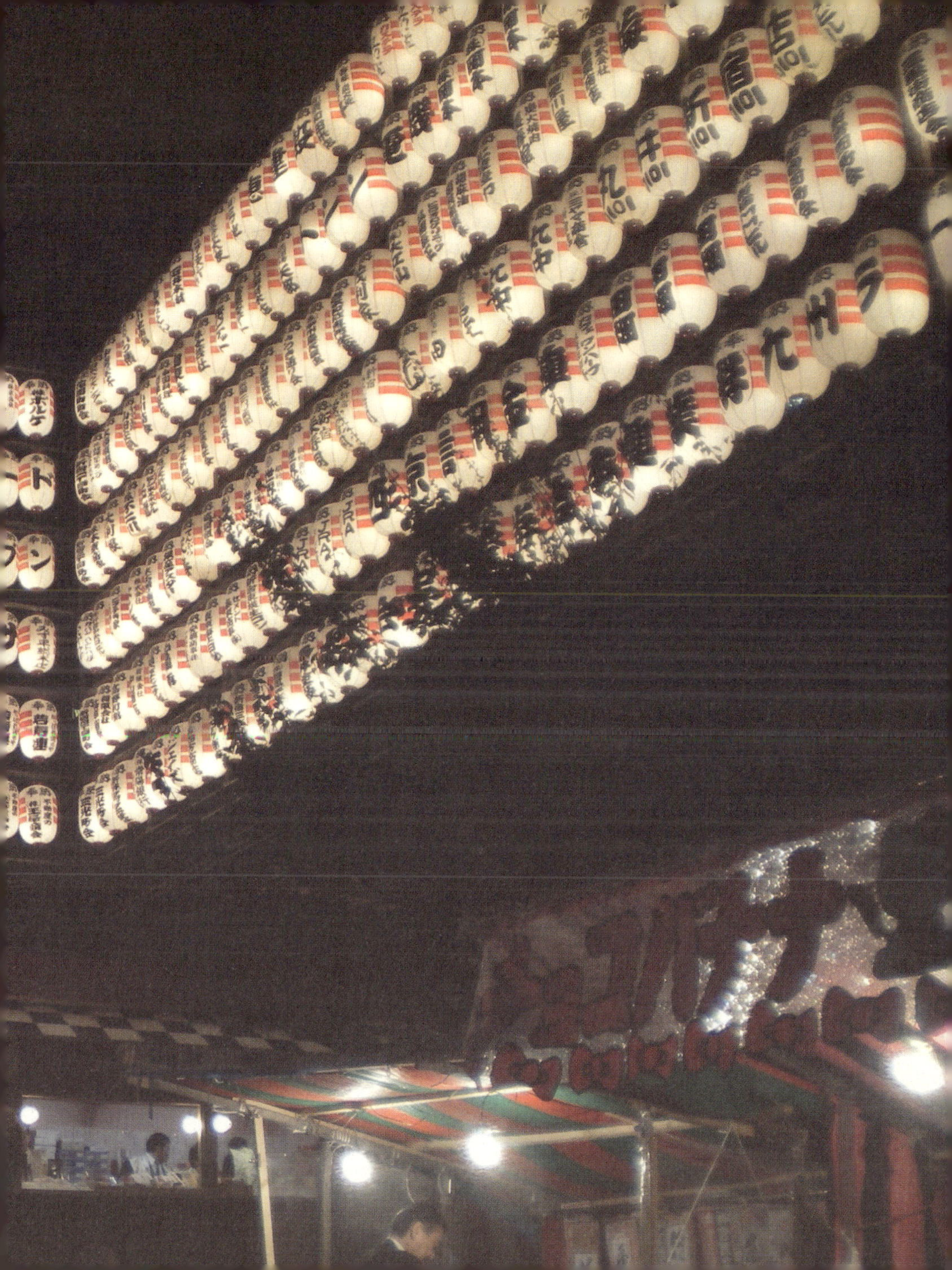

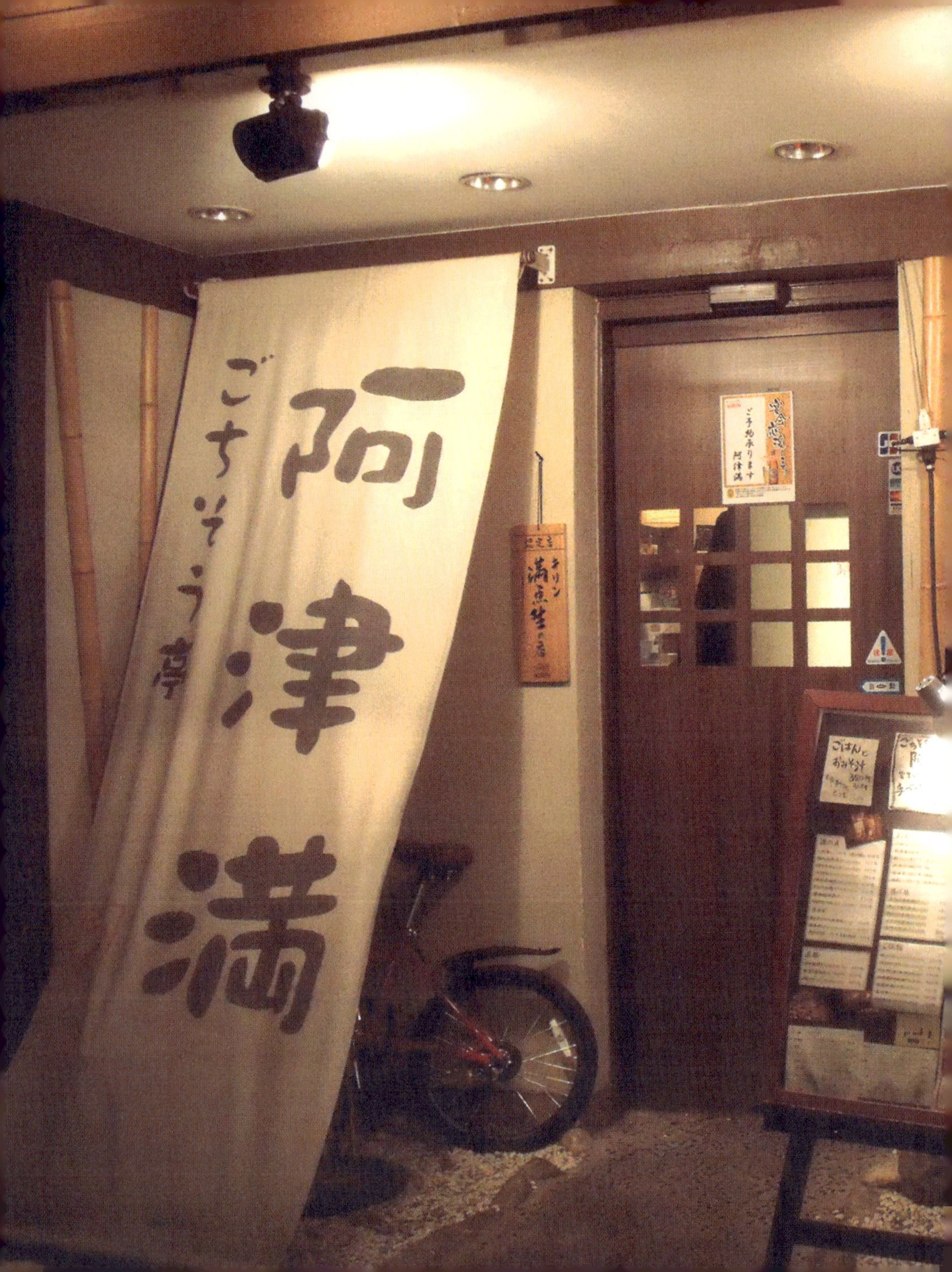
阿津満
ごちそう亭
キリン
満点生の店

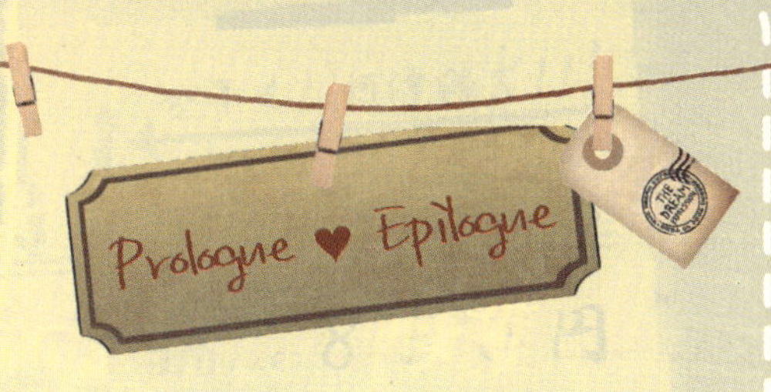

　이 책에 소개된 글들은 세상에서 가장 짧은 시 '하이쿠' 이다. 일본 고유의 단시로 하이쿠가 문학의 한 장르로 완성된 것은 300여 년 전이다. 그동안 하이쿠는 전세계로 퍼져나가 많은 학자들과 작가들을 매료시켰다.

　일본인들 중에도 하이쿠를 제대로 해석하는 사람은 흔치 않다. 그래서 주석을 읽으면 혼란이 가중되는 경우도 허다하다. 그만큼 한 단어 한 단어에 많은 뜻이 함축적으로 내포되어 있는 것이다. 당시 작가들은 글의 극적인 감동을 끌어내는데 '한 줄도 너무 길다' 는 생각을 했었던 것 같다.

　일본인들은 줄이고 또 줄이는 축소지향적인 삶을 즐긴다. 일본의 음식과 집 그리고 환경적인 요소가 바로 하이쿠를 대변한다. 더 작게 더 조밀하게 더 세밀하게 ―. 따라서 하이쿠를 이해하려면 먼저 일본이라는 나라를 이해하지 않으면 안 된다. 잘못하면 저자의 의도와는

다른 허울만 좋은 글이 될 수도 있기 때문이다.

처음 집필을 시작했을 때 원문을 직역하고, 행여 작가의 의도를 놓칠까 염려하면서 글을 다듬어 갔다. 어느 정도 완성이 되었을까?

초안을 잡고 보니, 철학적인 것은 고사하고 스스로도 '뭐, 이런 시가 다 있어?' 라는 생각이 들 정도였다. 뭔가 '감'이 잡히지 않아 막막했다. 수많은 하이쿠를 테이블 위에 펼쳐놓고 퍼즐게임을 하듯 생각에 잠겼다.

그러던 어느 날, 자다가 벌떡 일어나 신들린 사람처럼 "바로 그거야!" 하고 소리쳤다. 번역은 제2의 창작이라고 했던가? 최대한 작가의 의도를 해치지 않되, 이 책의 존재 이유와 한국의 정서를 고려하며 윤문해 나갔다.

여기에 실린 대표적인 하이쿠 작가들은 나쯔메 쇼우세키, 사토우 고우카, 고바야시 잇샤, 마쯔오 하시요우, 단 다카이 등이다. 또 하이쿠와 다음 하이쿠를 연결하면서 나의 생각과 느낌을 적어 내려갔다. 하이쿠의 '진정한 맛'을 알기도 전에 '시(詩)'라는 딱딱함과 거부감을 먼저 접하지 않길 바라면서—.

　마지막으로 이 책을 덮는 순간 독자들이 뭔가 마음이 울컥하는 것을 느꼈으면 더 바랄 것이 없다. 이 바람이 욕심이라면 최소한 독자들이 바쁜 세상 잠시 숨 돌리고 생각에 잠겨볼 수 있게 만드는 책이라면 좋겠다. 혼탁한 마음에 잠시라도 맑고 깨끗한 공기를 불어넣을 수 있다면―.

　삶에 있어 사실적인 묘사가 철학을 만들고, 역사를 만들고 결국 인생을 만드는 것이다. 여기에 실린 글들이 마치 허공을 가로지르는 허황된 것이 결코 아니기를 바라면서 이만 접는다.

―도쿄에서 수리

Youth...

Tokyo Street

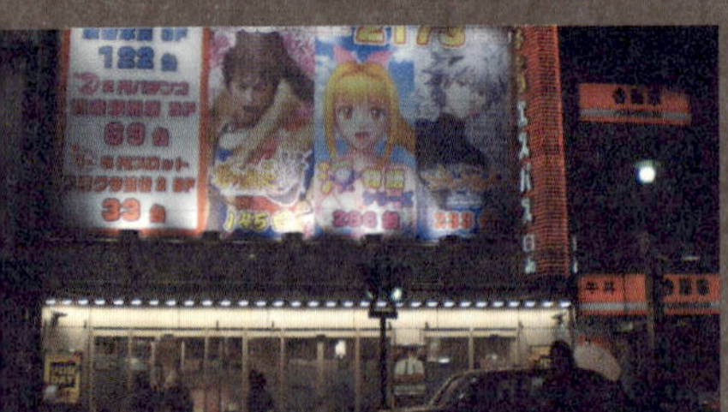
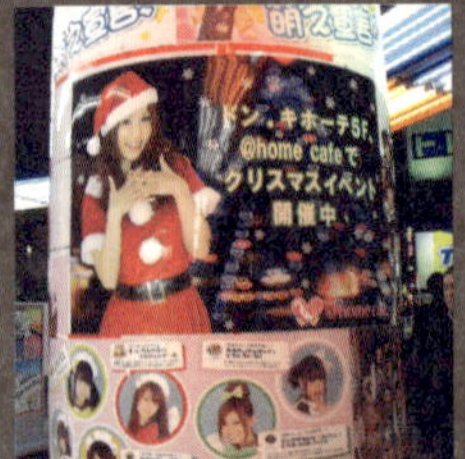
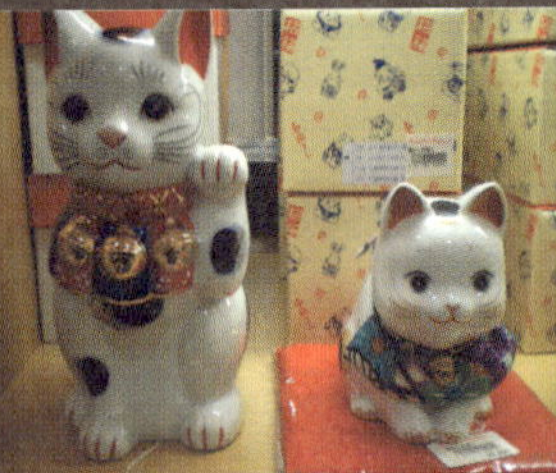
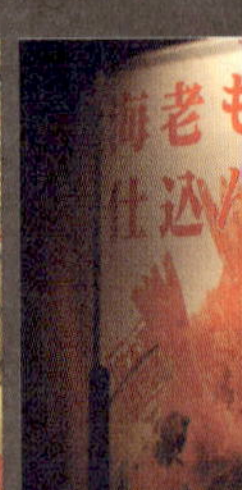

• CONTENTS •

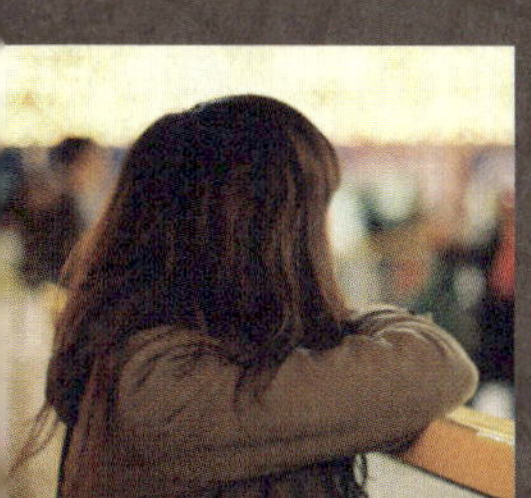
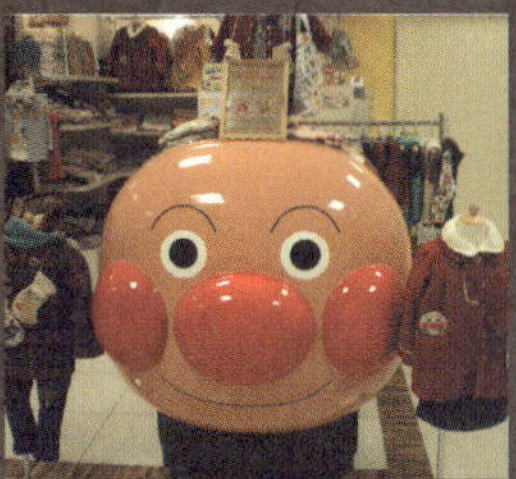
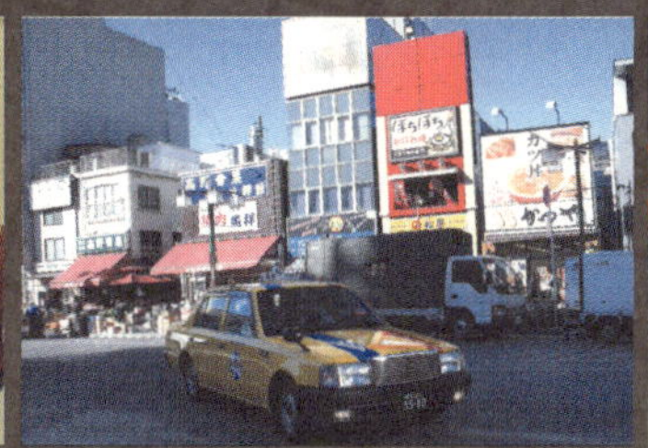
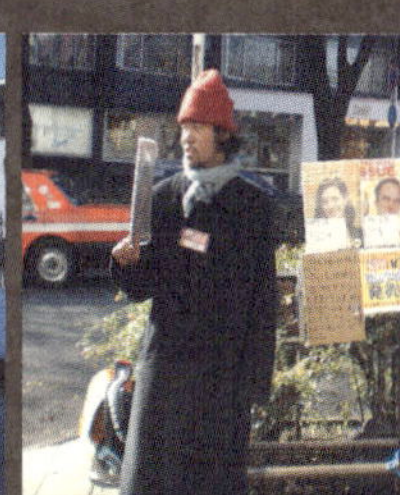

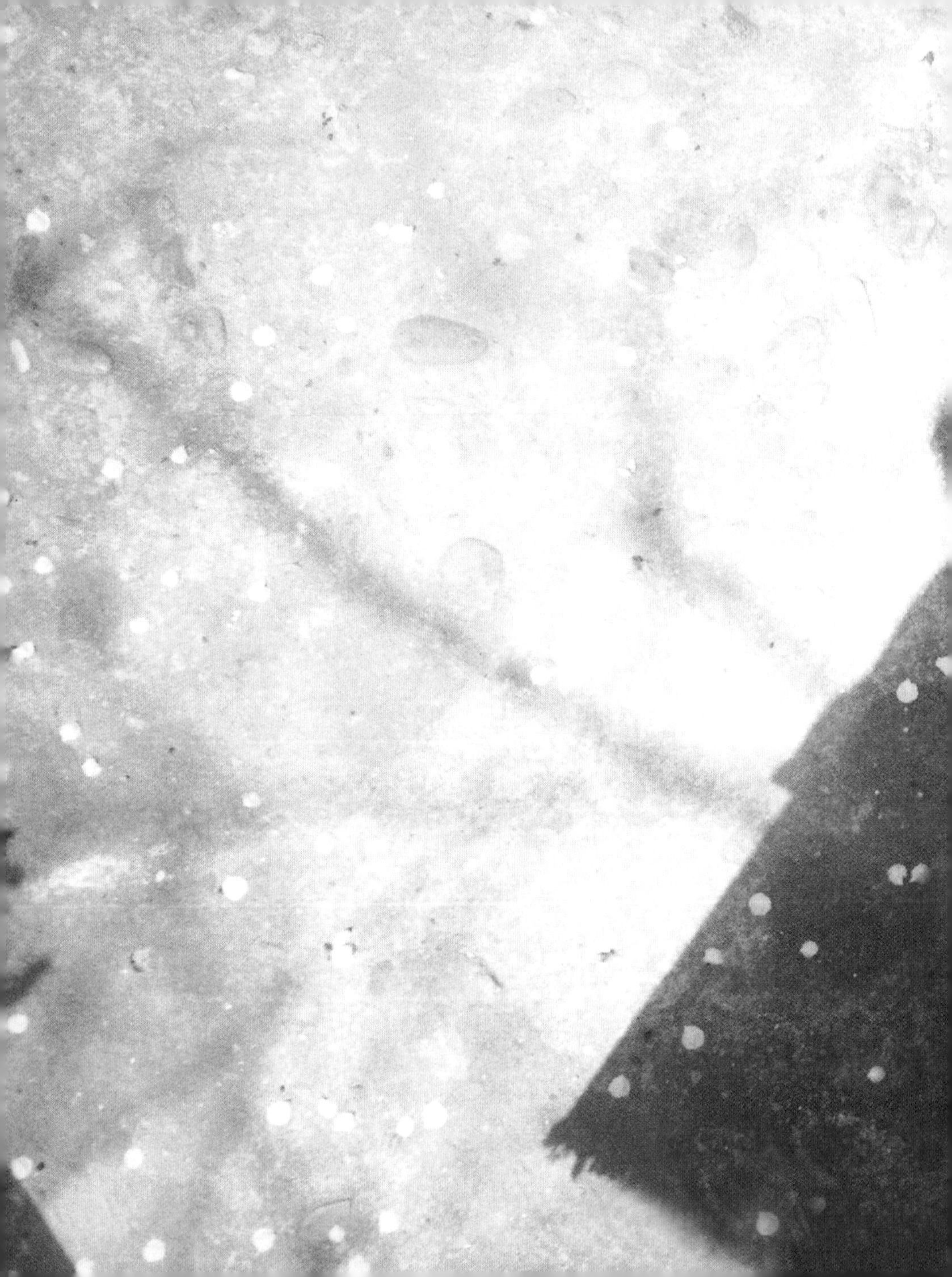

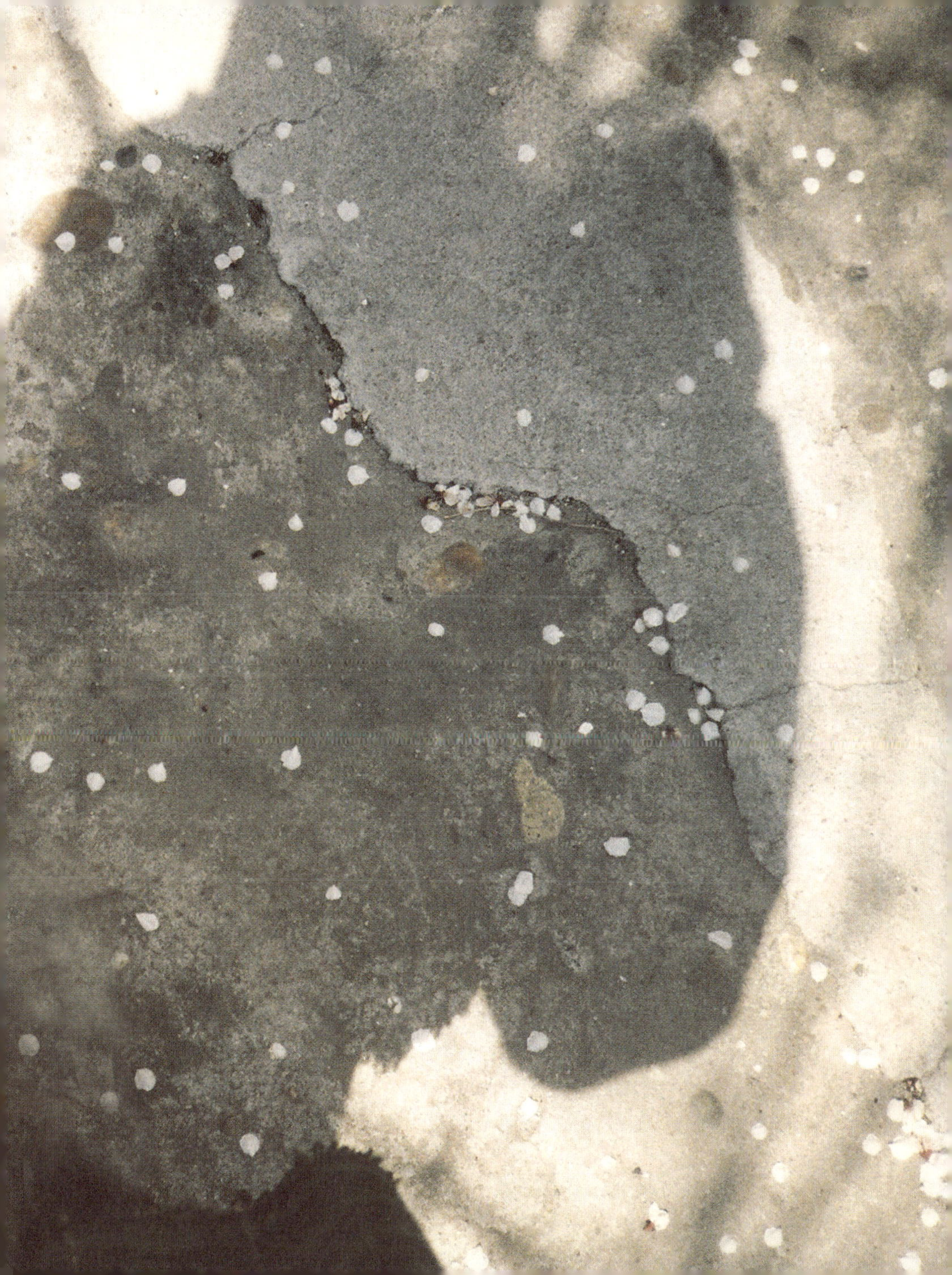

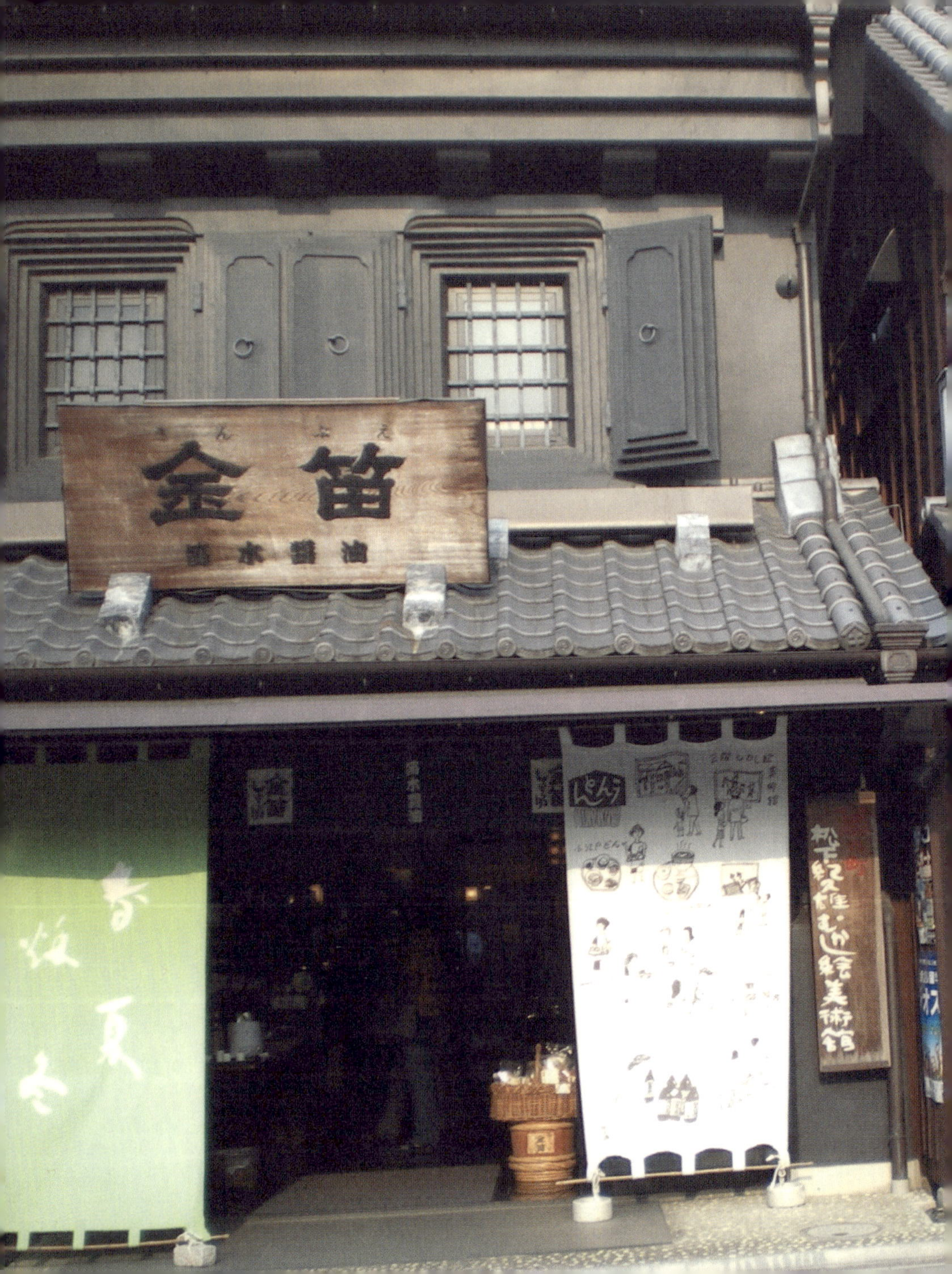

きんぶえ
金笛
清水醤油
松本紀宝むけ絵美術館

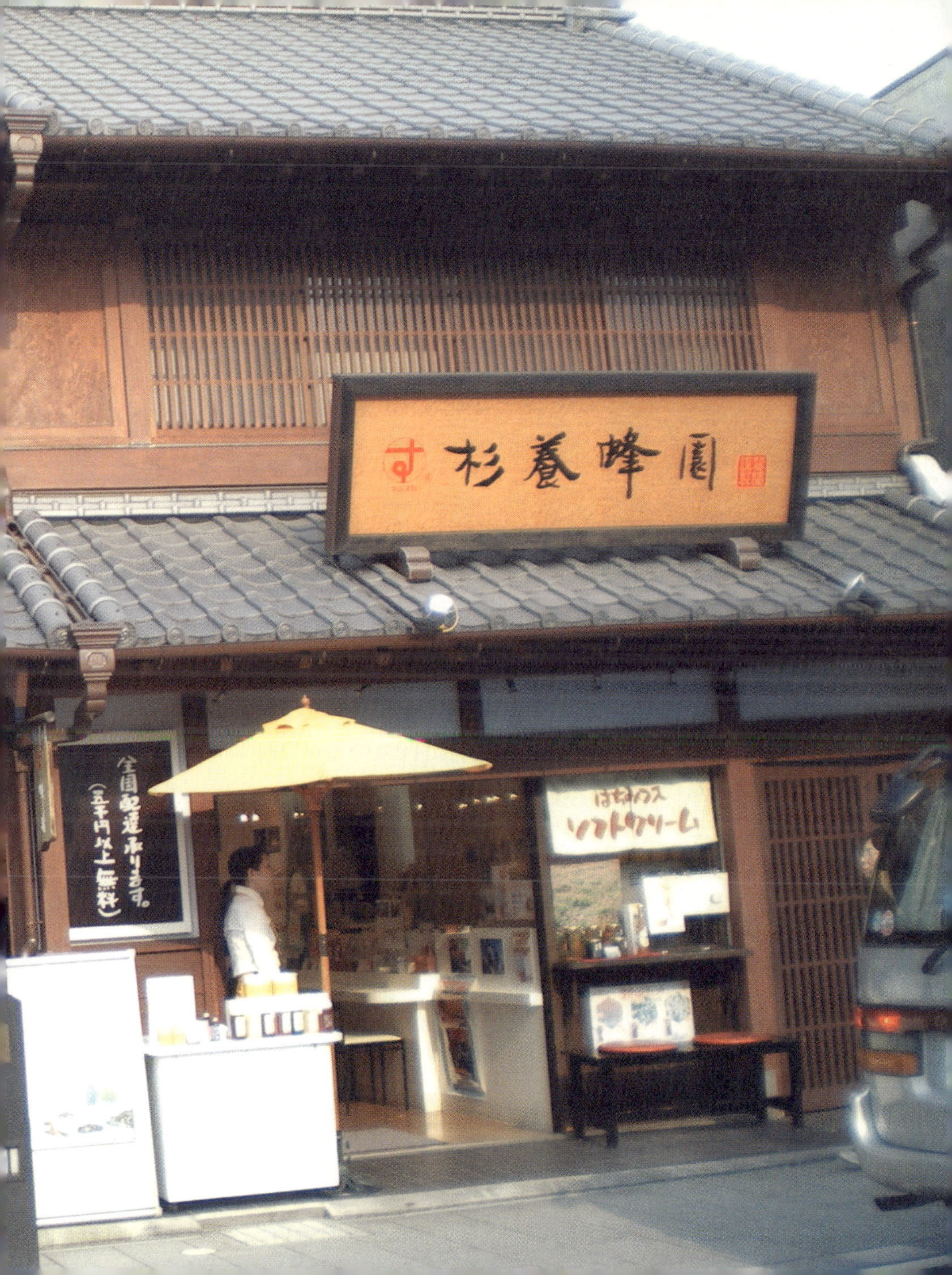
杉養蜂園
全国配達承ります。
（五千円以上無料）
はちみつ
ソフトクリーム

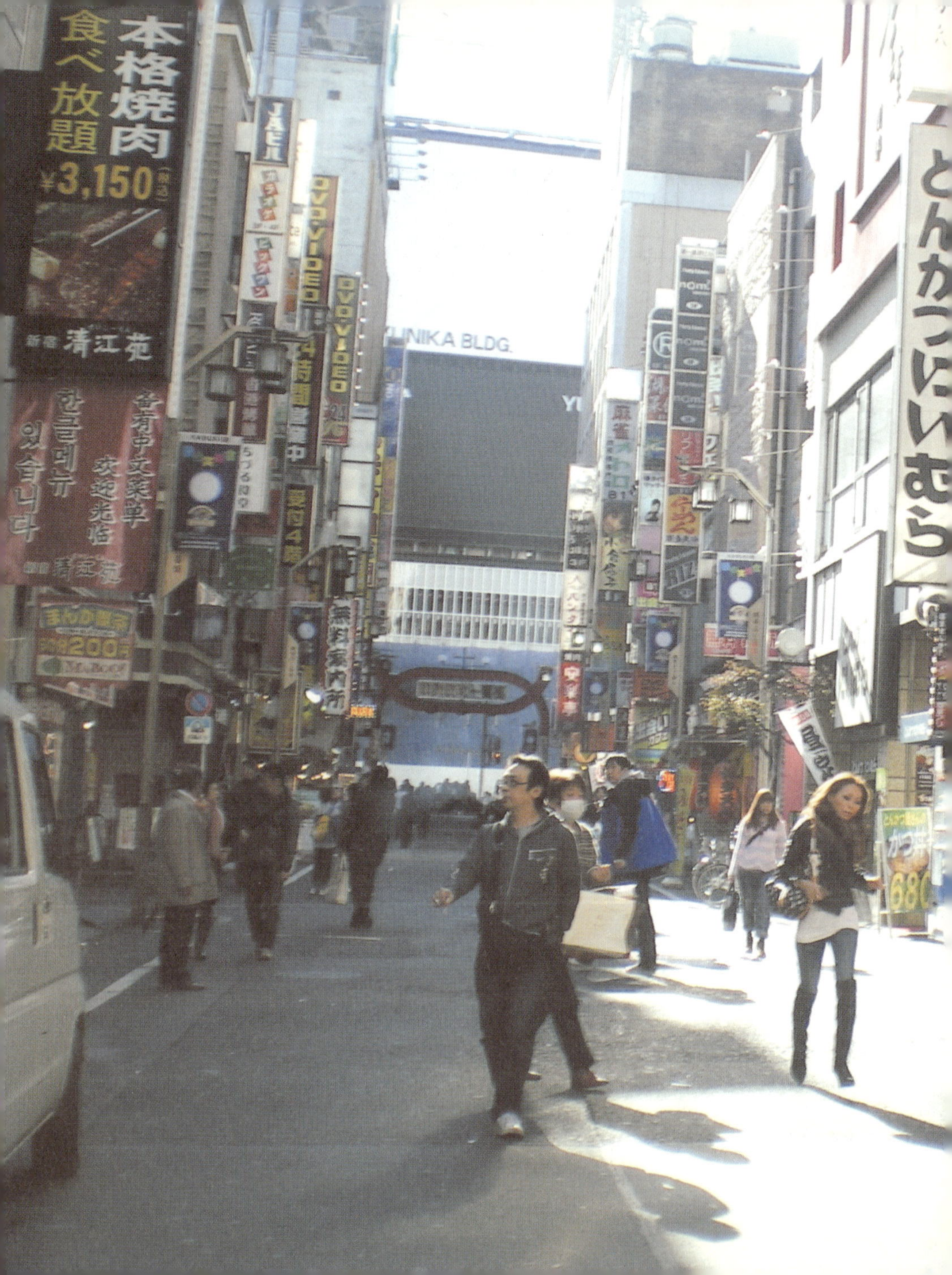

本格焼肉
食べ放題
¥3,150（税込）
新宿 清江苑
DVD VIDEO
YUNIKA BLDG.
とんかついむら
かつ丼
680

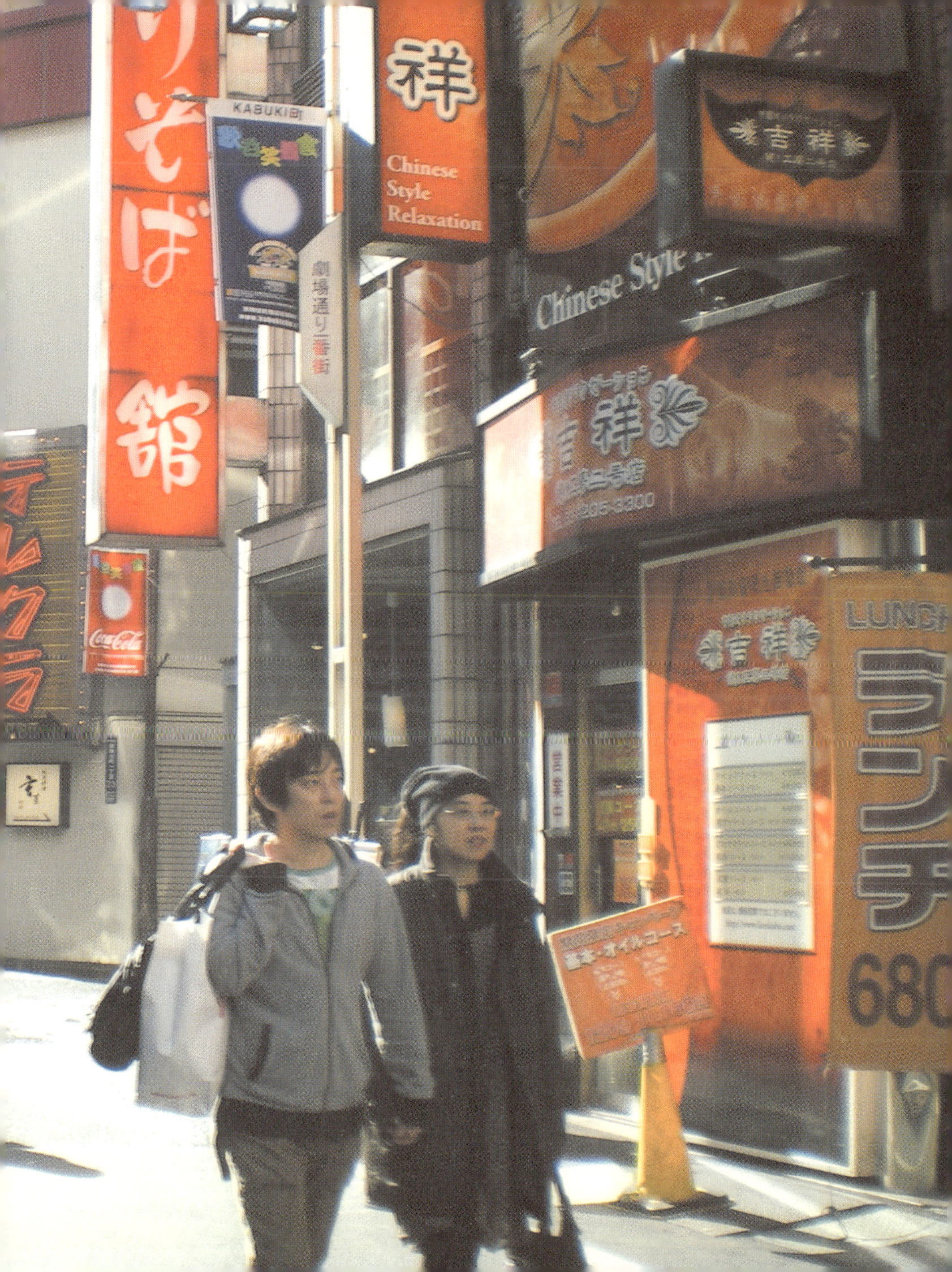
りそば館
祥
Chinese
Style
Relaxation
KABUKIBI
歌舞伎
劇場通り一番街
Chinese Style
吉祥
Coca-Cola
Chinese Style
吉祥
205-3300
吉祥
LUNCH
ランチ
基本・オイルコース
680

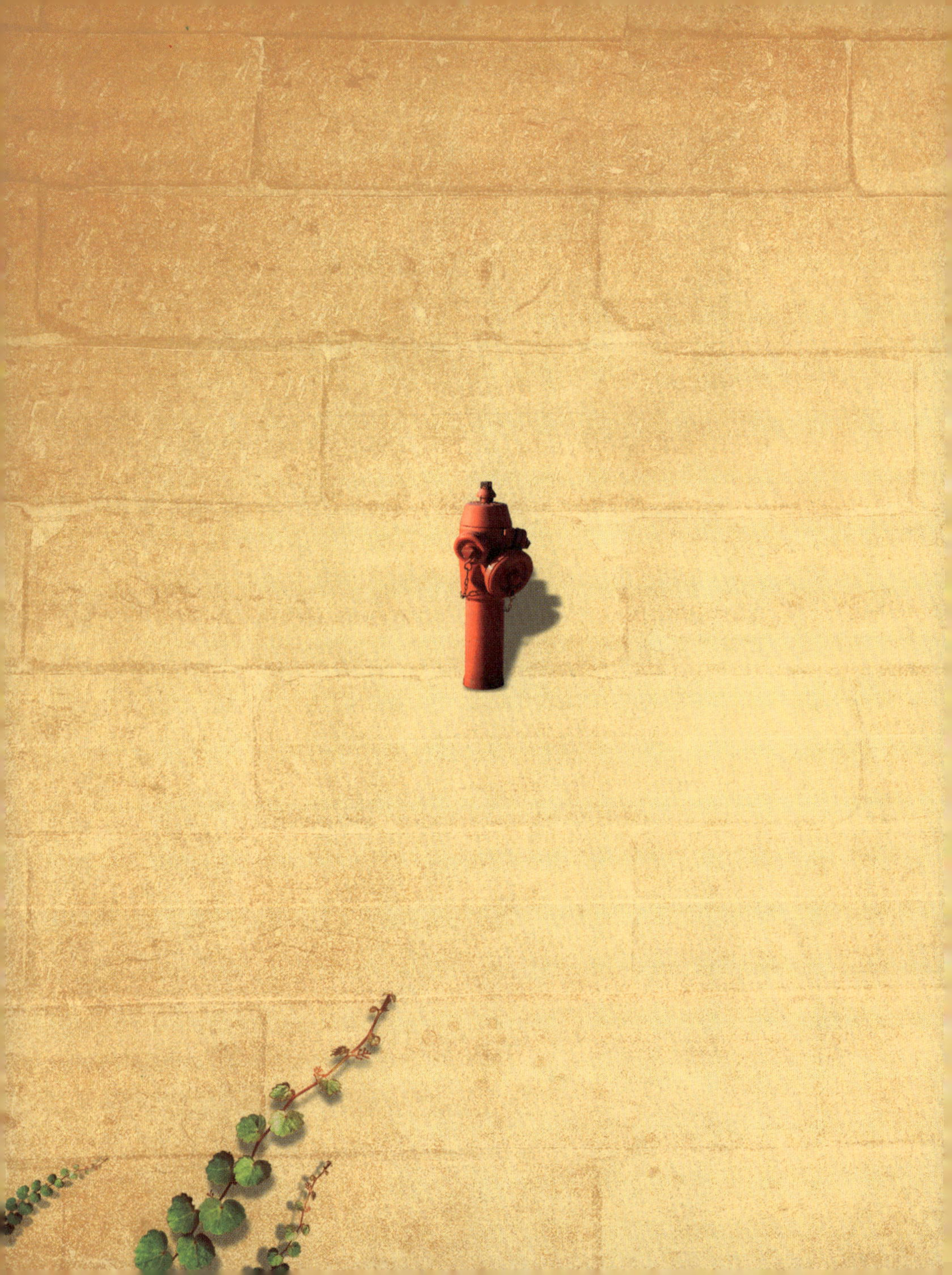

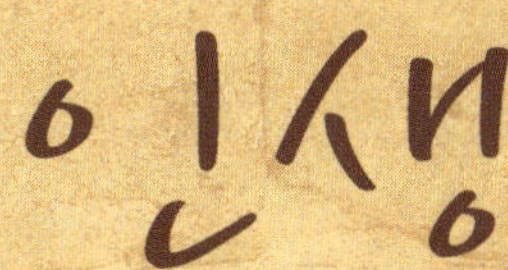

인생

인생은 진행형이다.
결코 완성형이거나 완료형이 아니다.
누가 감히 함부로 인생이란
어떤 것이라고 논할 수 있는가.
수많은 철학자들이 뇌까린 인생론도
시대에 따라 변질되고 변형되기 일쑤 아닌가.

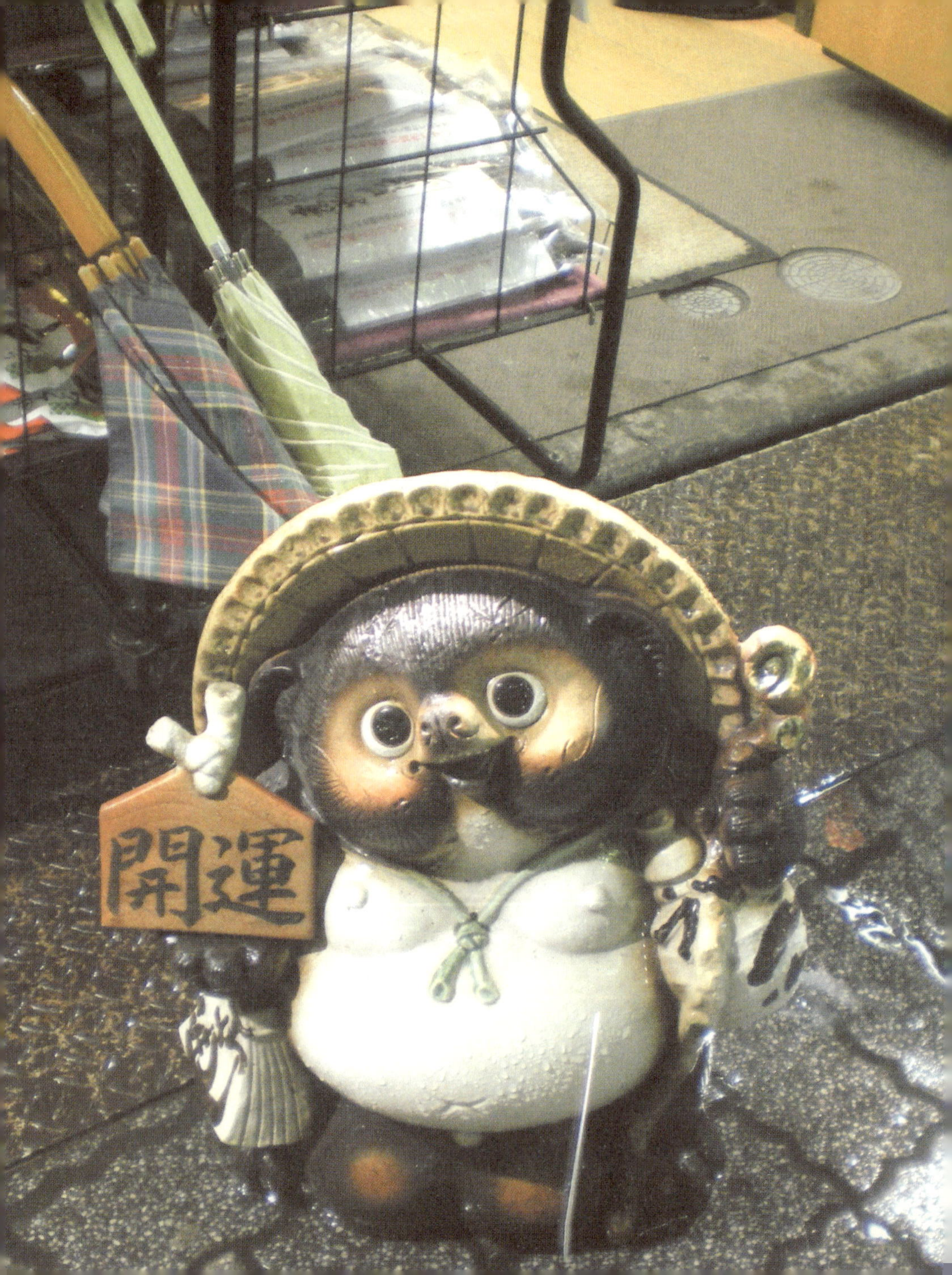

開運

인생은 너무 고요하거나 평화로우면 재미가 없는 법이다.

소설을 보더라도 기승전결이 있어야 하는데 가령 예를 들어 '얼굴도 예쁘고 마음씨도 비단결에 돈도 많은 공주가 살았습니다. 그 공주는 이웃 나라의 왕자와 결혼하여 행복하게 잘 살았더랍니다' 라고 한다면 이내 유치원생들도 시시하다고 할 것이다.

그렇다고 자기 인생이 파란만장하거나 우여곡절이 있기를 바라는 사람은 없다. 불행이라는 녀석을 요리조리 피해 다니기 바쁘다.

그래서 새해만 되면 장안의 용하다는 점집도 찾아다니고, 서점에서 토정비결 책도 한 권쯤 구입하지만, 자기 인생을 딱히 꼬집어 말해줄 수 있는 것은 세상 어디에도 없으며 그나마 나 자신밖에 믿을 게 없다는 것을 서서히 아주 서서히 알게 된다. 그럼에도 불구하고 미래를 조금이라도 알고 싶은 것이 사람의 마음이다.

또 친구가 신상 명품백을 샀고, 차를 새로 뽑고 등등의 소소한 질투와 경쟁심을 버릴 수 없는 것 또한 우리네의 인생인 것이다.

별 보고 출근했다가 별 보고 퇴근, 월급이 나오기 무섭게 빠져나가는 카드 고지서, 별것도 아닌 일로 트집 잡는 애인 등 이러한 우리들의 모습은 소금에 절여진 생선과 많이 닮아있다.

그래서 애꿎은 남의 장례식에 분통 터지는 마음으로 울어 젖히는 현대인들은 가슴 시원하게 대변할 그 무엇을 오늘도 기다린다.

인생은 진행형이다.
결코 완성형이거나
완료형이 아니다.

누가 감히 함부로 인생이란
어떤 것이라고 논할 수 있는가.
수많은 철학자들이 뇌까린
인생론도 시대에 따라 변질되고
변형되기 일쑤 아닌가.

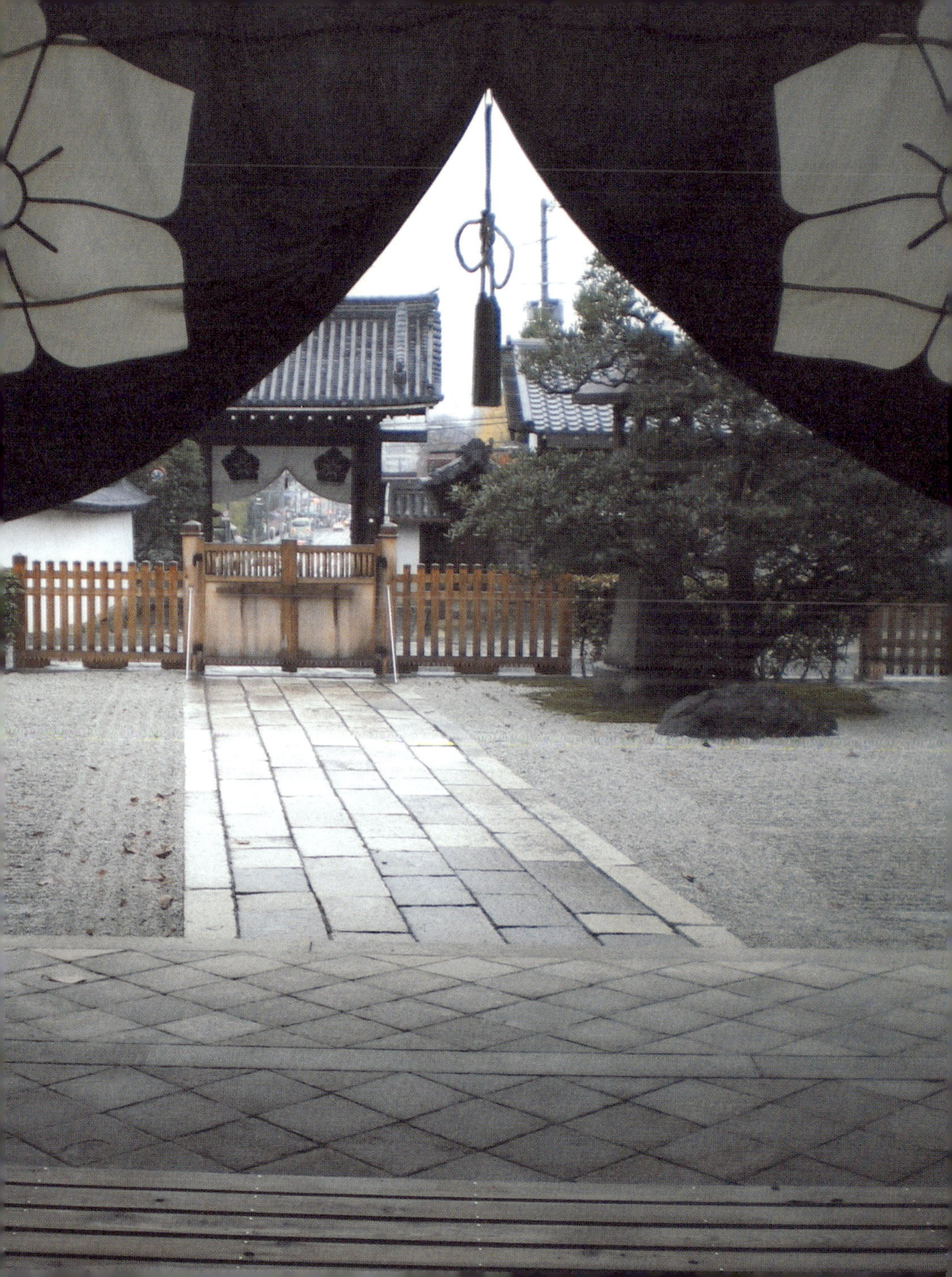

여행을 떠나라.
하늘을 나는 새처럼
바닷속의 물고기처럼
자유롭게 ─.

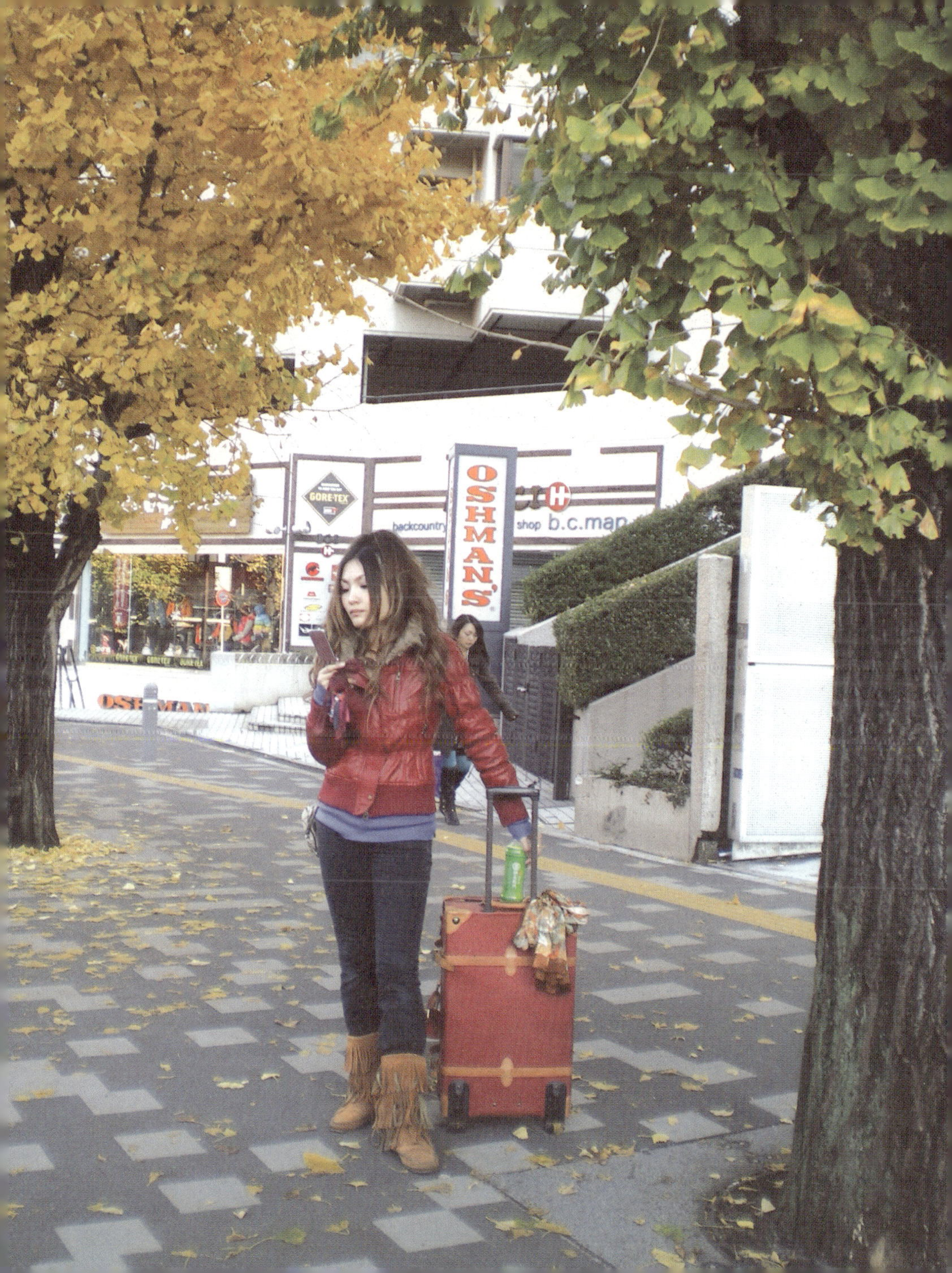

GORE-TEX
OSHMAN'S
backcountry   shop b.c.map
OSHMAN

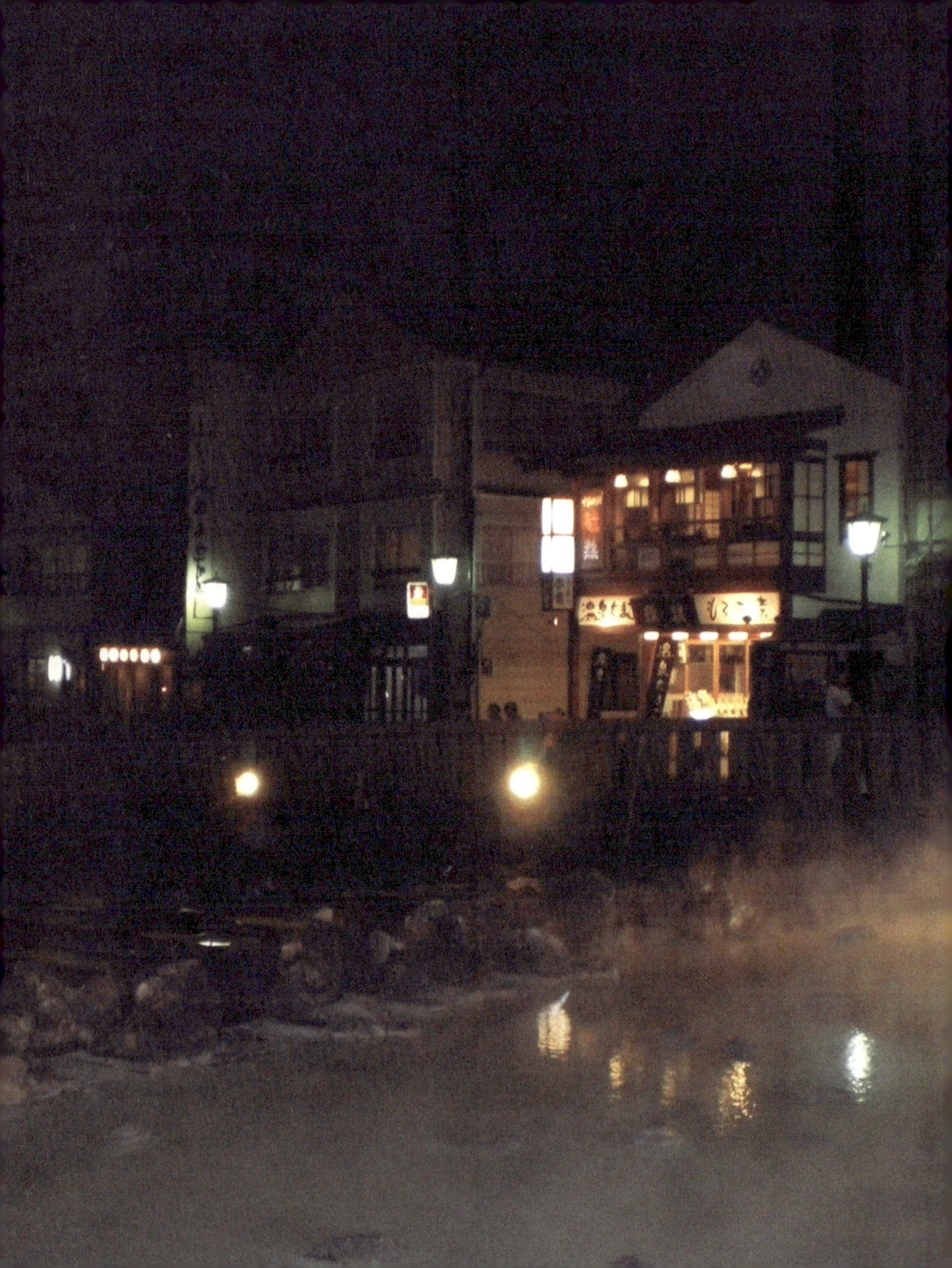

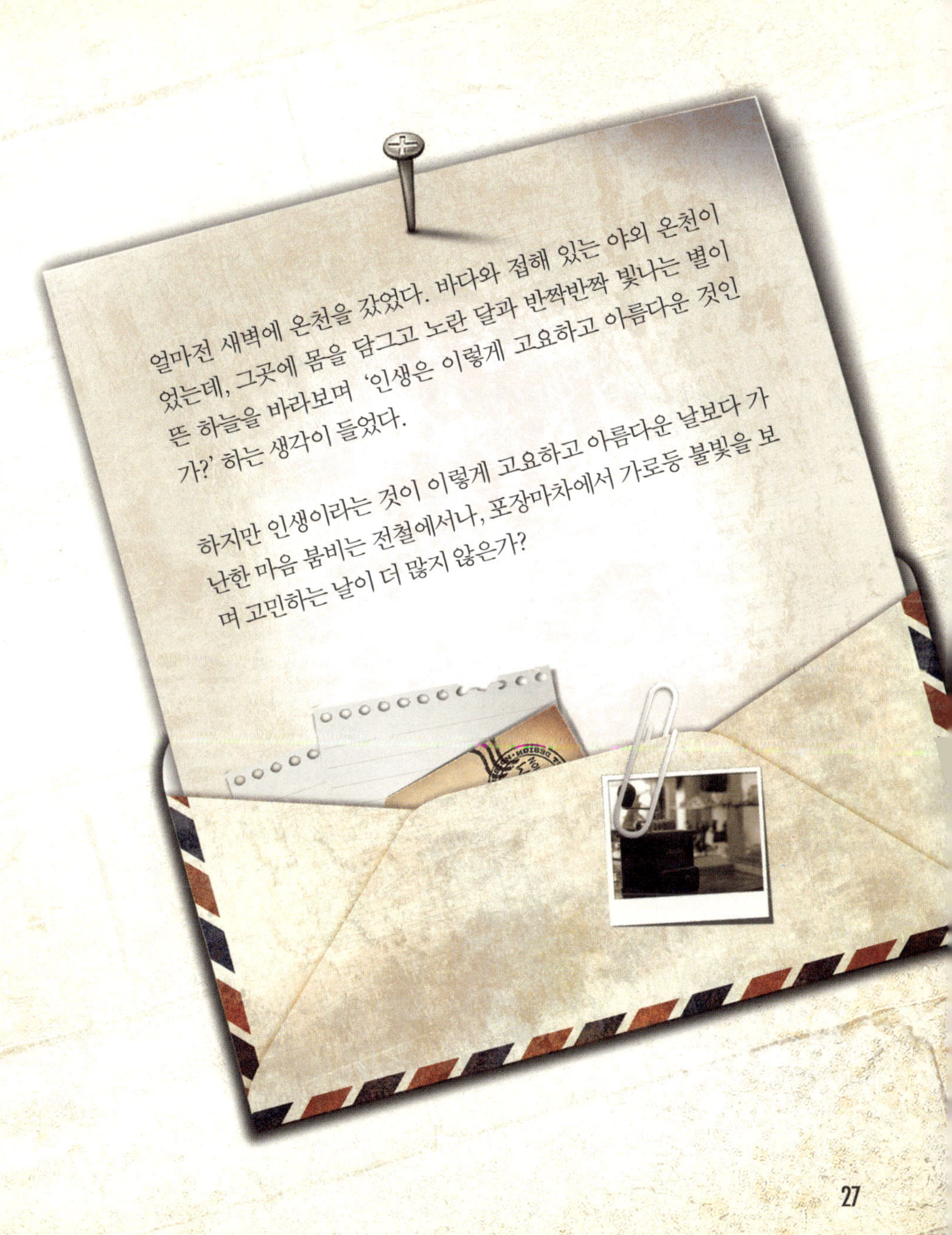

얼마전 새벽에 온천을 갔었다. 바다와 접해 있는 야외 온천이
었는데, 그곳에 몸을 담그고 노란 달과 반짝반짝 빛나는 별이
뜬 하늘을 바라보며 '인생은 이렇게 고요하고 아름다운 것인
가?' 하는 생각이 들었다.

하지만 인생이라는 것이 이렇게 고요하고 아름다운 날보다 가
난한 마음 붐비는 전철에서나, 포장마차에서 가로등 불빛을 보
며 고민하는 날이 더 많지 않은가?

높이 올랐다
생각하고 왔건만,
아직도 산이
올려다 보이네.

나른한 태양아래에서,
무릎까지 쌓인 눈밭에서
인생이 무겁다.
인생이 무겁다.
매우 무겁다고 느낀다.

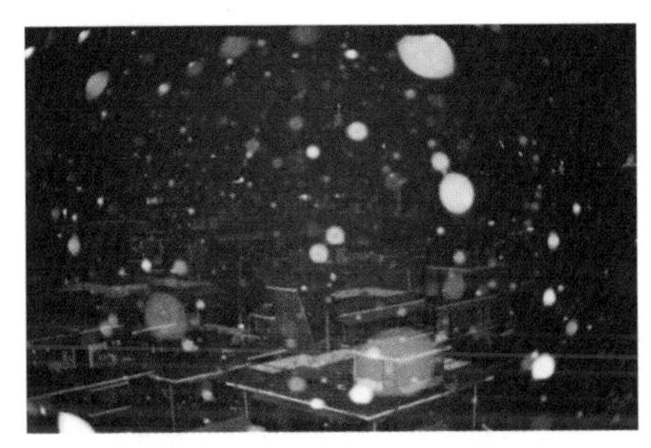

살다 보면 모든 걸 내려놓는 것이
하나라도 더 들고 있기 위해 애쓰는 것보다
더 쉬워 보일 때가 있다.
그래, 잠시만 아주 잠시만 내려놓자.

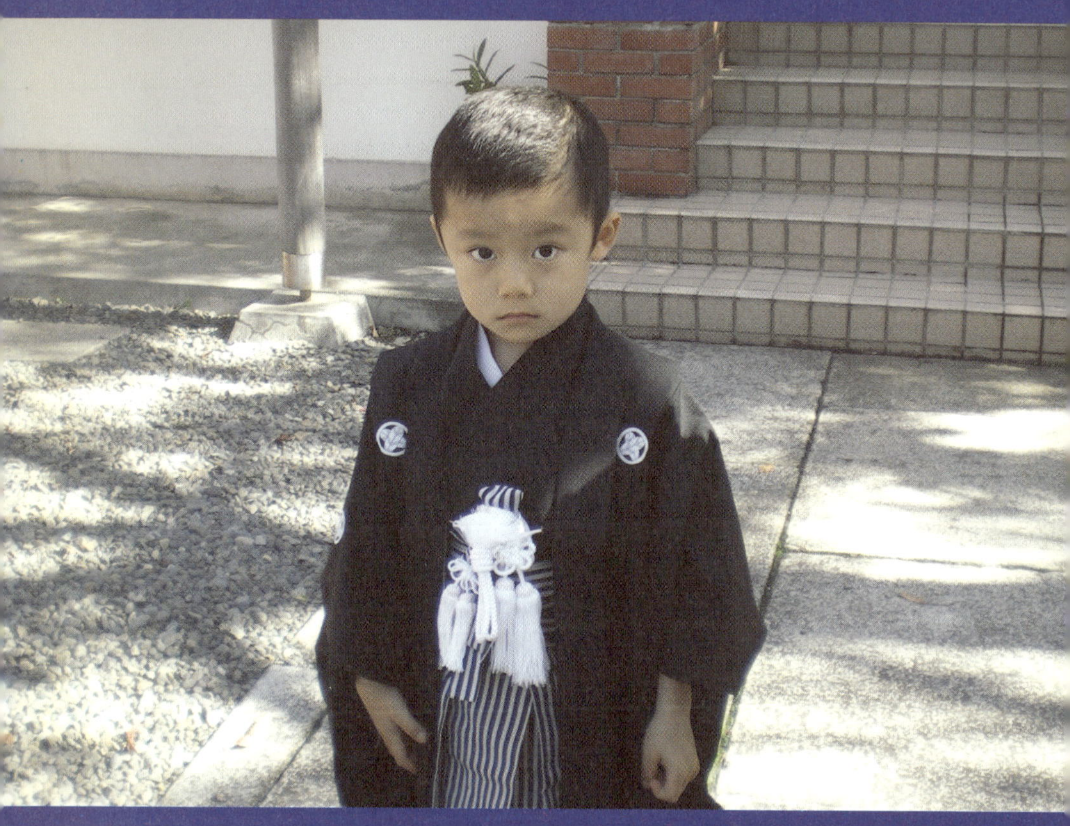

부모가 없어
외로운 아이야,
나는 부모가 있어도
외롭긴 마찬가지.
그래서 나와 같아.
자, 함께 놀자.

가족이 있든 없든
애인이 있든 없든
친구가 있든 없든
외롭긴 마찬가지―.
사람이라면 외롭긴 다 한 가지―.

하루종일

투덜투덜, 투덜투덜

투덜투덜, 투덜투덜

투덜투덜, 투덜투덜

투덜투덜, 투덜투덜

투덜투덜, 투덜투덜

투덜투덜, 투덜투덜

투덜투덜, 투덜투덜

투덜투덜, 투덜투덜-.

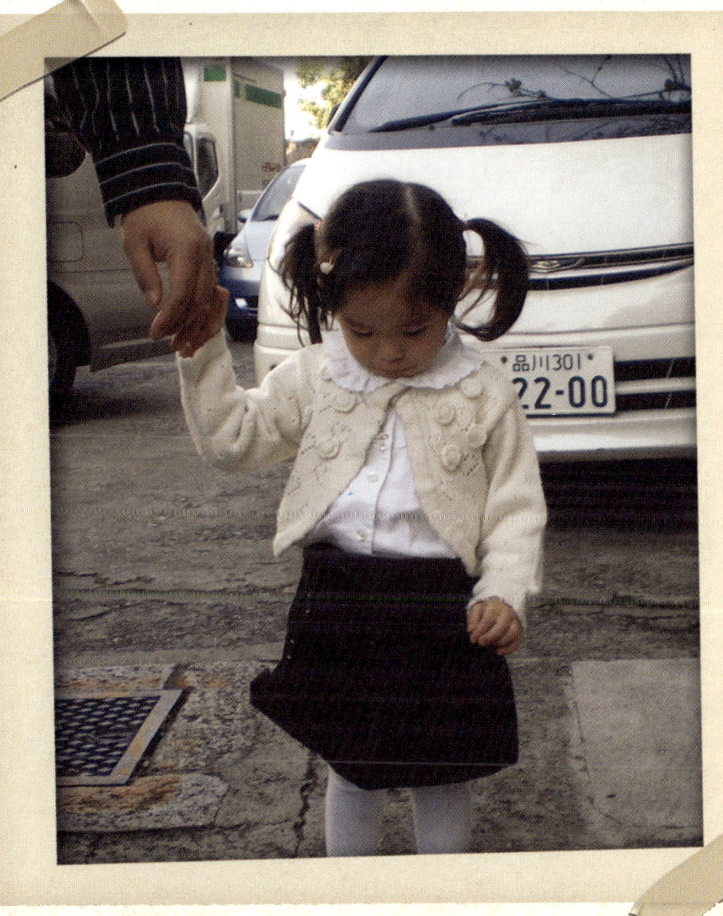

애들아,
싸우지 마라.
힘내지 마라.
용쓰지 마라.
그래도 우리는
죽는다.

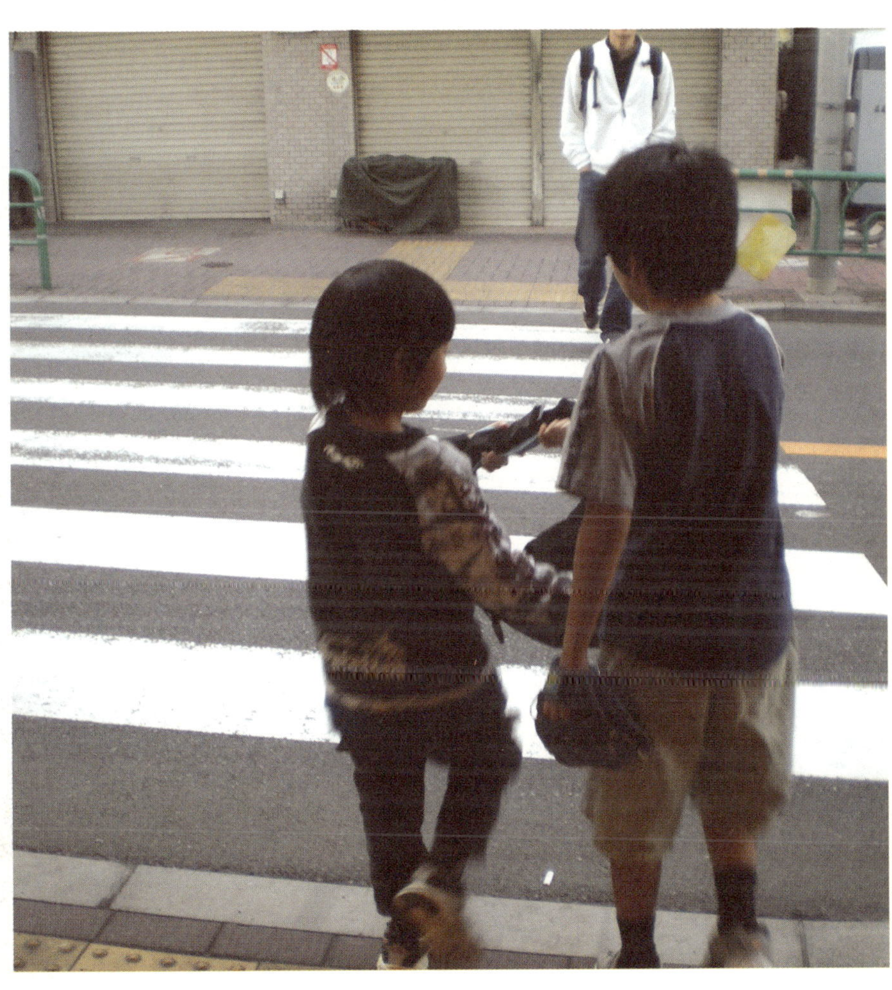

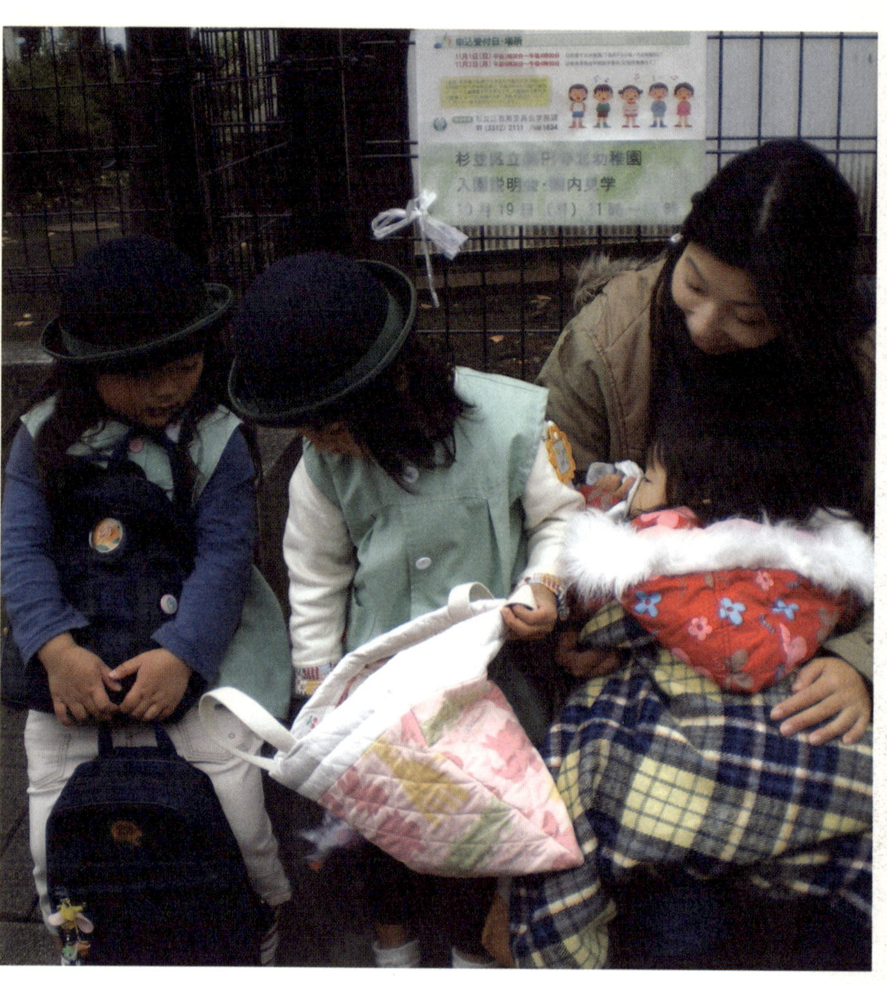

인생이란,
아이와 어머니
그리고
큰 짐 보따리와
같은 것

세상 사람 모두
소나무 장식을 세워
축하한다.
궁핍한 사람에게도
신년은 공평하게
찾아온다.

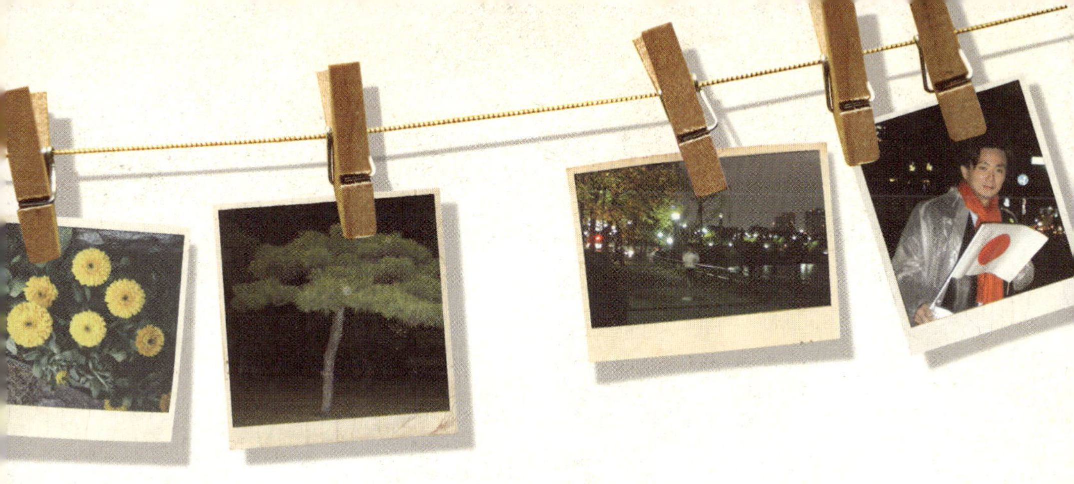

도쿄의 황궁을 지날 때마다 생각한다.
왕족은 어떤 운명을 타고 났기에 저 높은 성에서 살고 있는가? 아무나 들어
갈 수 없는 철통같은 보안과 높은 담에 심한 정체감과 괴리감을 동시에 느
꼈다.

운명이란 과연 존재하는 것인가?
어떤 이는 세상을 아주 아름답고 우아한 시인의 마음처럼 사는가 하면
어떤 이는 세상을 아주 더럽고 비열한 곳이라 욕하며 산다.

이것은 극단의 환경 차이이다. 서로 다른 환경의 사람이 바라보는 새해의 모
습 또한 극명한 차이가 날 것이다.

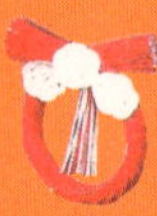

새해 福 많이 받으세요!

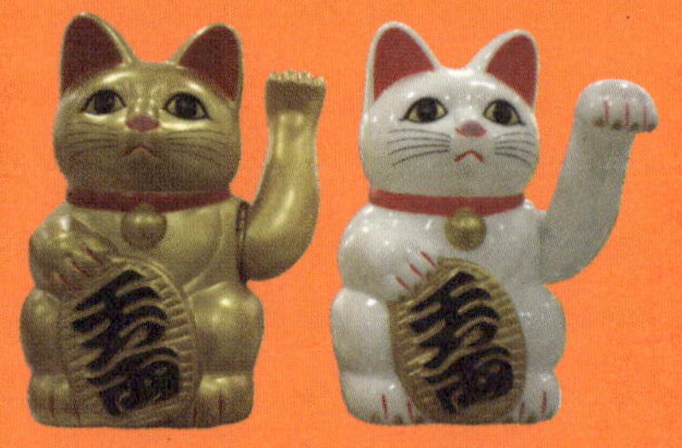

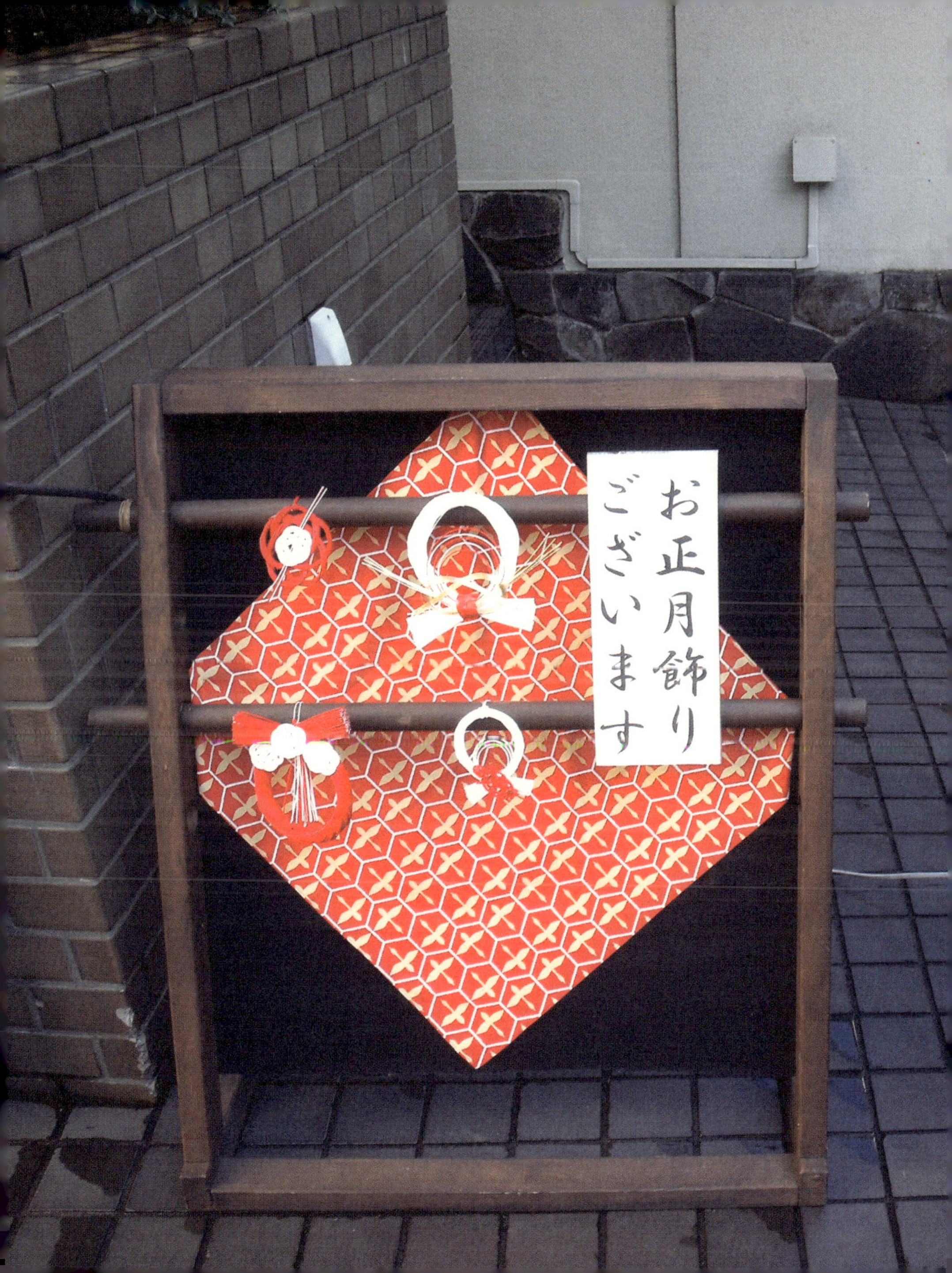

お正月飾り
ございます

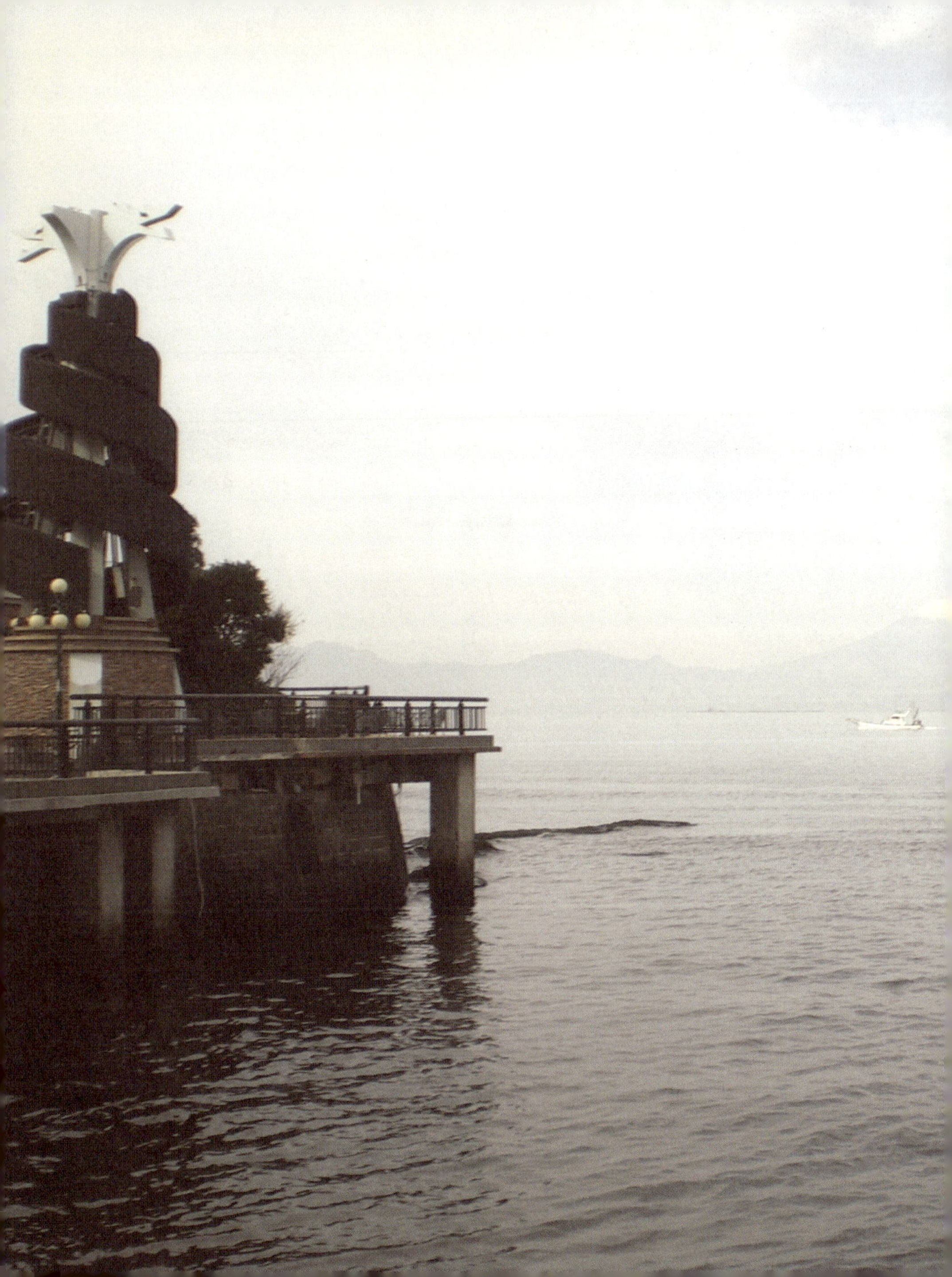

욕되거나
후회되거나
사죄해야 될 때에는
추풍의 차가운 바람을
가슴에 느껴라.

어리석은 밤에
후회할 일들만~.

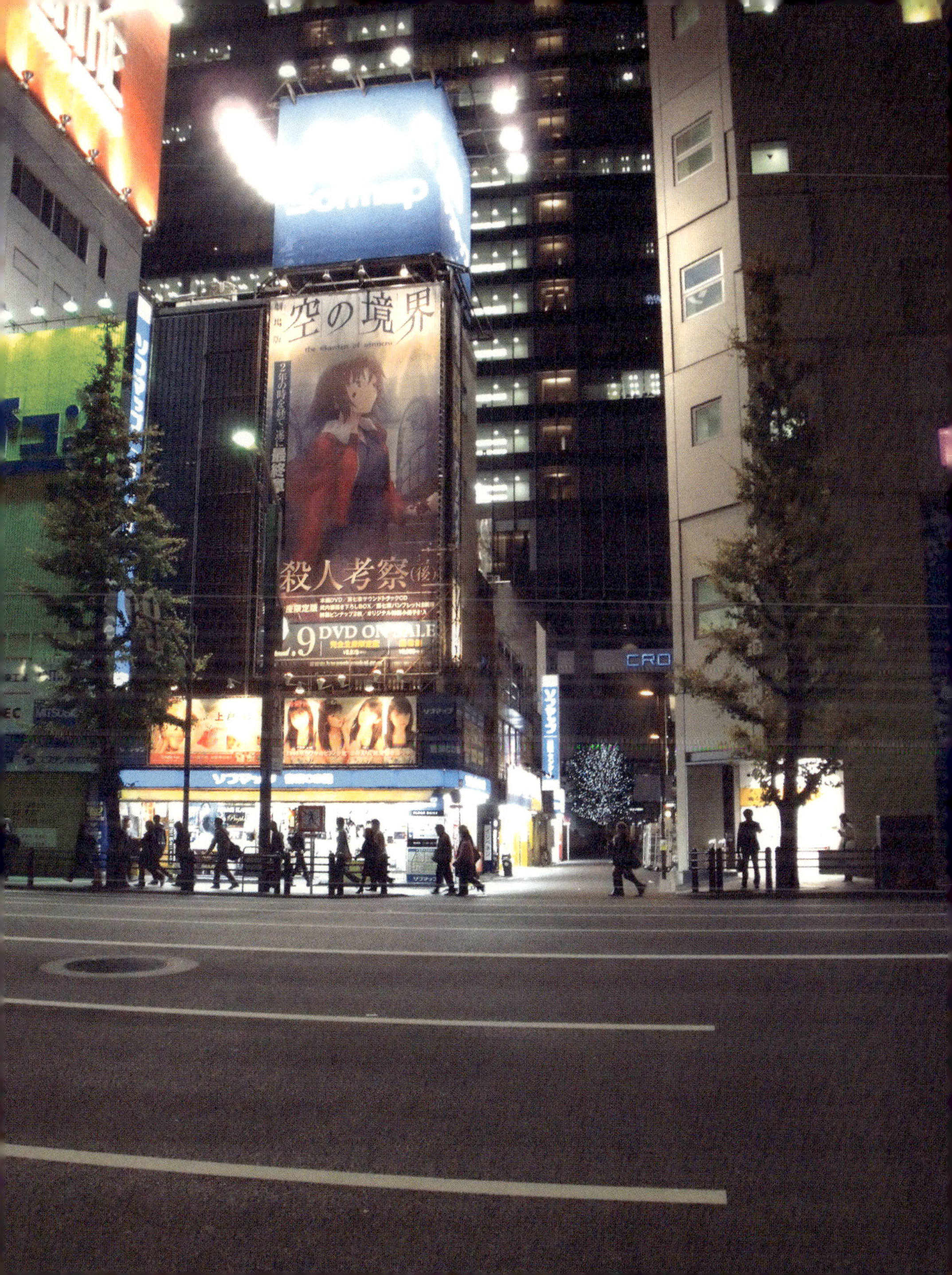
Sofmap
空の境界
the Garden of sinners
殺人考察（後）
DVD ON SALE
CRO

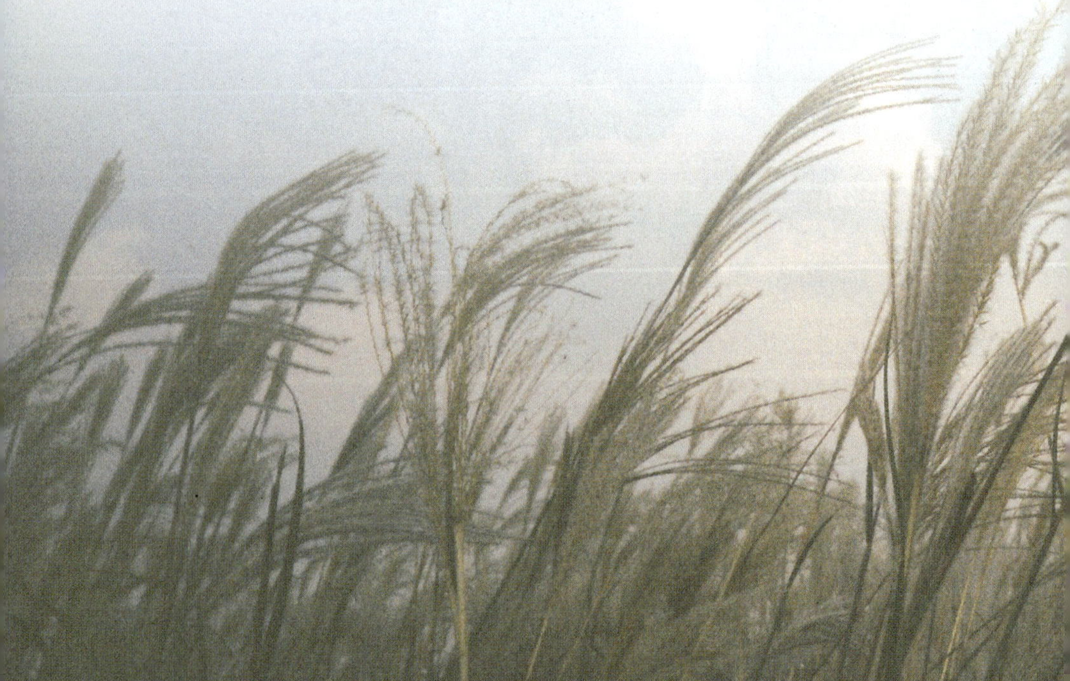
무덤 앞에
울고 있는 마음!
거기에 바람이 분다.

그래, 인생 뭐 별거 있나?
영원히 계속될 것만 같은 최악의 순간에도
희망은 찾아온다.

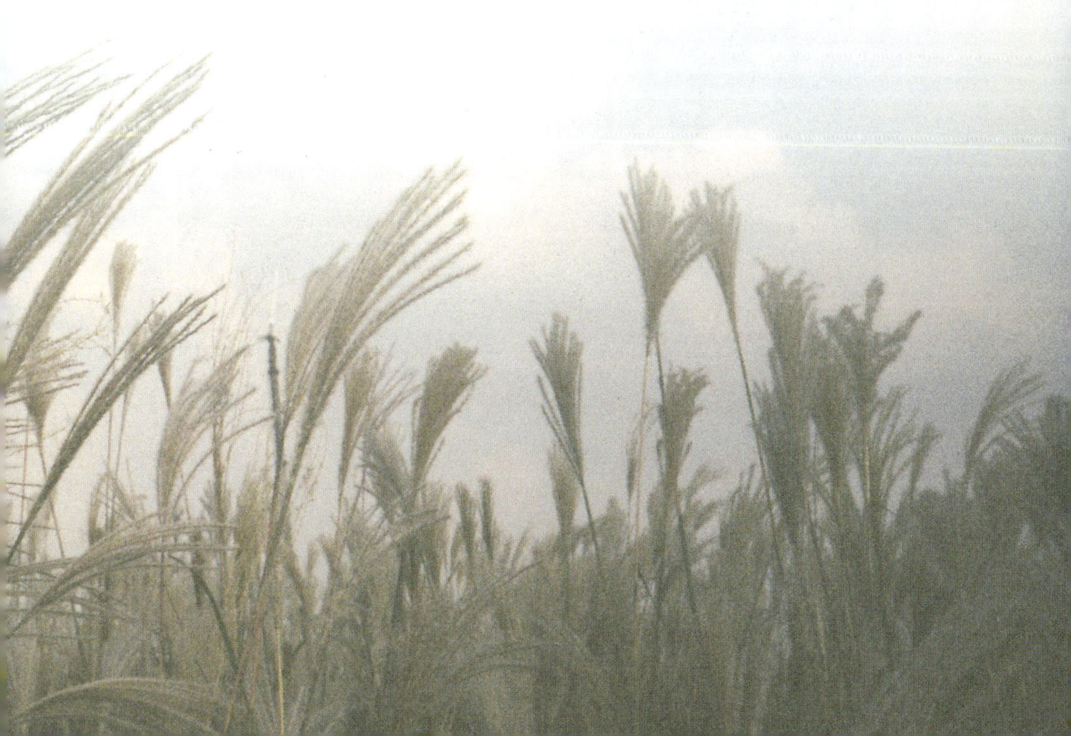

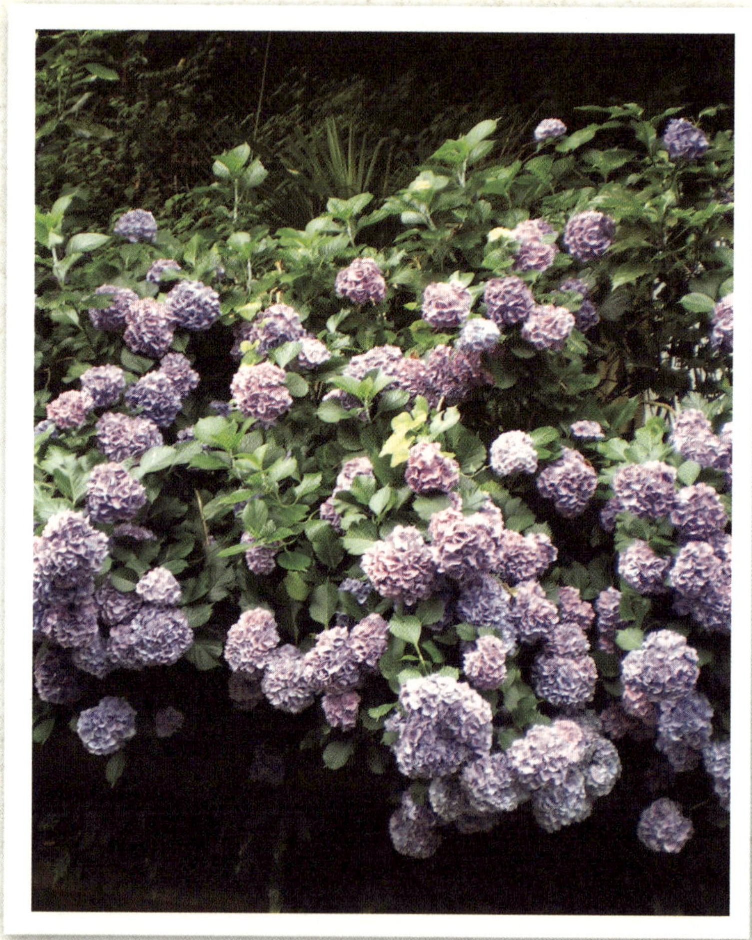

너는 한창 피는데
난 한창 지고
있구나!

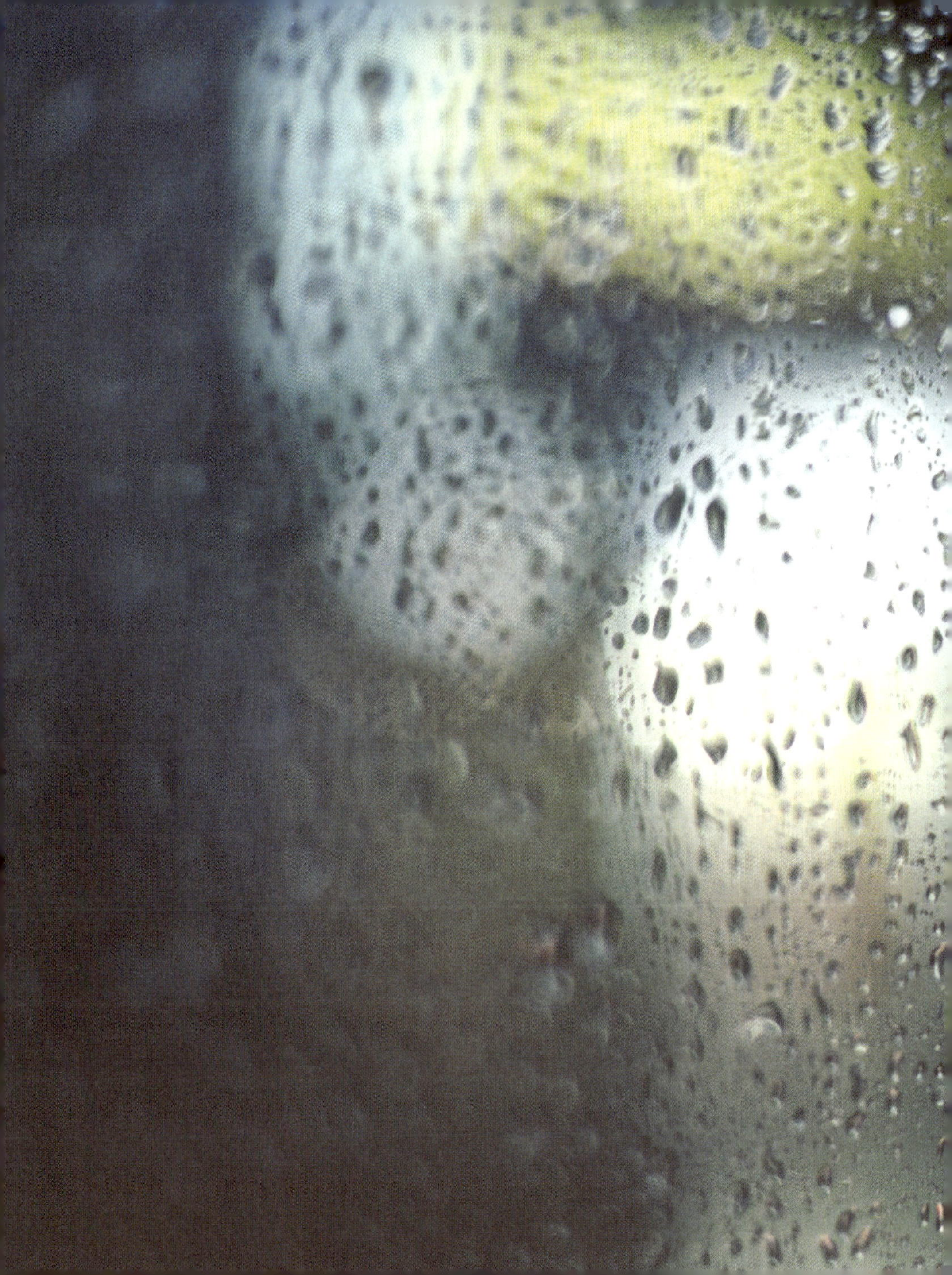

태어날 때는
내가 울고
죽을 때는
사람들이 운다.
울기는 매한가지.

가져갈 것
아무것도 없는데
뭘 그리 많이.

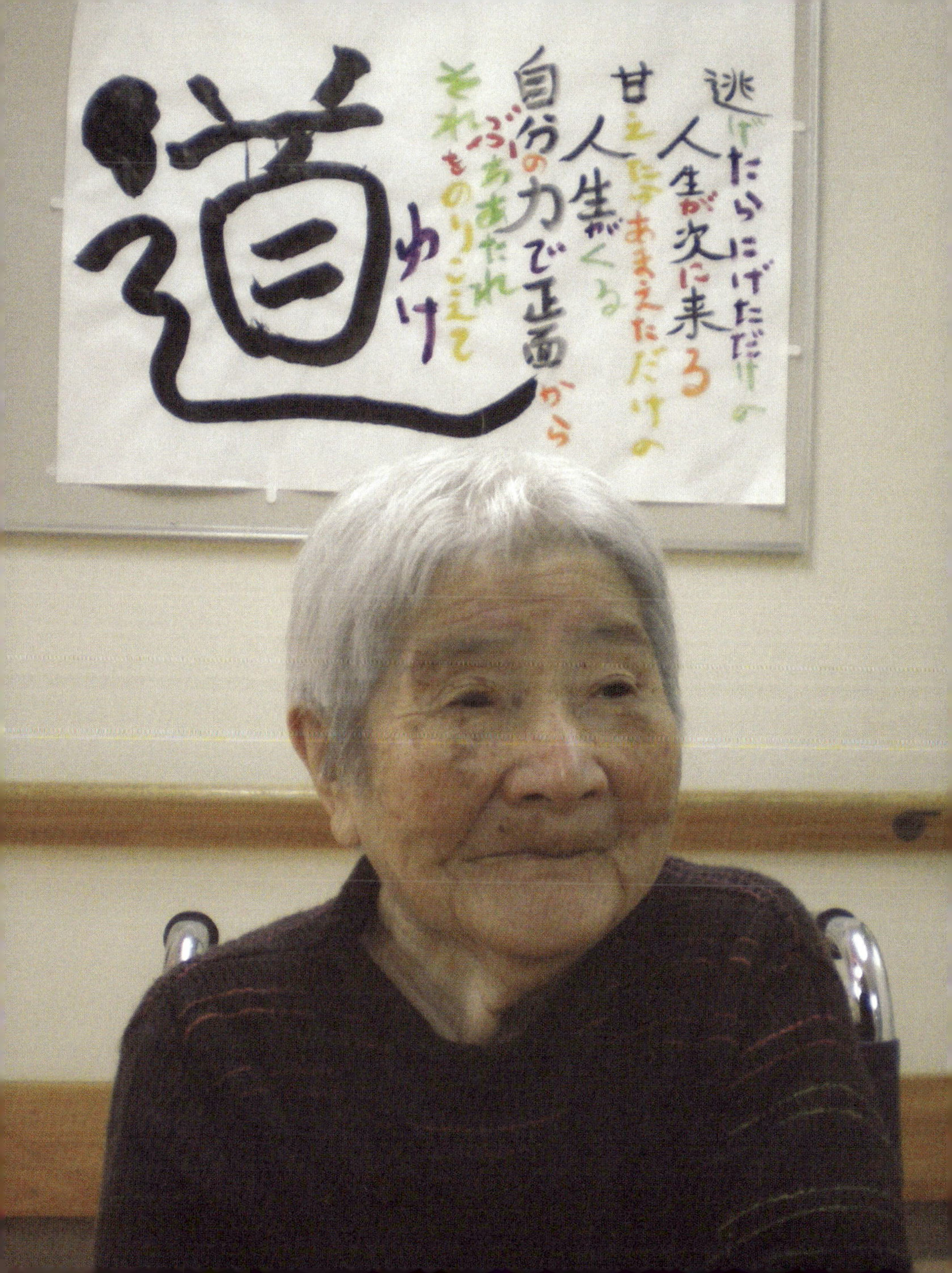
道
逃げたらこれだけの
人生が次に来る
甘えたらそれだけの
人生がくる
自分の力で正面から
ぶちあたれ
それをのりこえて
ゆけ

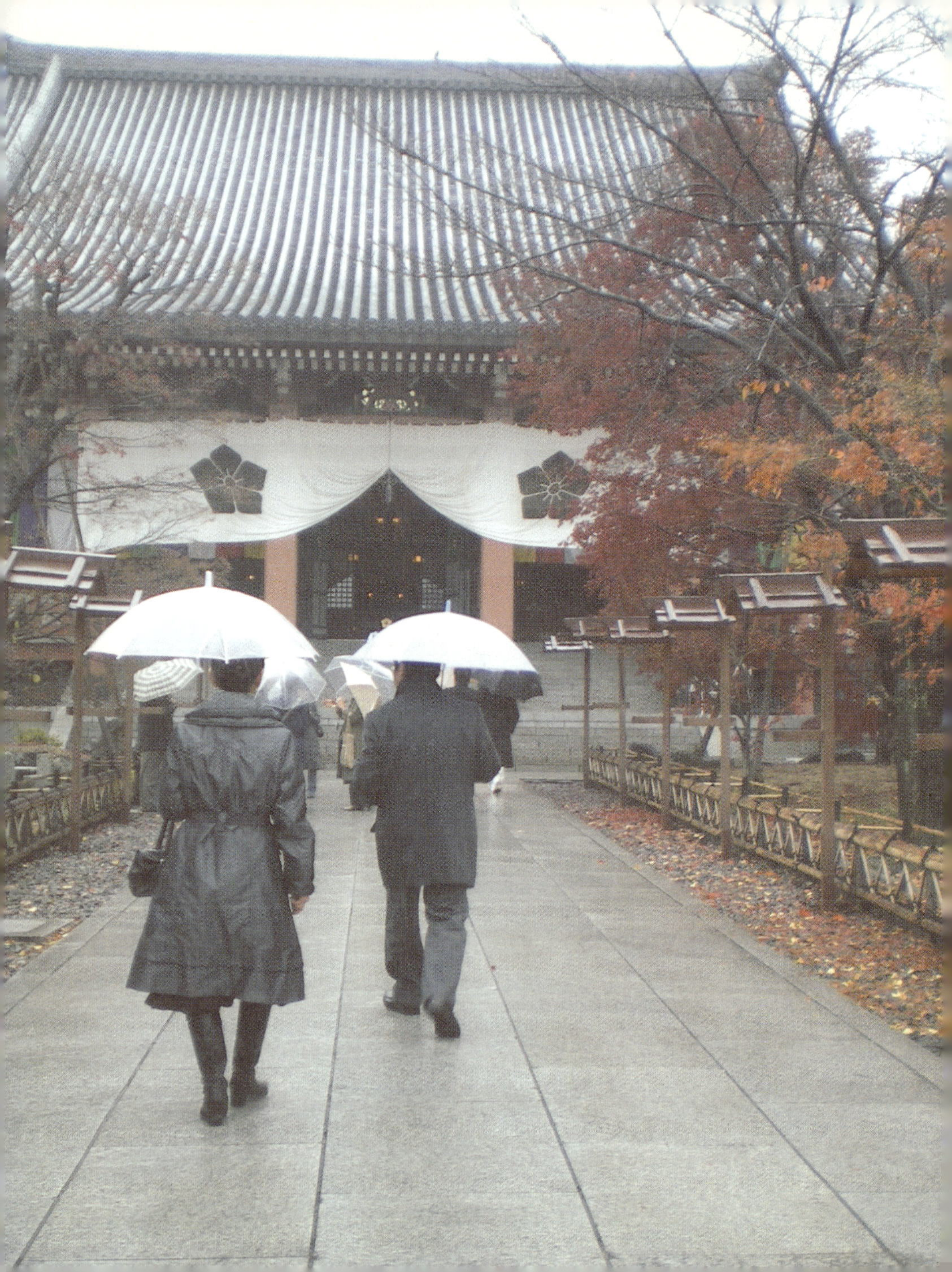

급하게
달려왔건만,
갈 때는 쉼표 길게-.

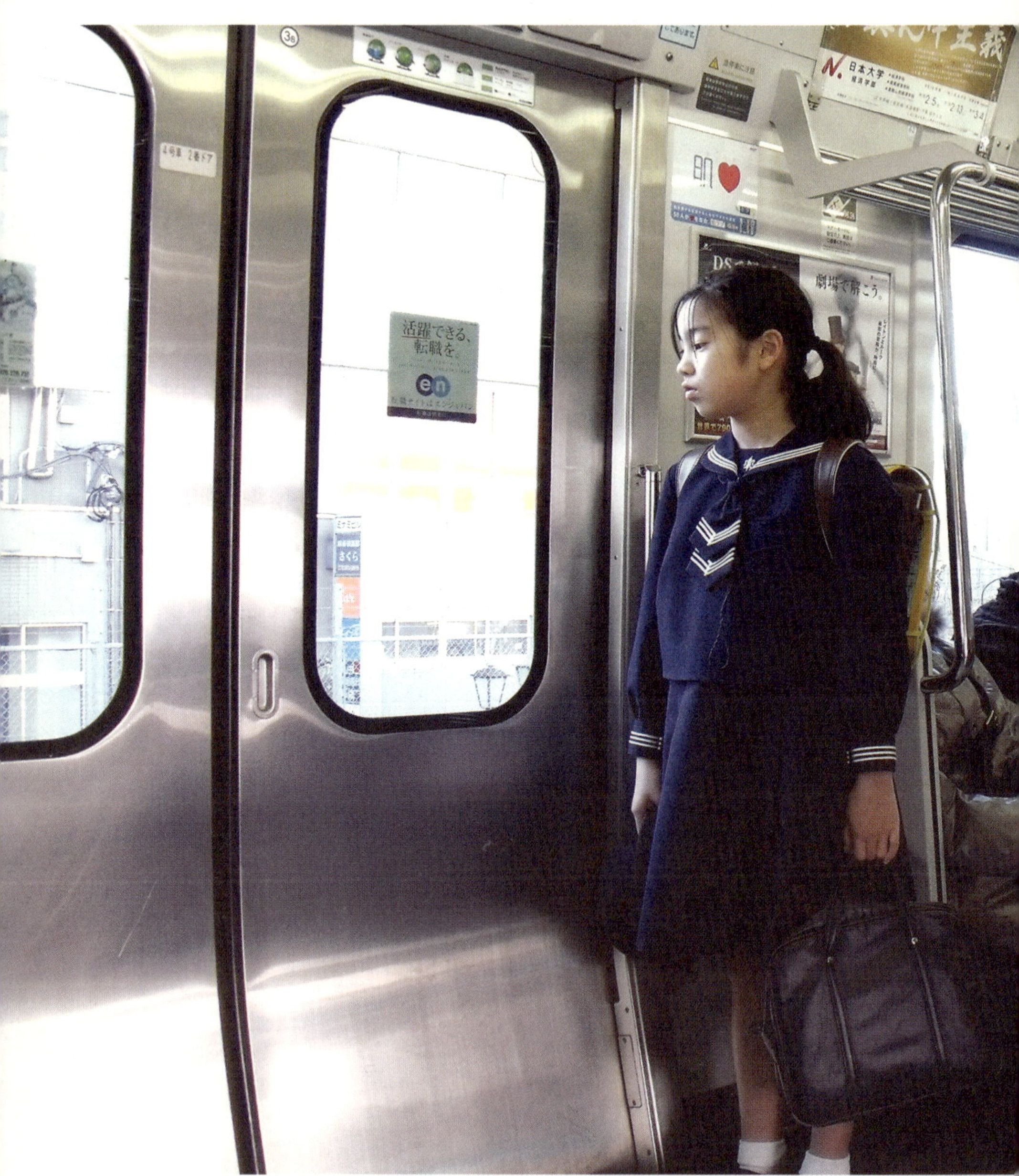

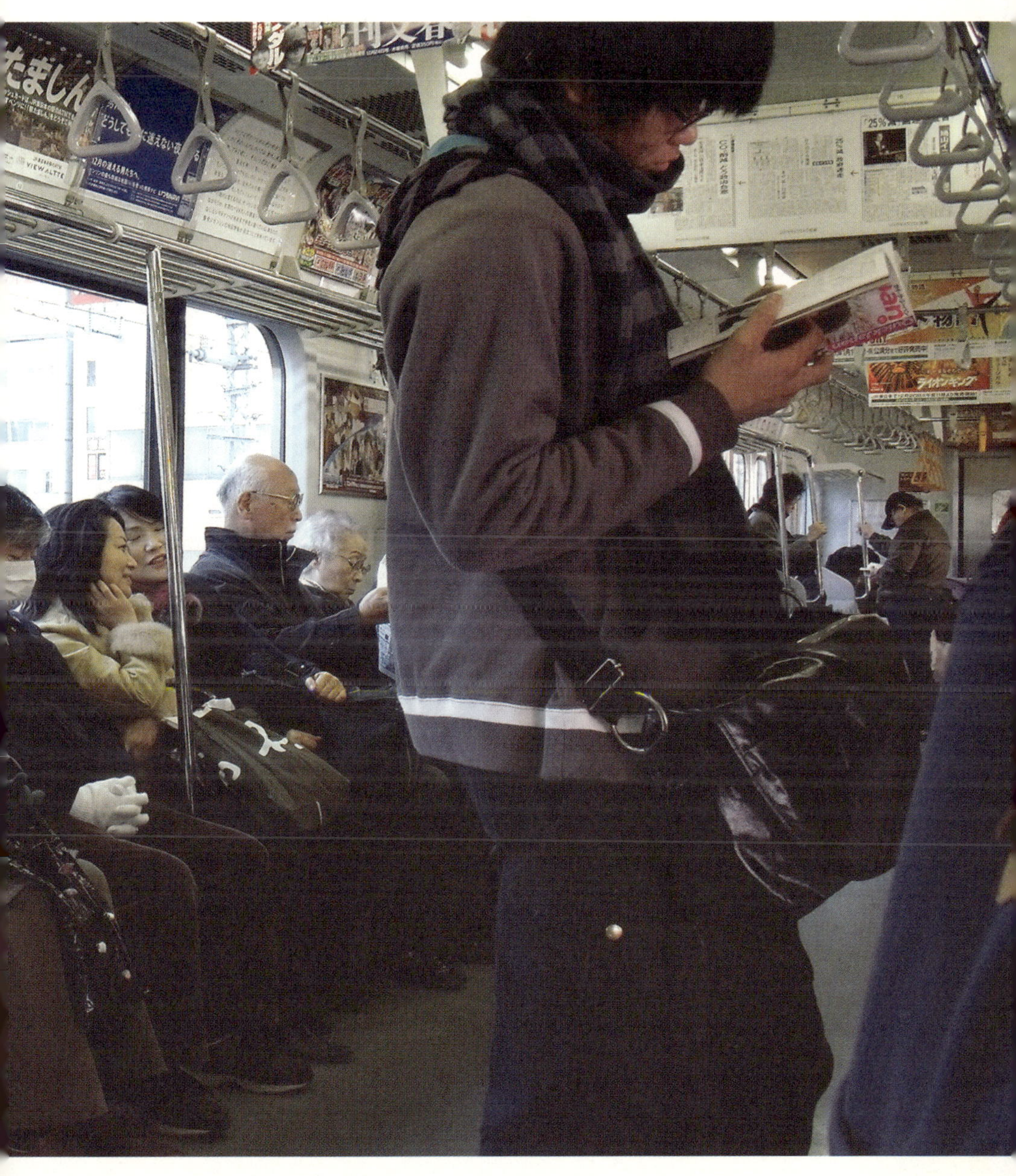

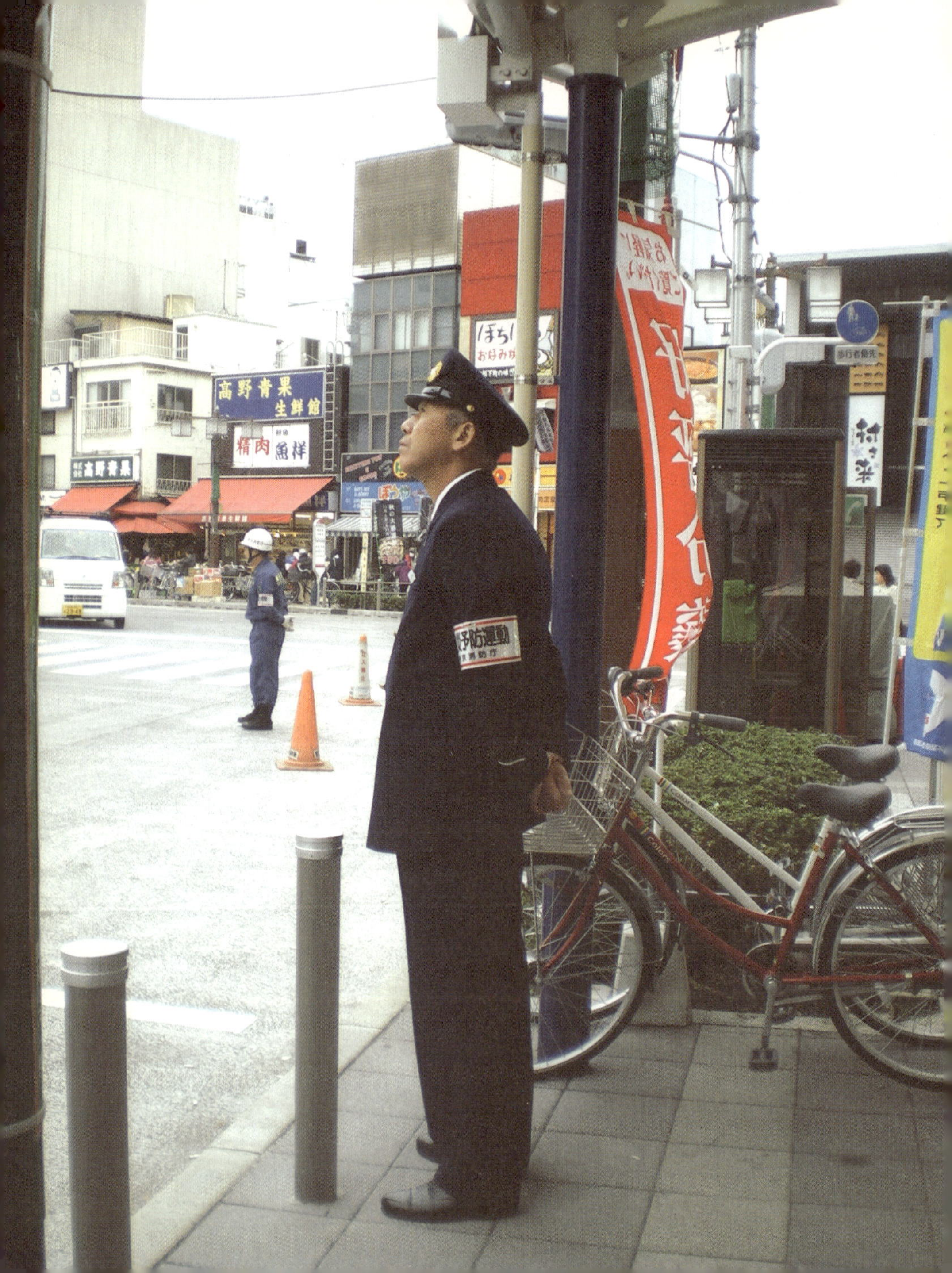

뭐 그리도
애달프다고
뭐 그리도
안달복달
그래도 종착역

인생,
외롭다고 말하지 마라.
슬프다고 말하지 마라.

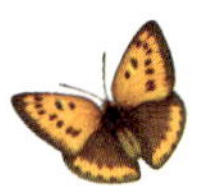

혹자는 마치 그레이스 켈리처럼 멋지고 우아한 인생을 원하지만,
현실은 그렇지 않다. 부대끼고 마음 다치고 아웅다웅 살다 보면
인생이 원래 이런가 하고 느낄 때가 온다.

죽는 날까지 우리는 인생을 논하지 말자. 다만 인생을 느끼자.
알면 뭣에 쓸 것이고 모르면 또 어쩌랴.
한 세상 물 흐르듯이 가는 것을―.

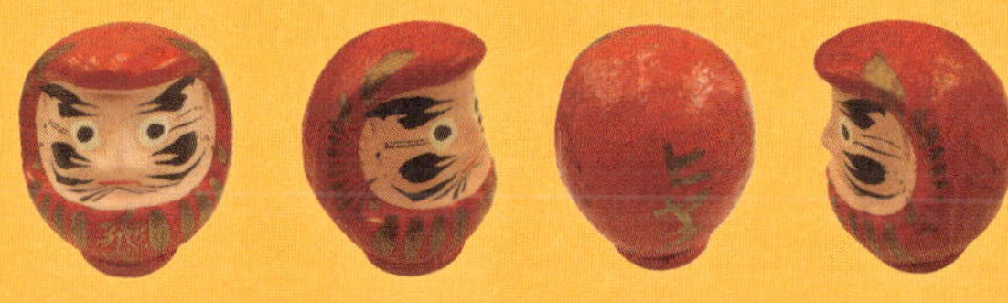

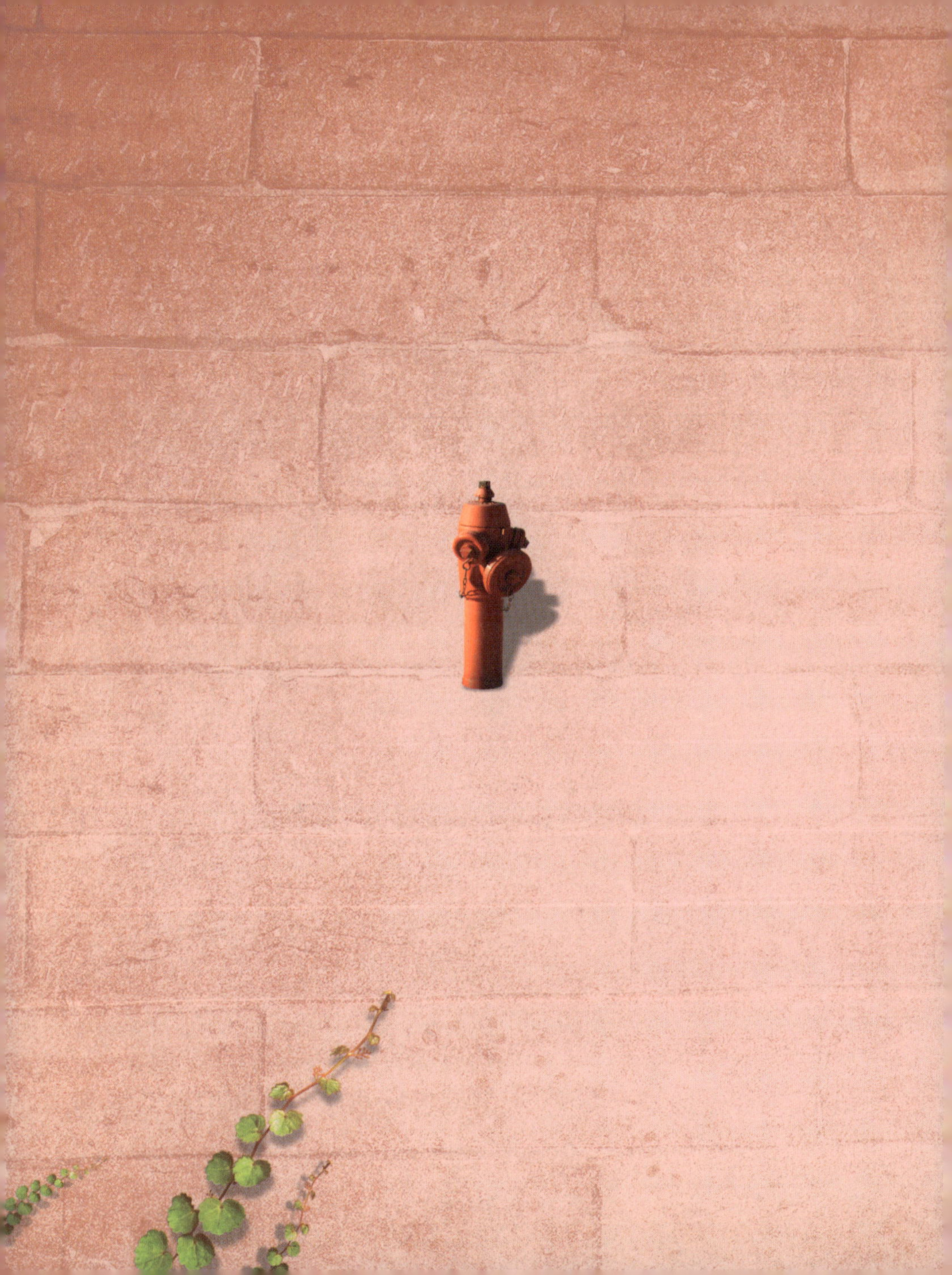

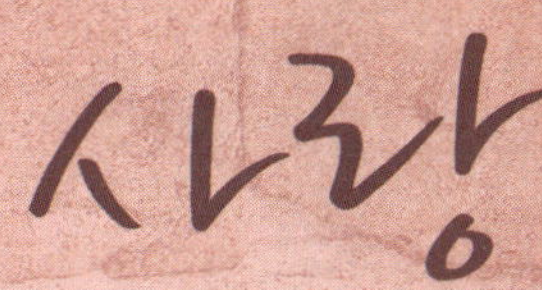

시간이 지날수록 쉬울 거라 생각했던 것이 어려워지고,
어려울 거라 생각했던 것이 쉬워진다.
그 중 가장 착각했던 것은
너를 쉽게 잊을 거라는 생각이었다.

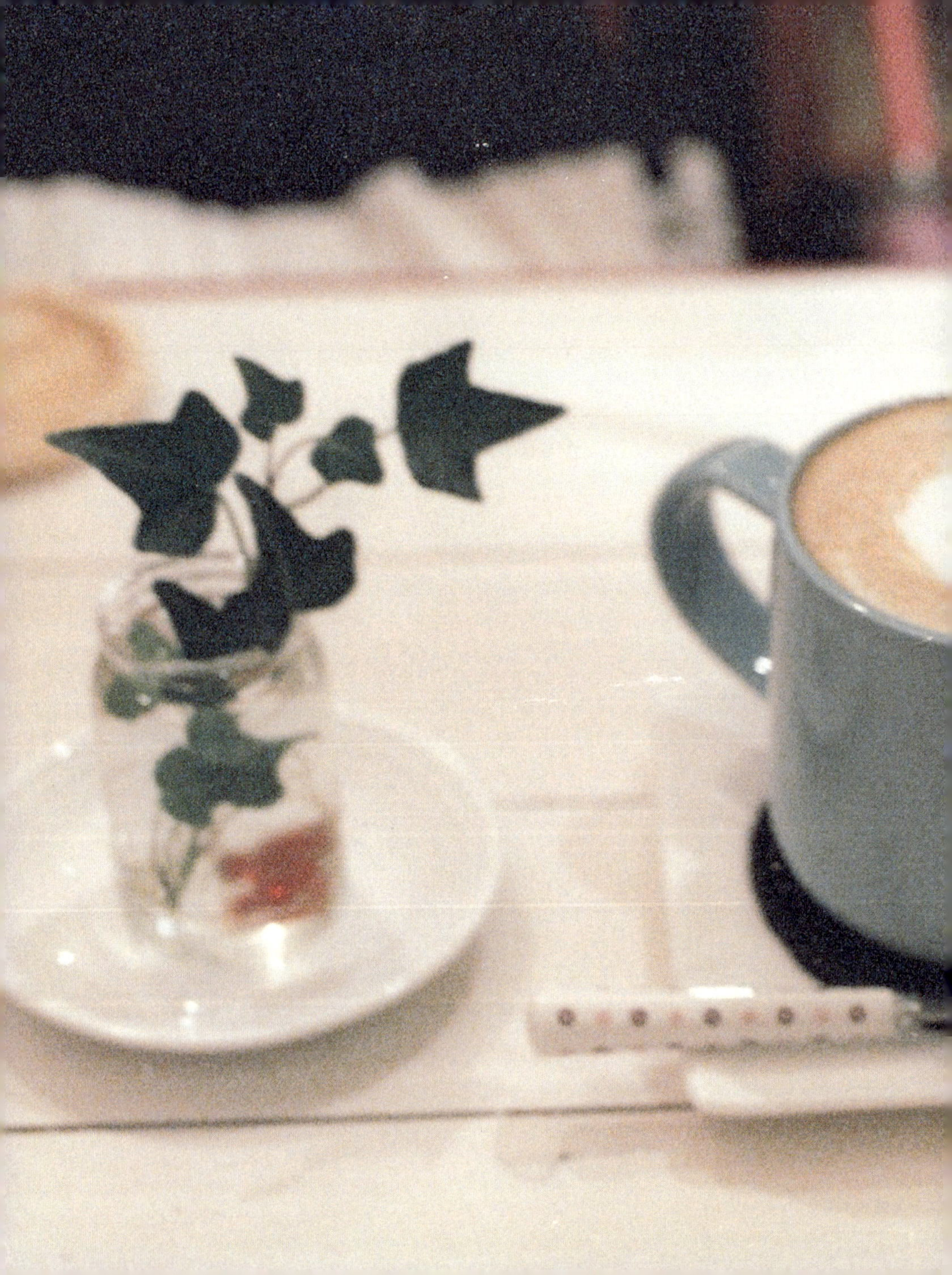

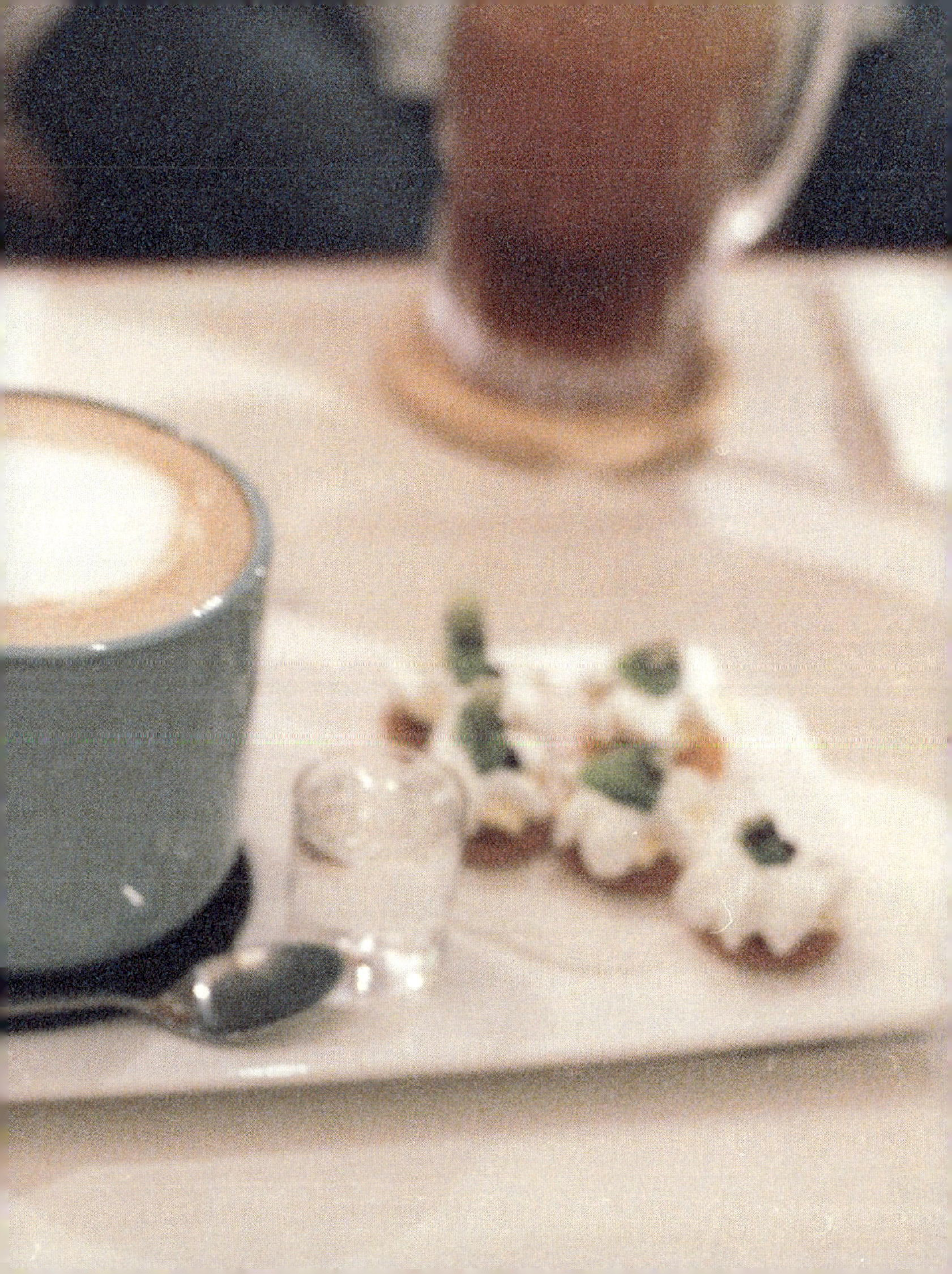

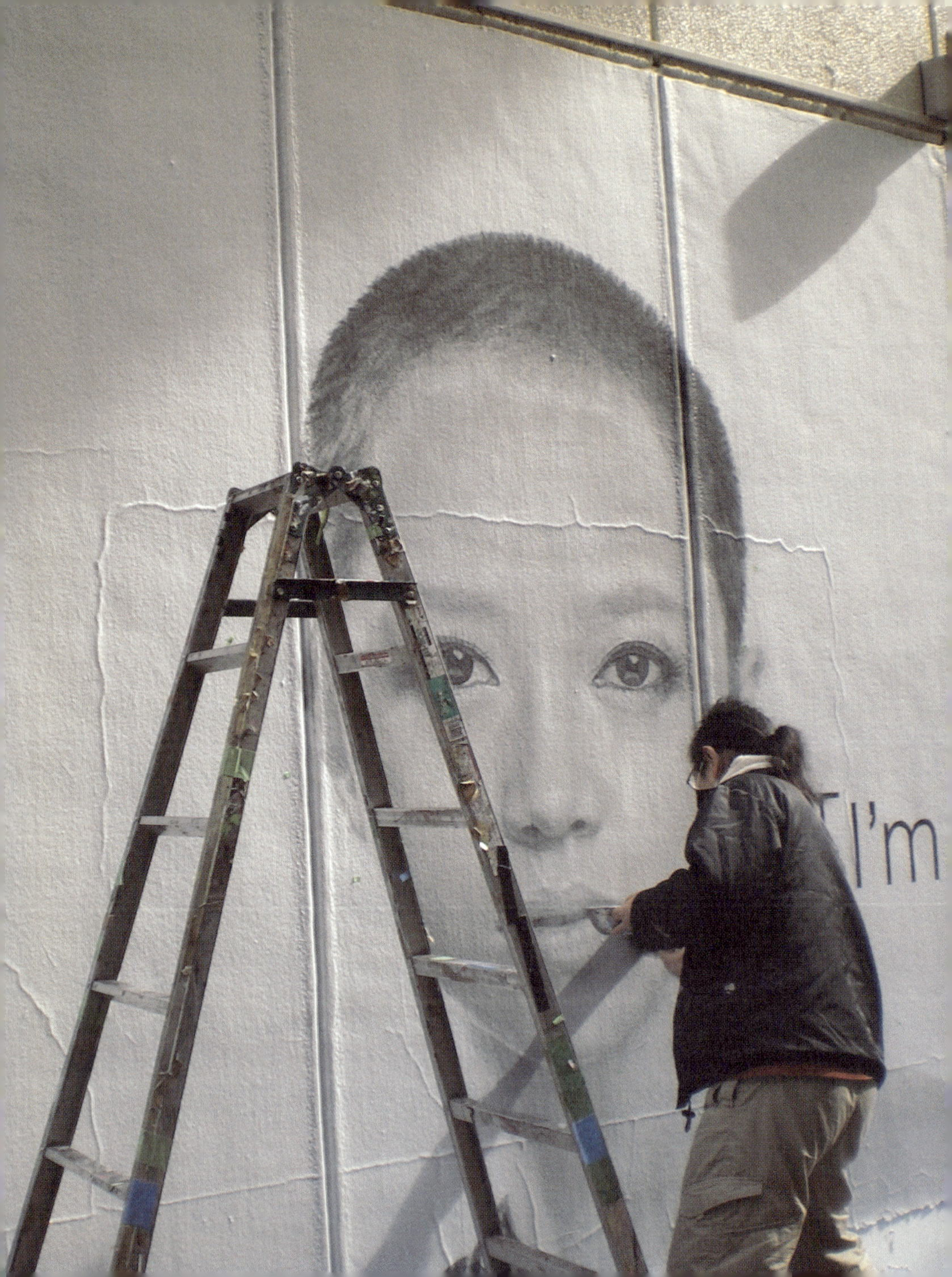
I'm

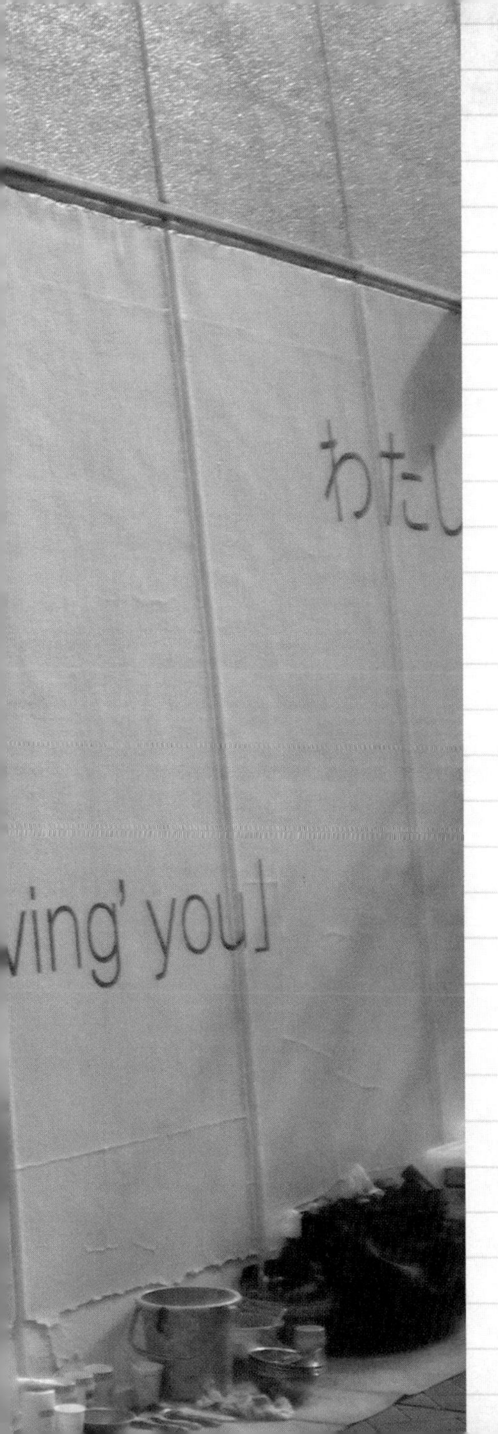

사랑에 마음이 멀고 눈이 멀어
황홀한 사랑의 엔도르핀을 팍
쏟아내는 순간,
철학자가 되고 시인이 되고
화가가 된다.
마음껏 자신의 모양새를 그릴 수
있으니 말이다.

그런데 그 사랑이라는 것은
사실 굉장히 위험천만한 일이다.
논리의 정형성이 전혀 없으므로—.

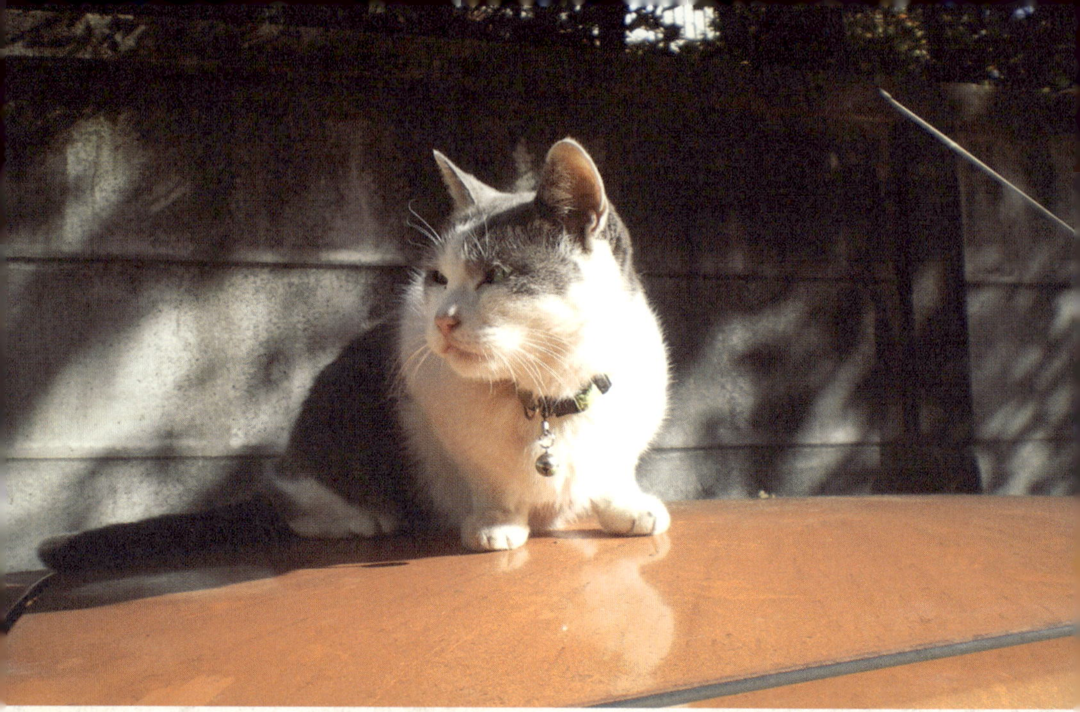

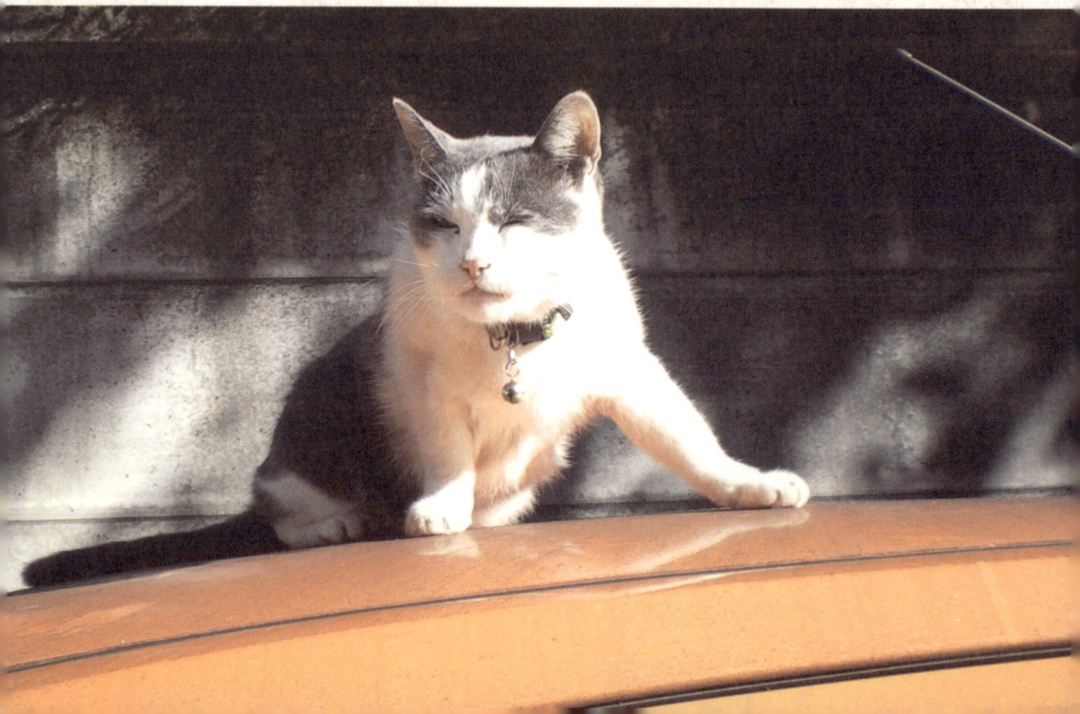

쿵, 쿵, 쿵―.
빠른 것에 놀라
가슴이 뛴다.
저것 뭐지?

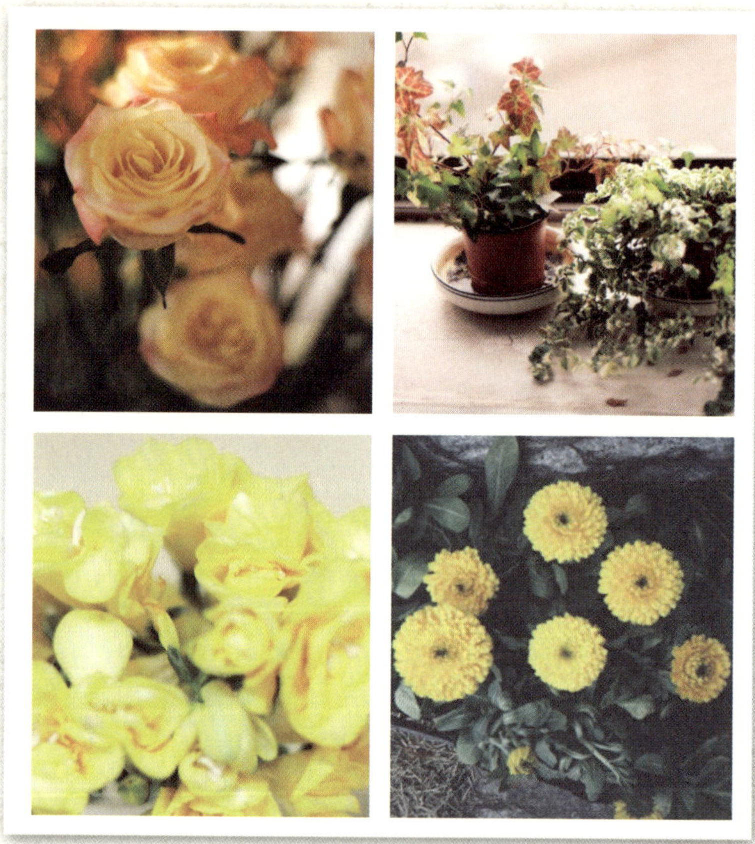

꽃 한송이 한송이
필 때마다 나날이
따뜻해지는 마음.

나, 사랑에
빠진 것 같아요.

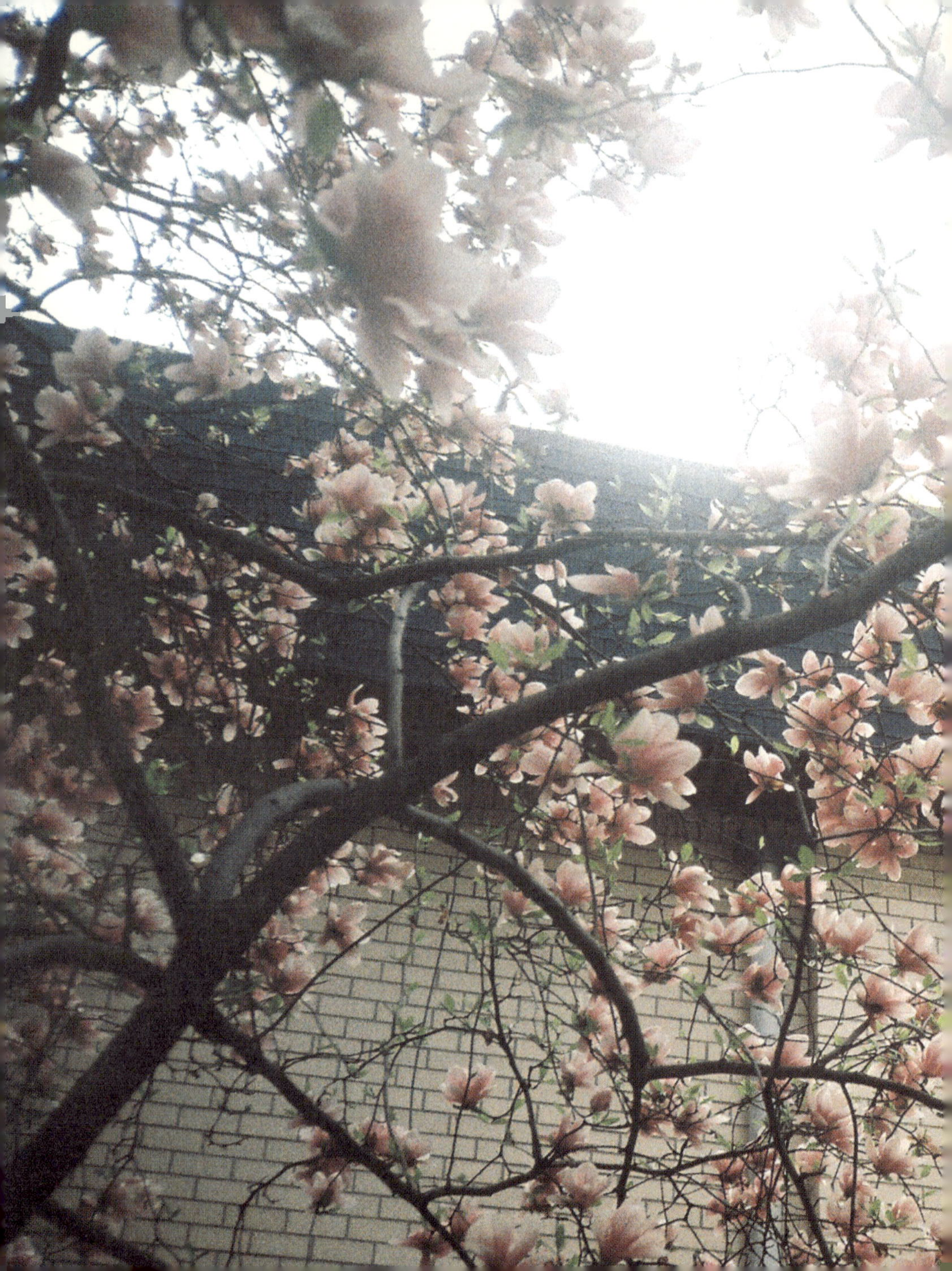

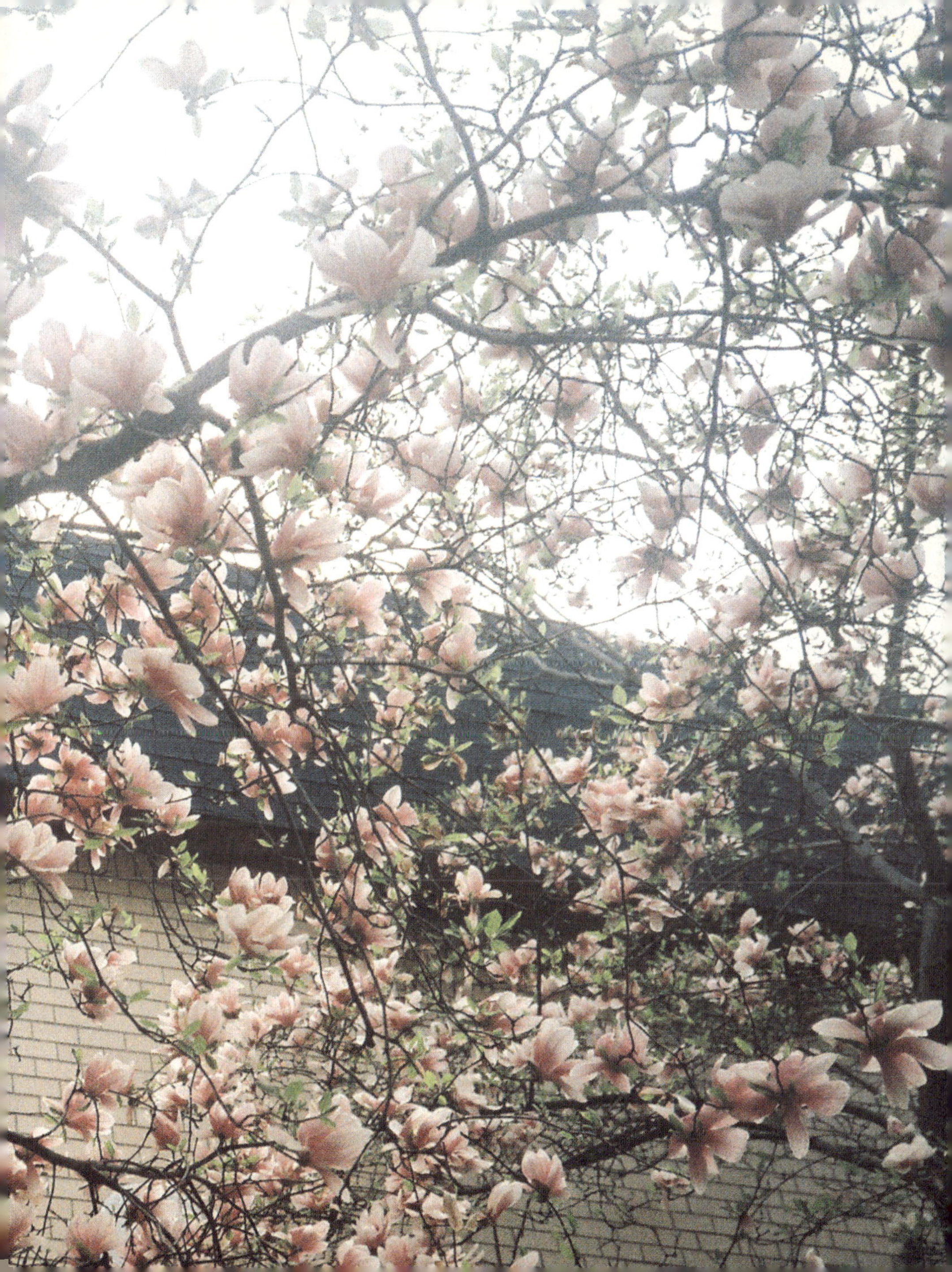

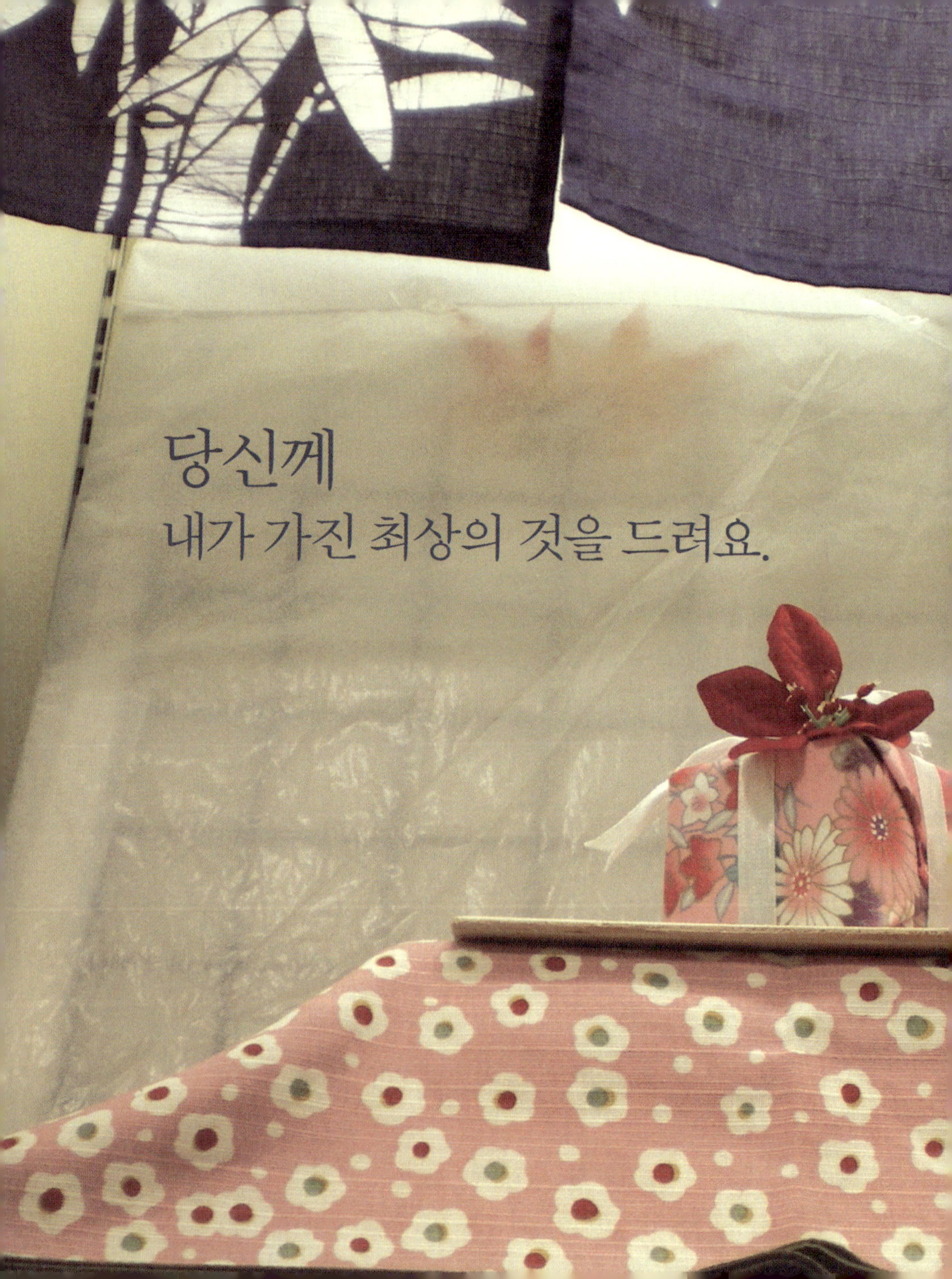

당신께
내가 가진 최상의 것을 드려요.

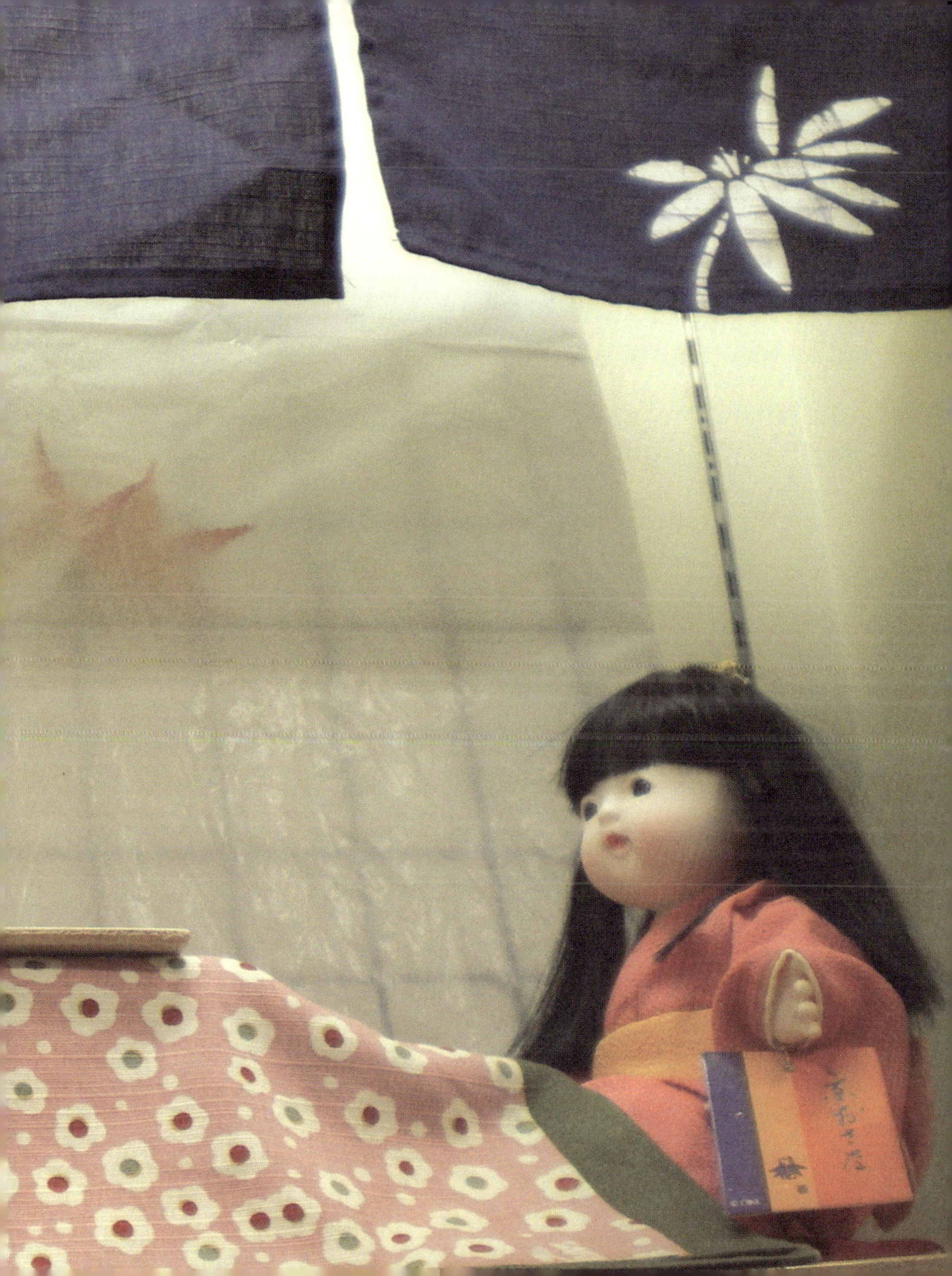

짝사랑,
네가 손을
흔들어주면
나는 언제까지나
민들레

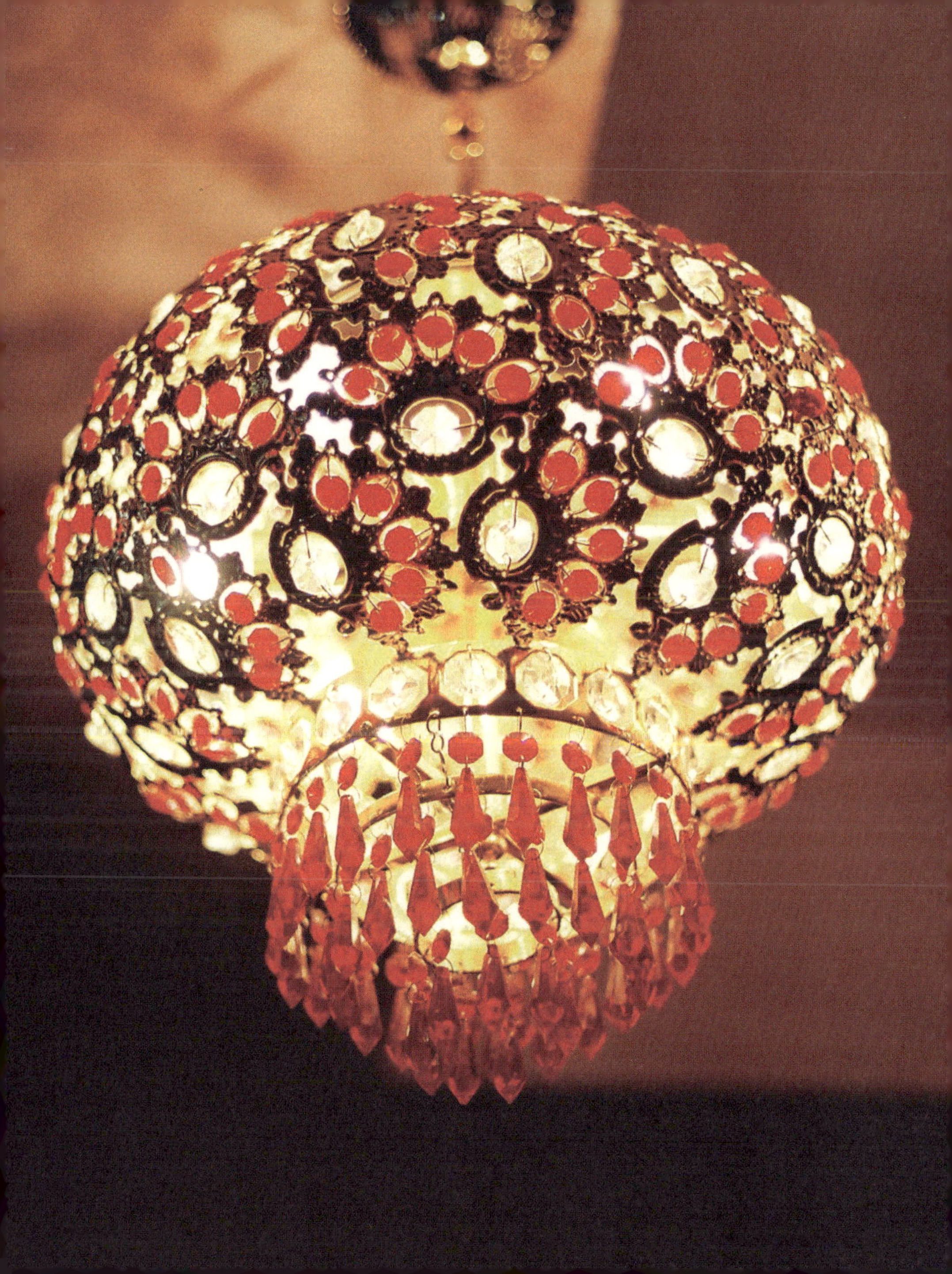

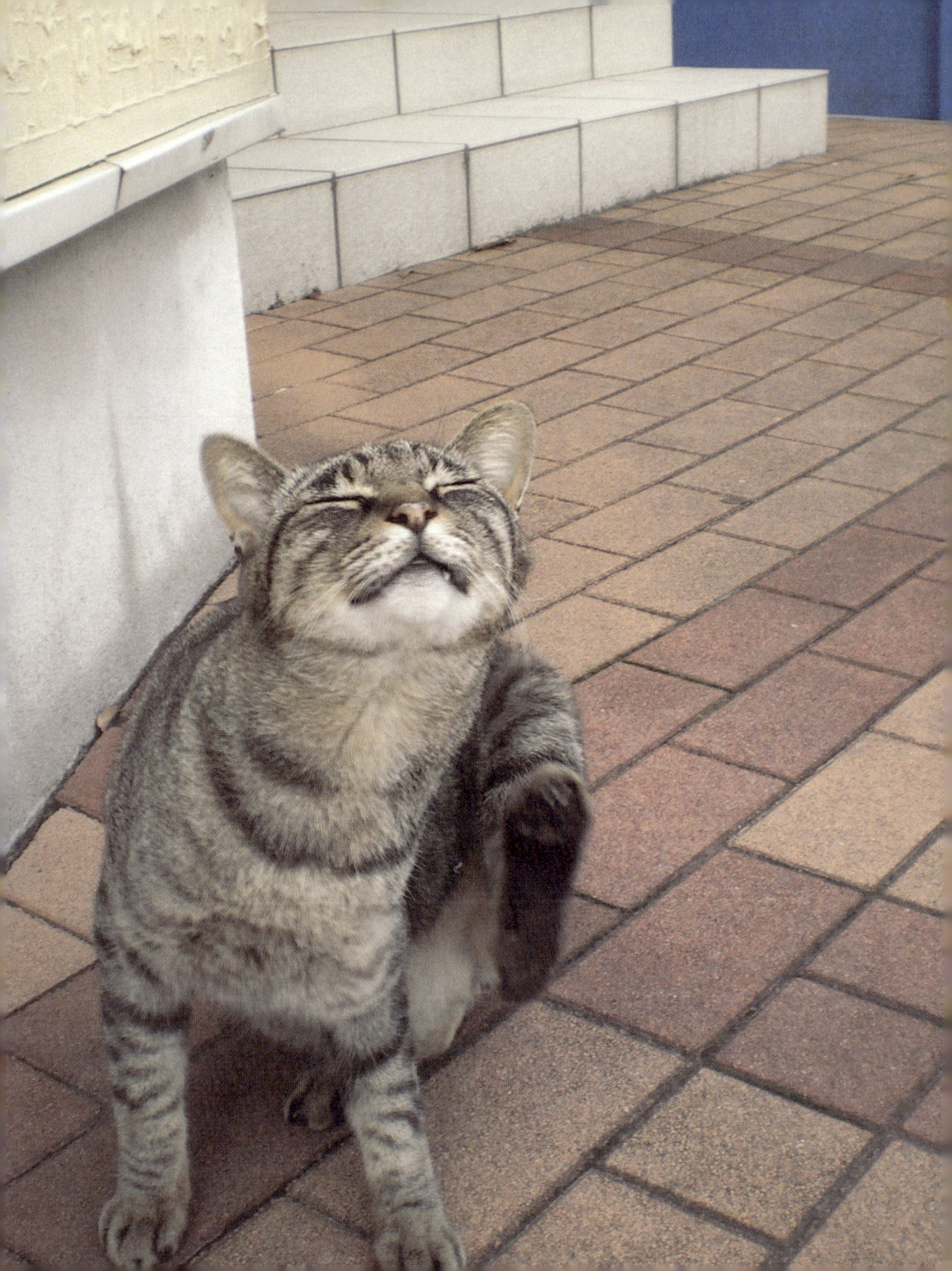

무심하게 노는
저 고양이가
날렵하게 사랑도
다룰 수 있겠지.

만개한 꽃과
너와 그리고 나.
영원히 멈추었으면
했던 시간들-

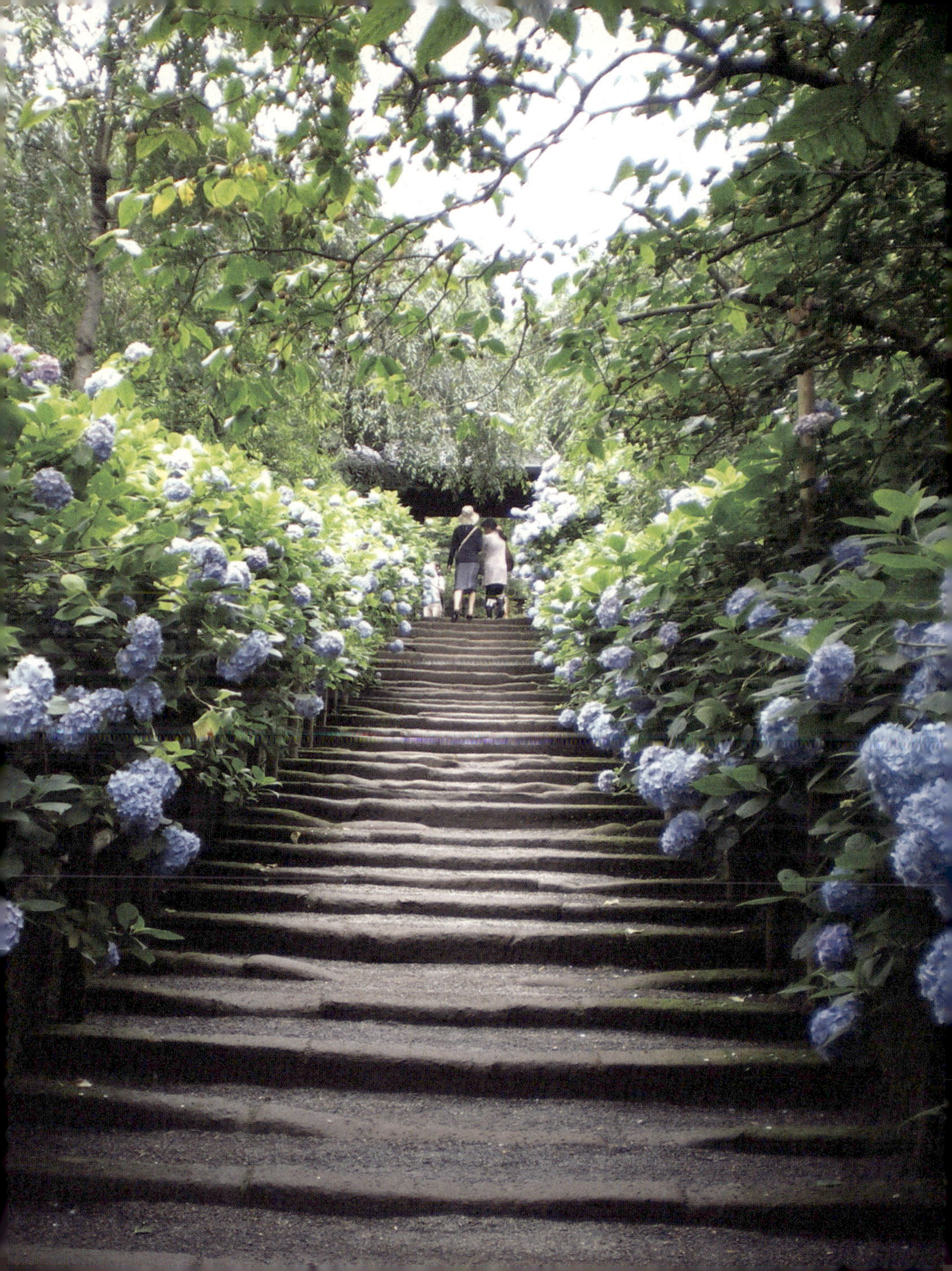

친구들과 함께
놀다가도 나는 가끔
가을 달을 바라본다.

사랑만큼
가슴 뛰는
말이 있나?

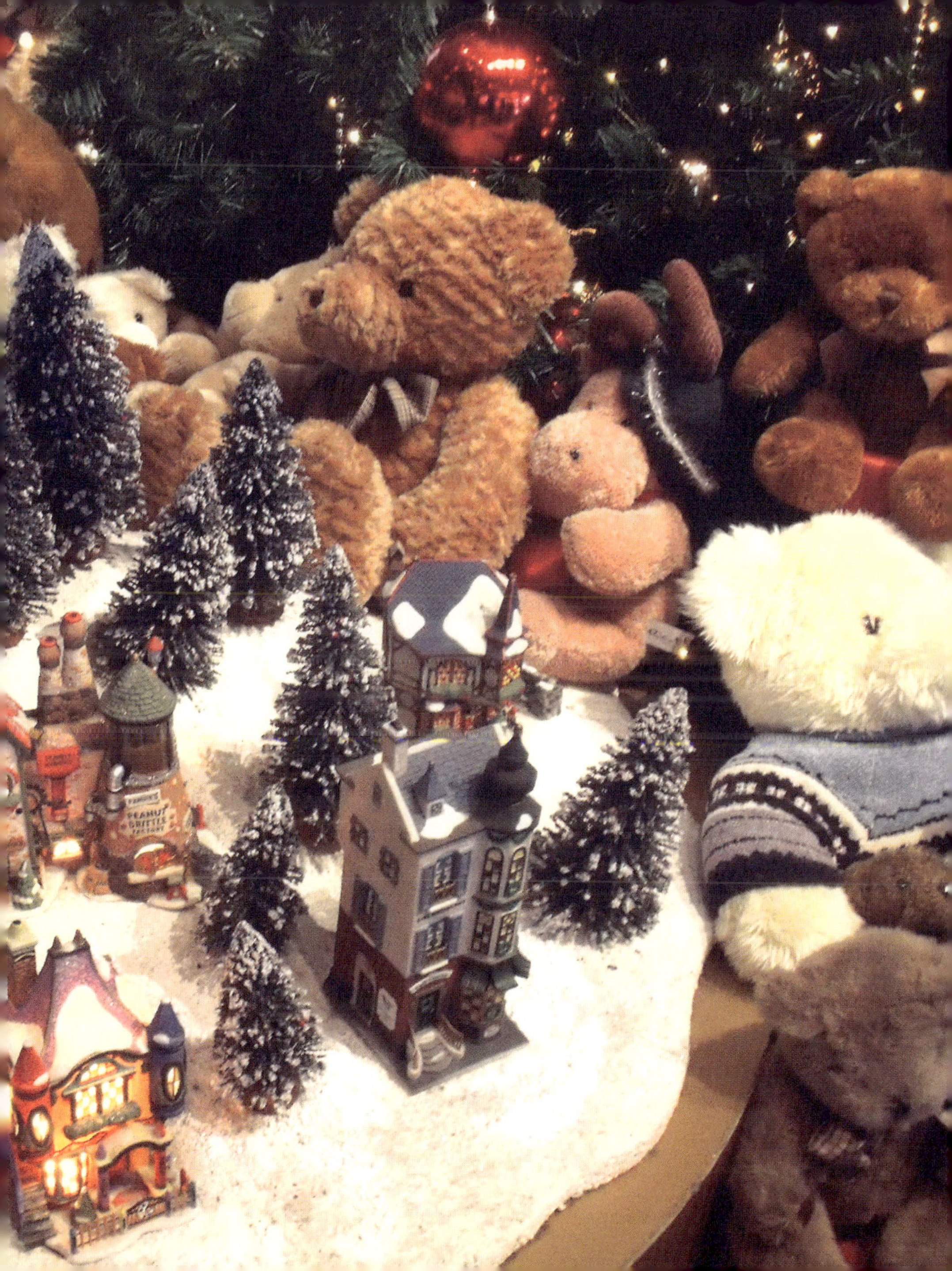

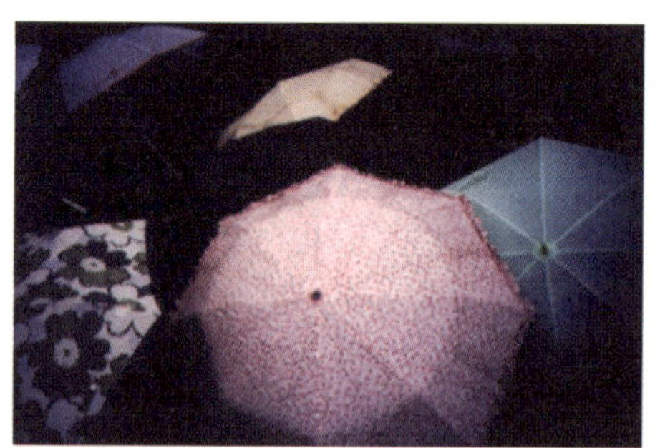

작은 변화
새로운 인생
보잘 것 없던 내게
기적은
이렇게 조용히 -.

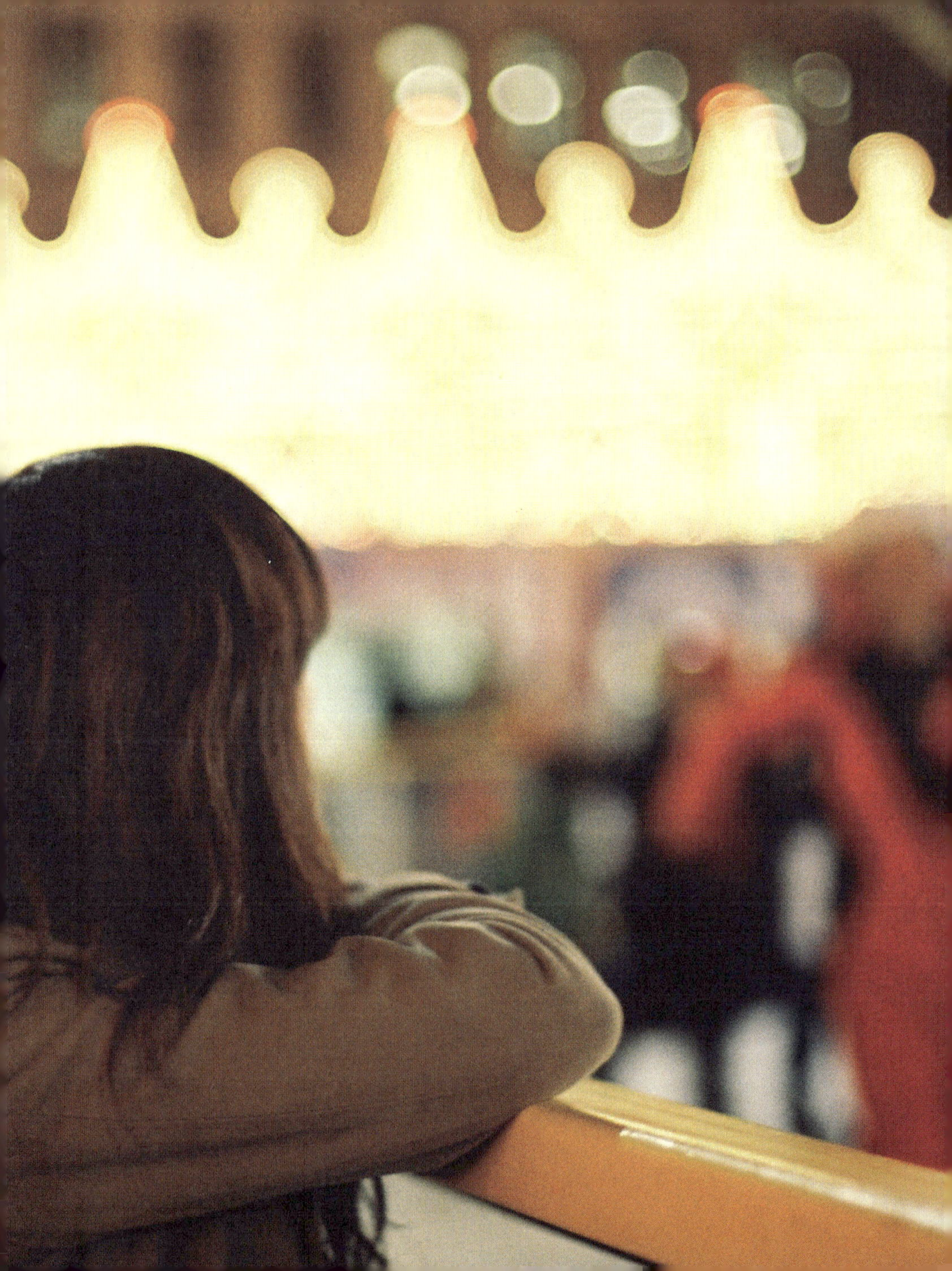

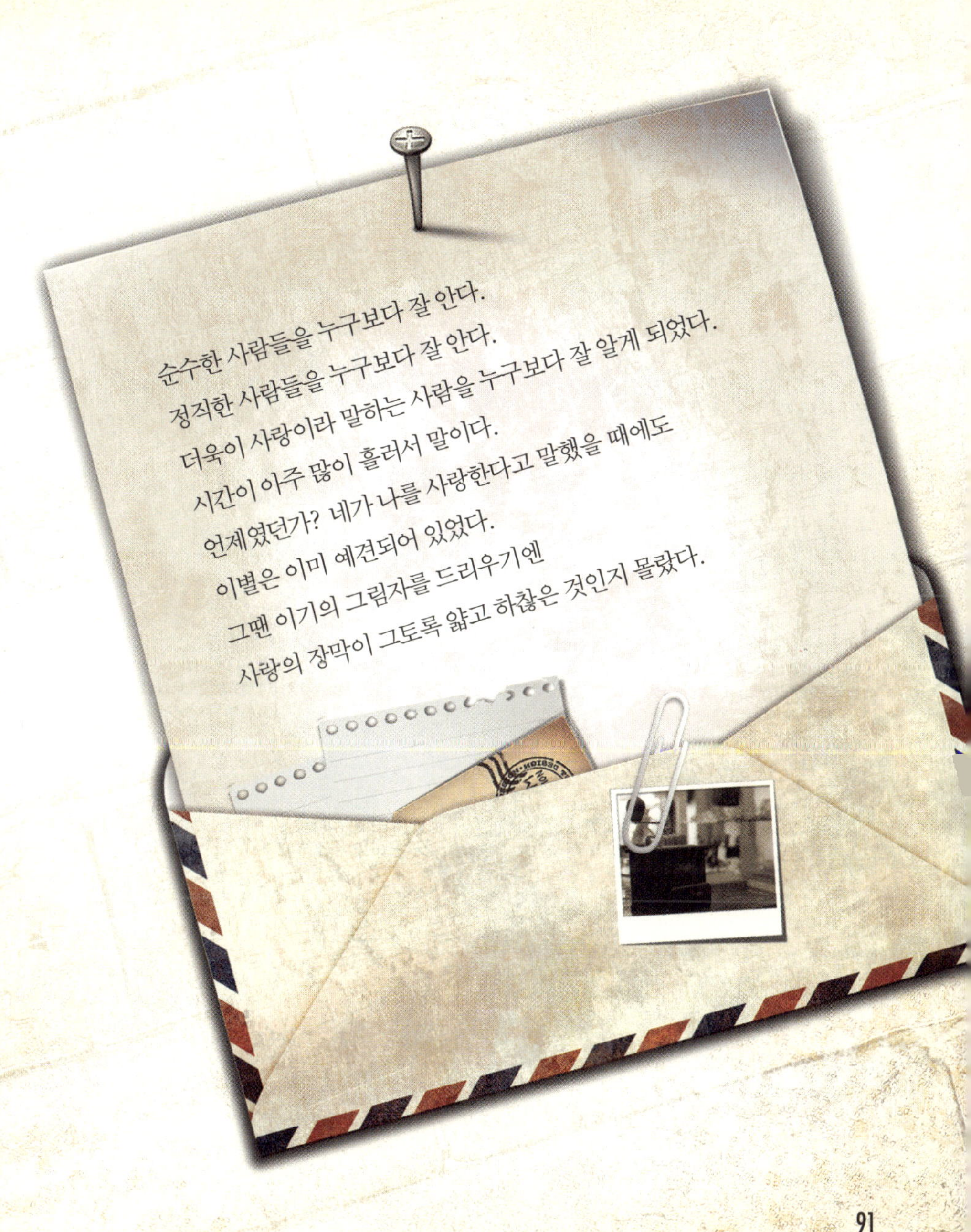
순수한 사람들을 누구보다 잘 안다.
정직한 사람들을 누구보다 잘 안다.
더욱이 사랑이라 말하는 사람을 누구보다 잘 알게 되었다.
시간이 아주 많이 흘러서 말이다.
언제였던가? 네가 나를 사랑한다고 말했을 때에도
이별은 이미 예견되어 있었다.
그땐 이기의 그림자를 드리우기엔
사랑의 장막이 그토록 얇고 하찮은 것인지 몰랐다.

꿈 속에서
자꾸만
후회되는 일들이
꾸물거린다.

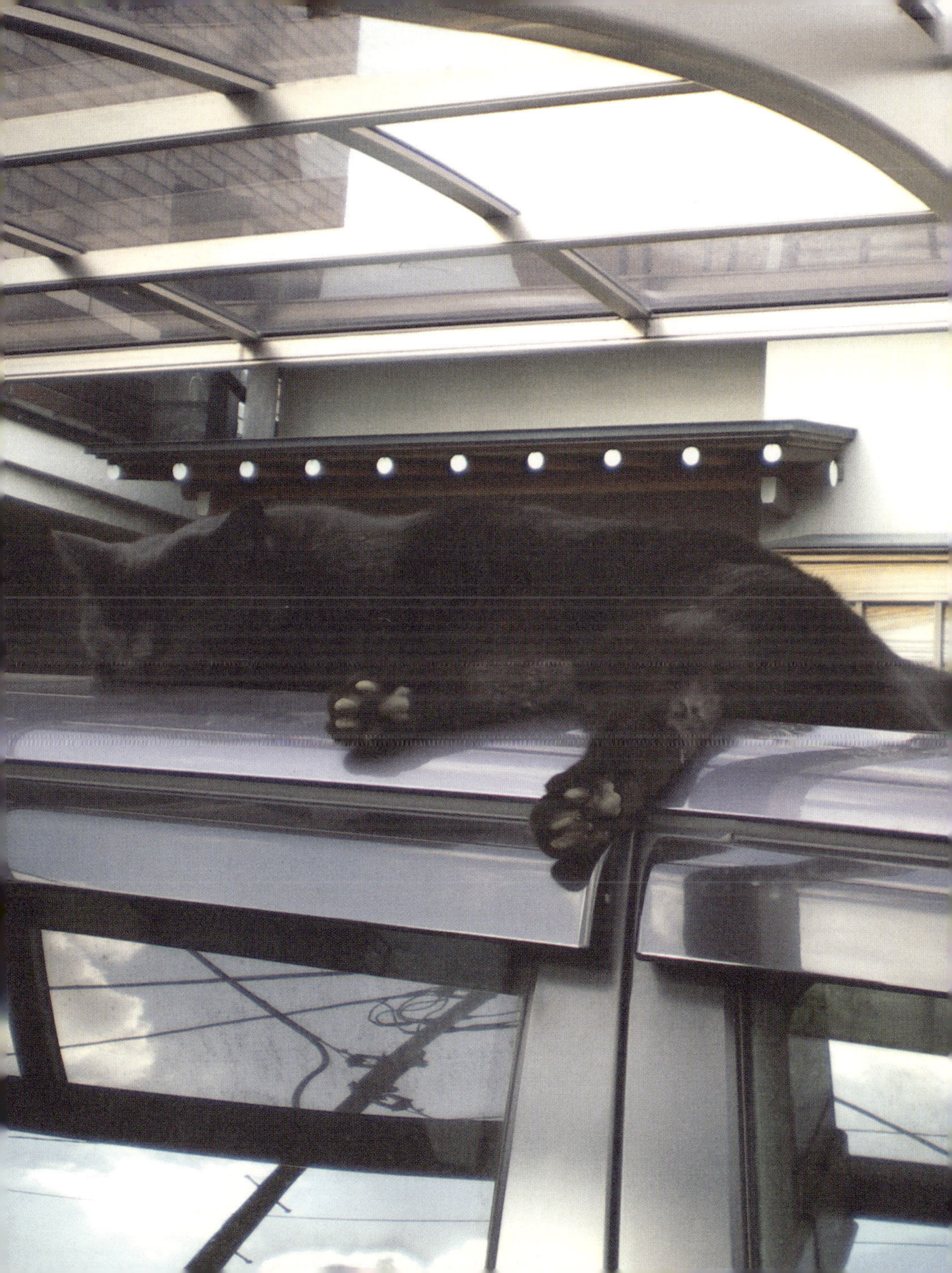

꼭 한사람
너였음.

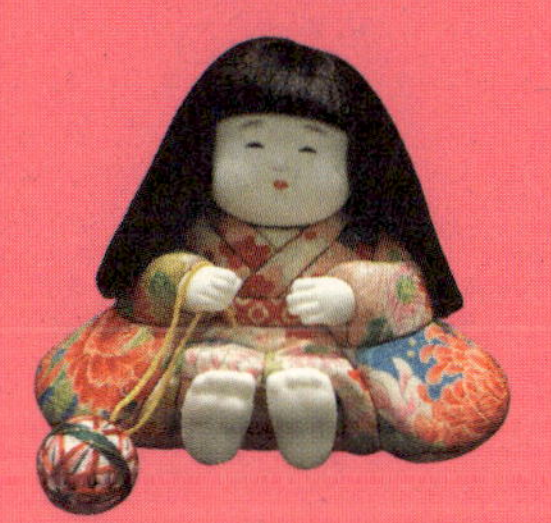

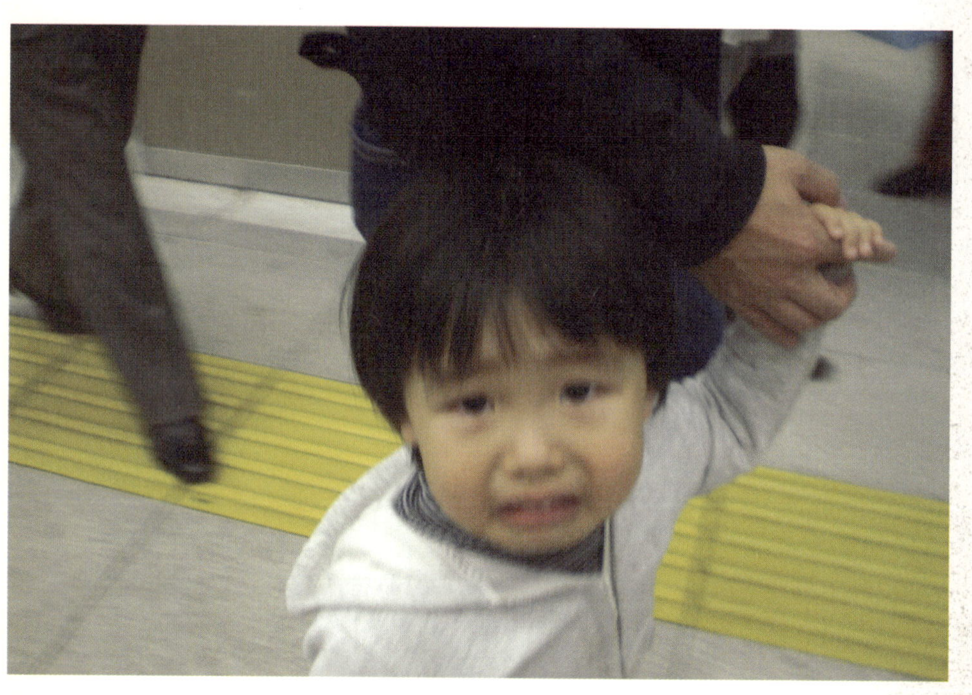

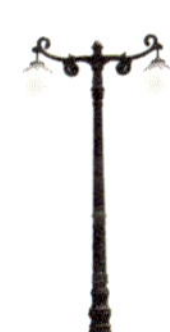

은하수 아래
꿈처럼
헤어지려나.

이제와 생각해보면,
나는 당신에게
달도 별도 잡아달라고 조르며
우는 아이처럼 굴었던 것 같다.

산을 내려오는 사람,
산을 올라가는 사람,
만나는 사람마다
모두 그랬다.

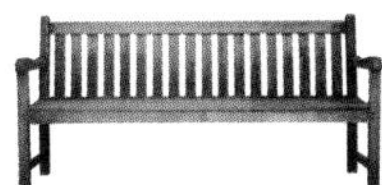

얼굴도
이름도
나이도
모르는 사람에게 안겨 엉엉 울고 싶은 날이 있다.
나에 대해 잘 아는 사람,
나를 잘 받아주는 사람에게
더욱 말하기 어렵고 복잡한 감정이 복받쳐 오르는 날.

요즘 시대는 하나 같이 불행하고 상처받고
극한 상황에 예상치 못한 일과 사람을 만나게 되면서
결핍과 좌절이라는 정서적인 함몰의 위험을
감지하지 못한 채 사랑을 속삭인다.
인간적인 배려는 고사하고 거침없는 행동과 이기심만으로—.
인간적인 체온을 느끼기엔 다분히 계산적인 나이의 수만큼
사람들을 만나 실망하고 헤어지면서 고작 할 수 있는 말이란
나는 그래도 너를 사랑했었다—.

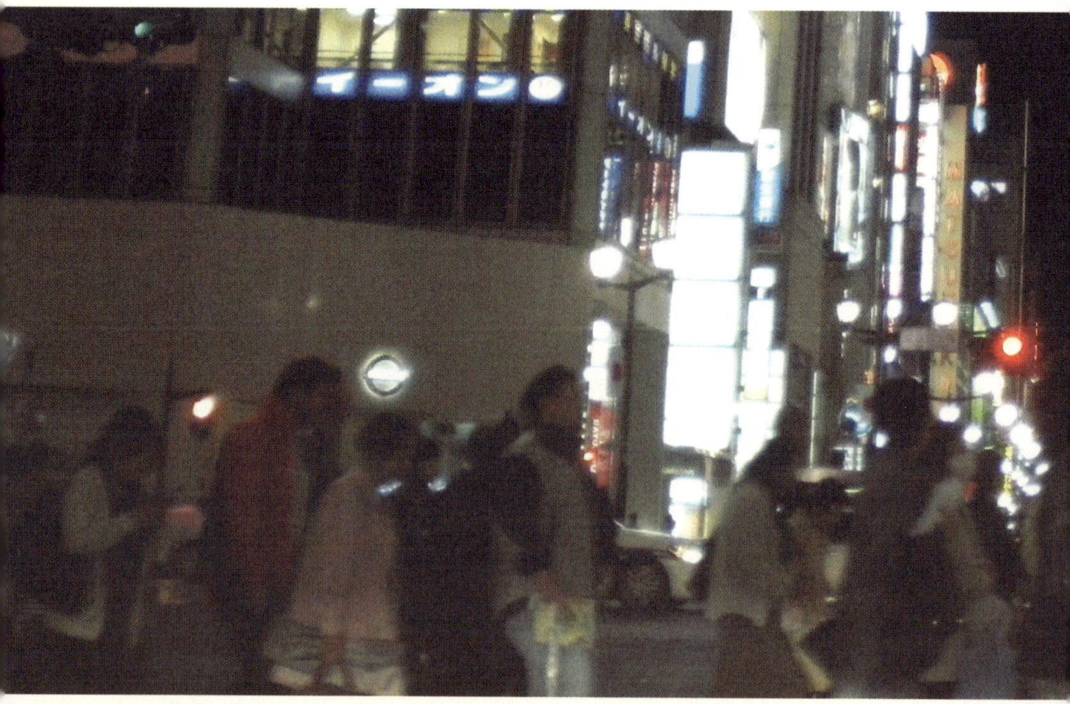

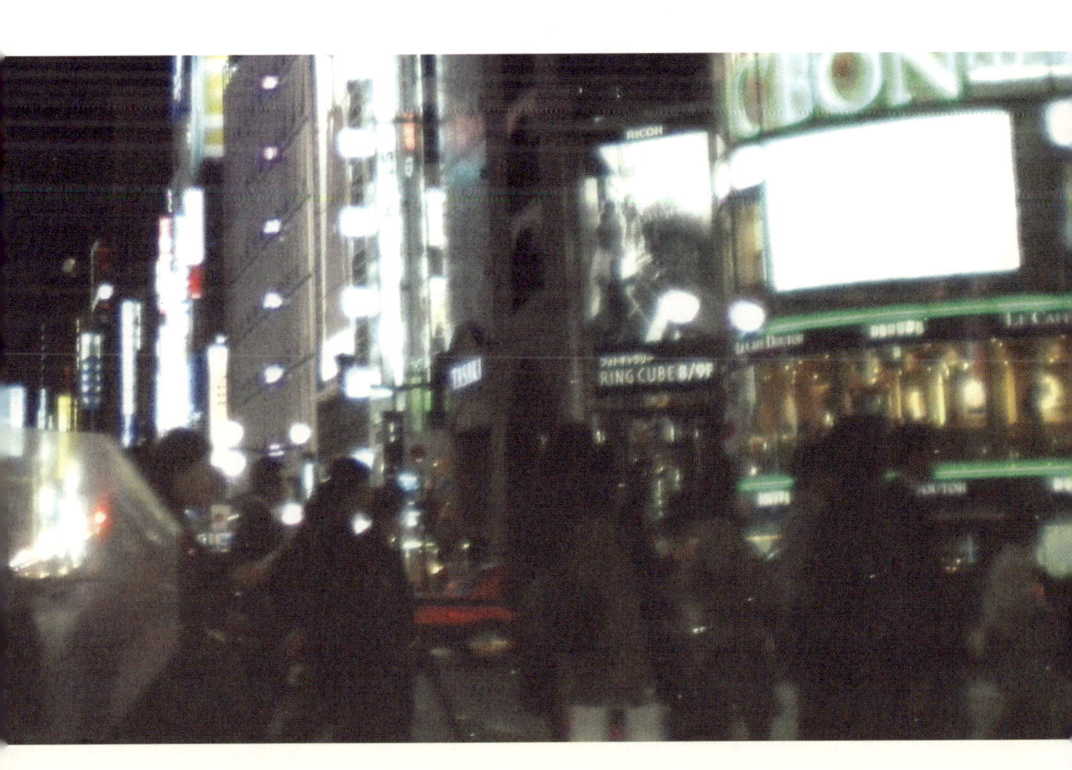

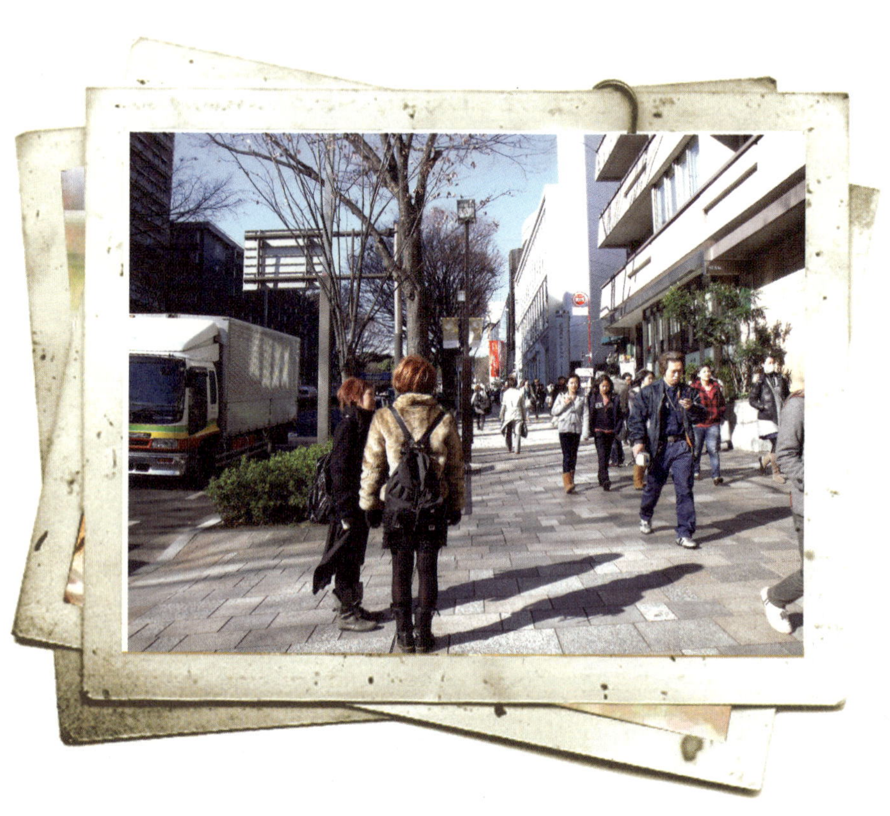

행복하라고
그리고 잊으라고
돌아서서 우는 마음

네가 가는 날,
언제까지나 언제까지나 나는 손을 흔들어 주었다.

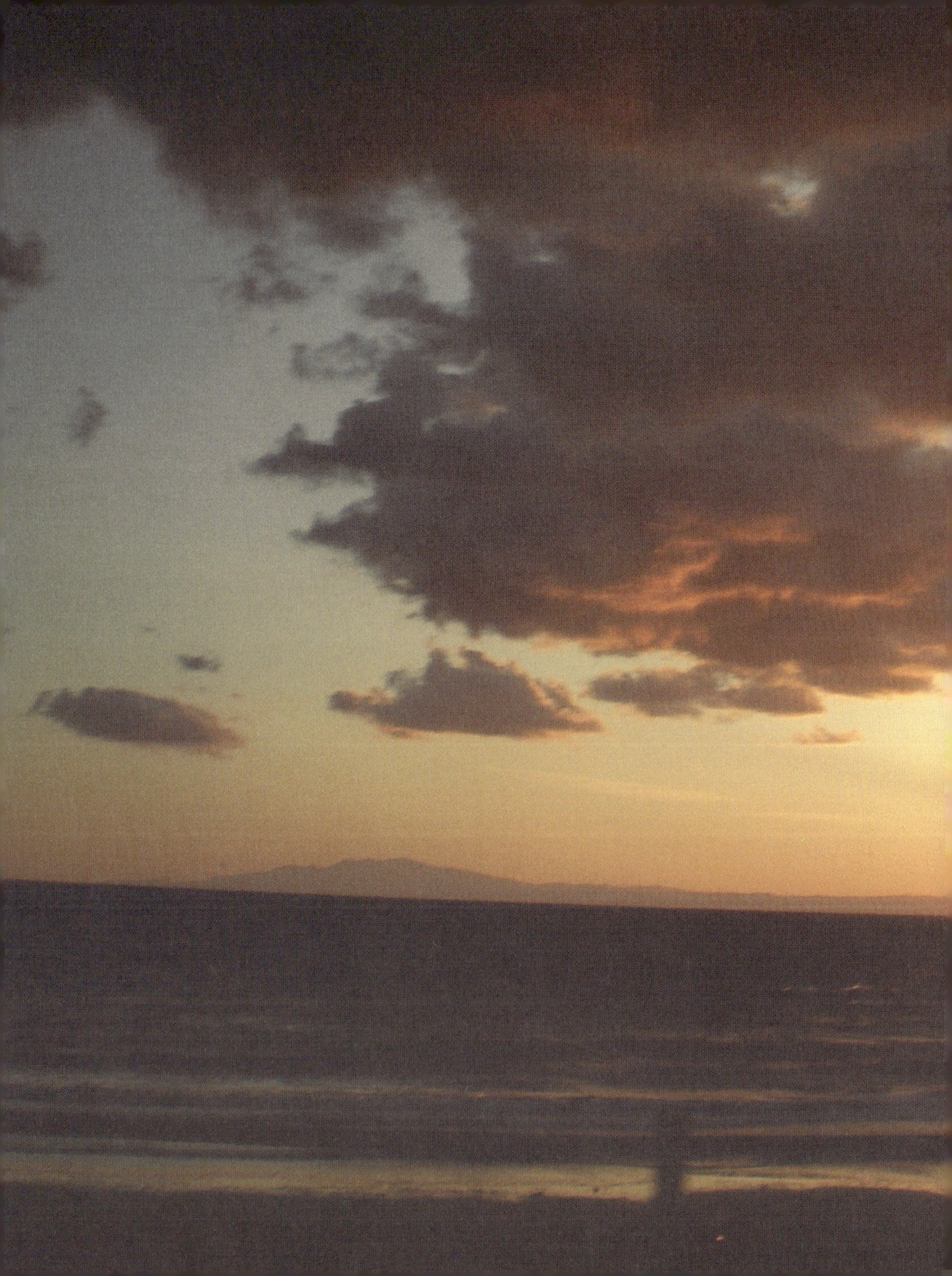

어느 날,
물가를 걷고 있으면
눈에 가득 차는 바다

추워지면
가슴에 더 사무치는
생각들 때문에.

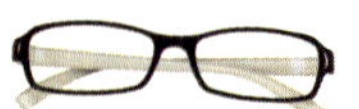

시간이 지날수록 쉬울 거라 생각했던 것이 어려워지고,
어려울 거라 생각했던 것이 쉬워진다.

그중 가장 착각했던 것은
너를 쉽게 잊을 거라는 생각이었다.

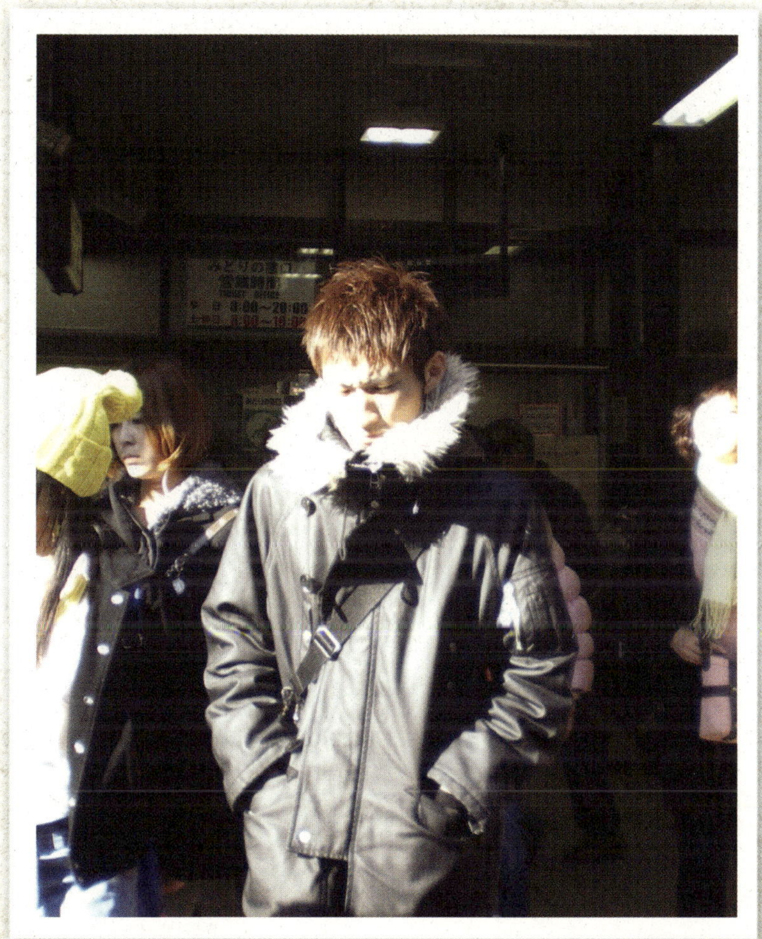

하룻밤에
한 해가 가고,
눈 깜짝 할 사이에
지나가버린 기억

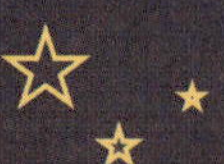

꿈같은 며칠
꿈이었으면 하는 며칠

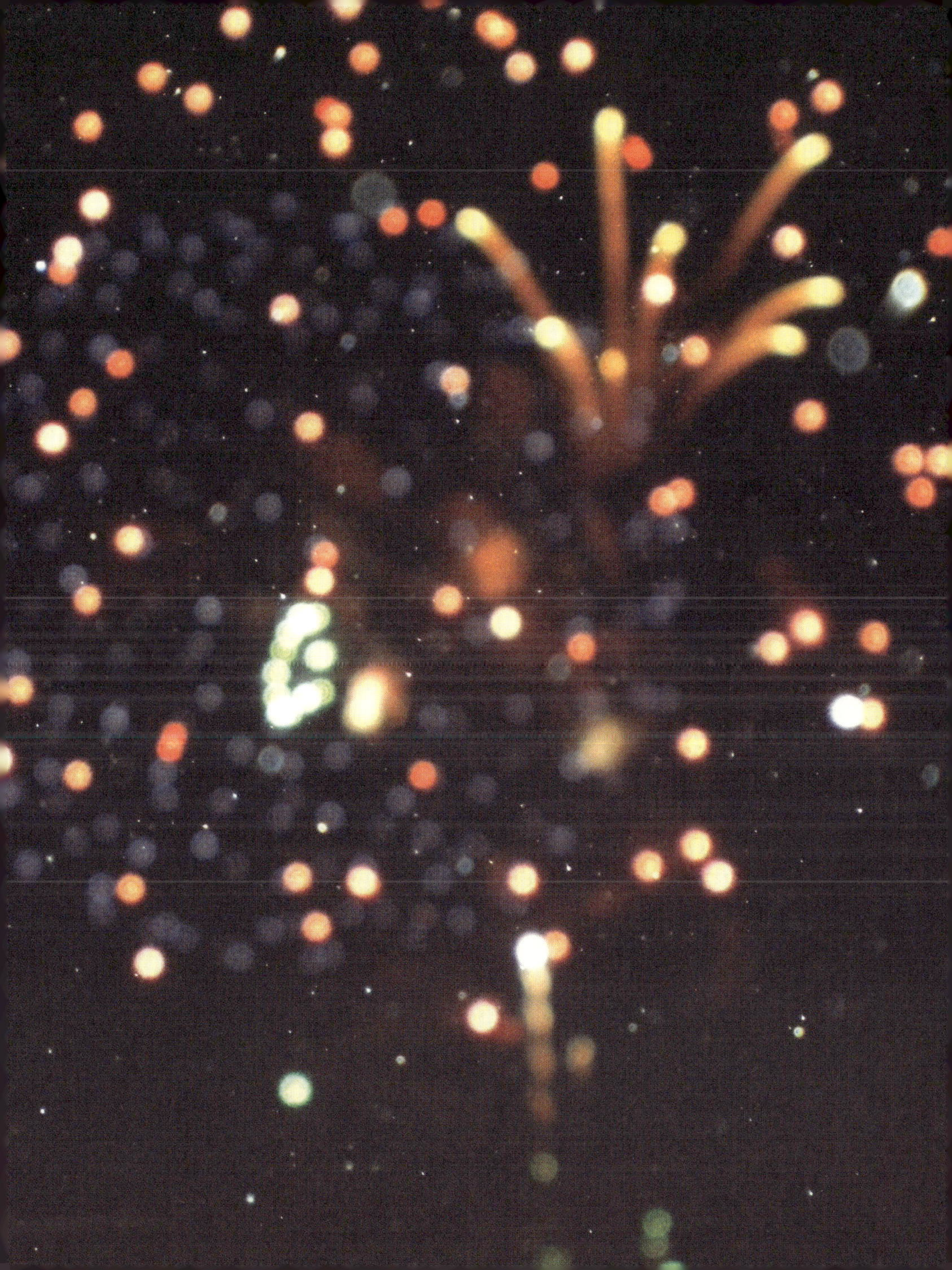

잊고자
오로지
그 생각만 했던
시간들.

온통 그리운 것 천지.
하지만
그립다 말하고 돌아보지 마.

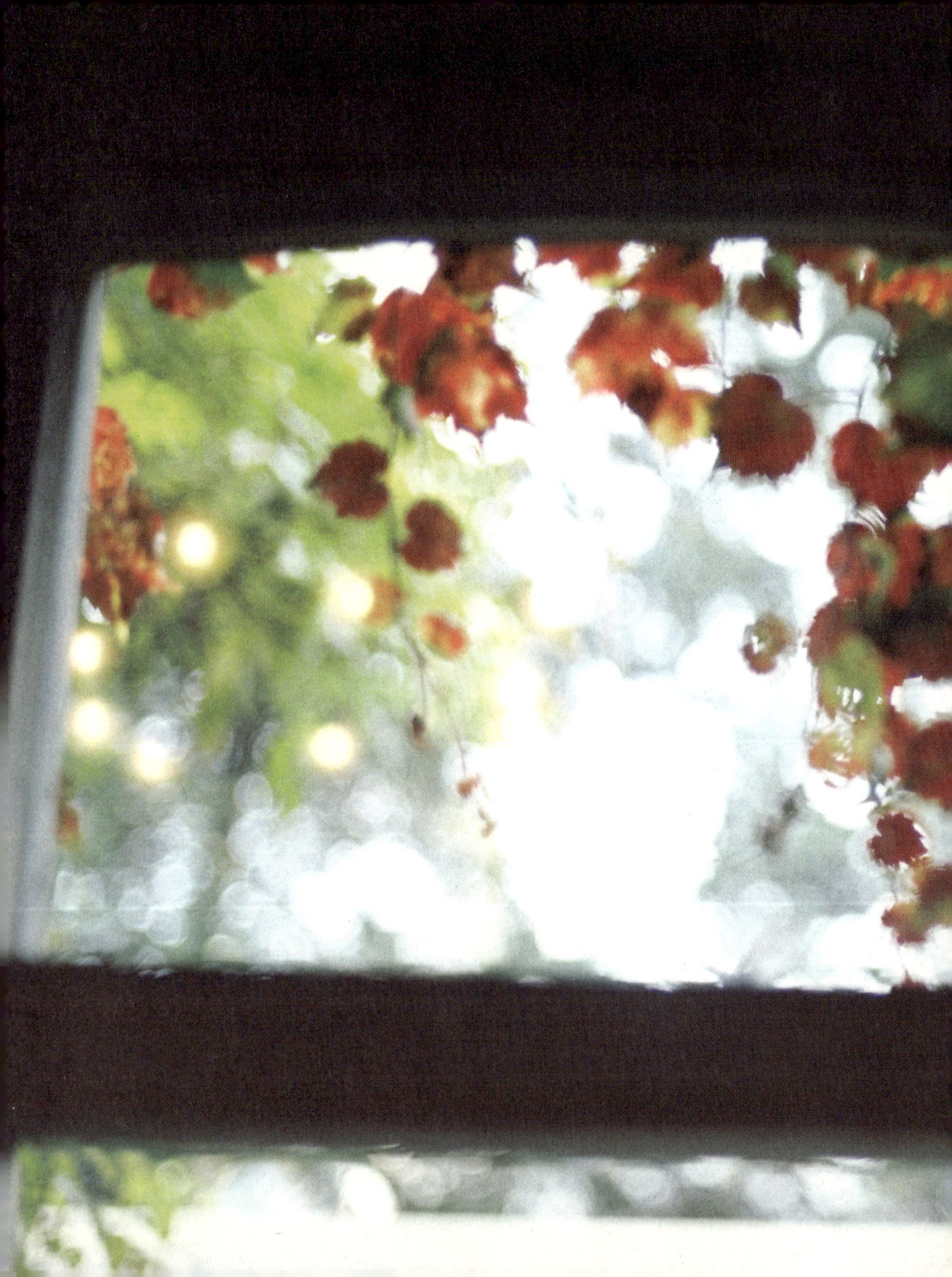

가을이
깊어지면 모든 것이
그리워진다.

생각하지 않는다고
다짐하지만,
그 다짐이
너를 생각하고는—.

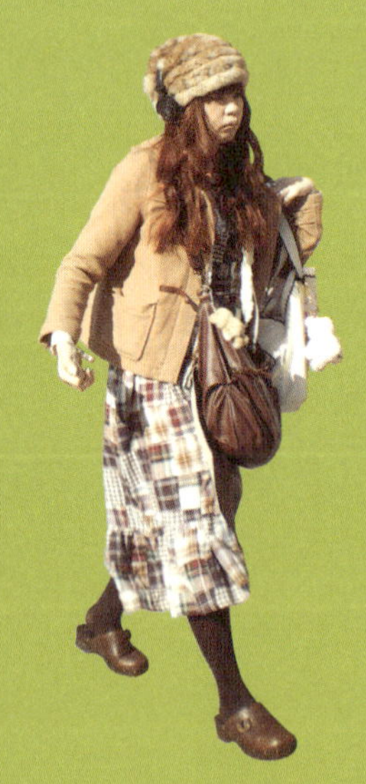

기억은 멀어지고,
생각은 멈추고
그리고 안녕

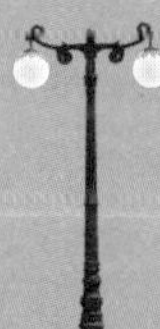

모든 사람에게는 저마다의 사랑법이 있다. 참 신기한 것은
시간이 모든 것을 말해준다는 진리를 우리는 듣지도 알려고도 하지 않는다.
하지만 그토록 죽고 못 살 것 같은 사람도 헤어지면 쉽게 잊힌다.
그럼에도 우리는 사랑을 했고, 할 것이다.

사랑이란 뭘까?
사랑 참 어렵다.

어디서 본 듯한
어디서 낯익은
네 얼굴은
꿈에서는
아주 가까운 모습

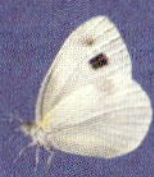

씻김 없는 마음은 비를 통해서도
그 진가를 여실하게 반영하는 듯하다.
술 두 잔에 그리운 얼굴 하나 만났다.
그리고 잊었던 너를 만나
'행복했어, 그리고 행복해' 라는
마지막 인사를 건넸다.

폭풍이
지나간 자리
찬바람만 남는다ー.

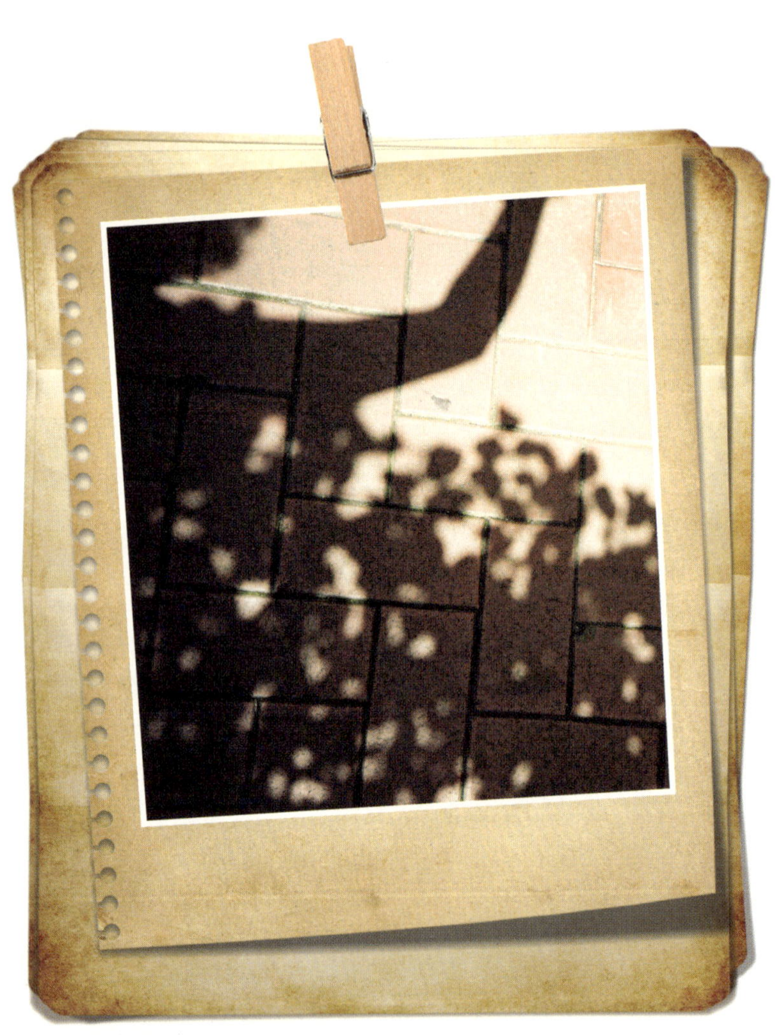

심연의 늪

헤어나지 못하는 것은
현실이 아니라 마음이다.
어떤 이가 헤어진 이후에도
미련이든 증오든 후회든
과거를 잊지 못하고 괴로워한다면
그것이 곧 심연이 아닌가 싶다.
과연 나에게도 심연의 아픔이나
슬픔이 있나 생각해 보았다.
무심하게 잊는다.
그리고 가끔 생각한다.
그 또한 얼마나 부질없는 꿈과 같은 것인가—.

애타게
그리워하는 순간
시간을 버리고,
마음을 버리고-

울어 울어
네가 가는
그 길에 서 있다.
달 위에 앉은
고독한 아이같이.

눈에
보이지 않는다고
마음에 보이지
않는 것은 아니지.

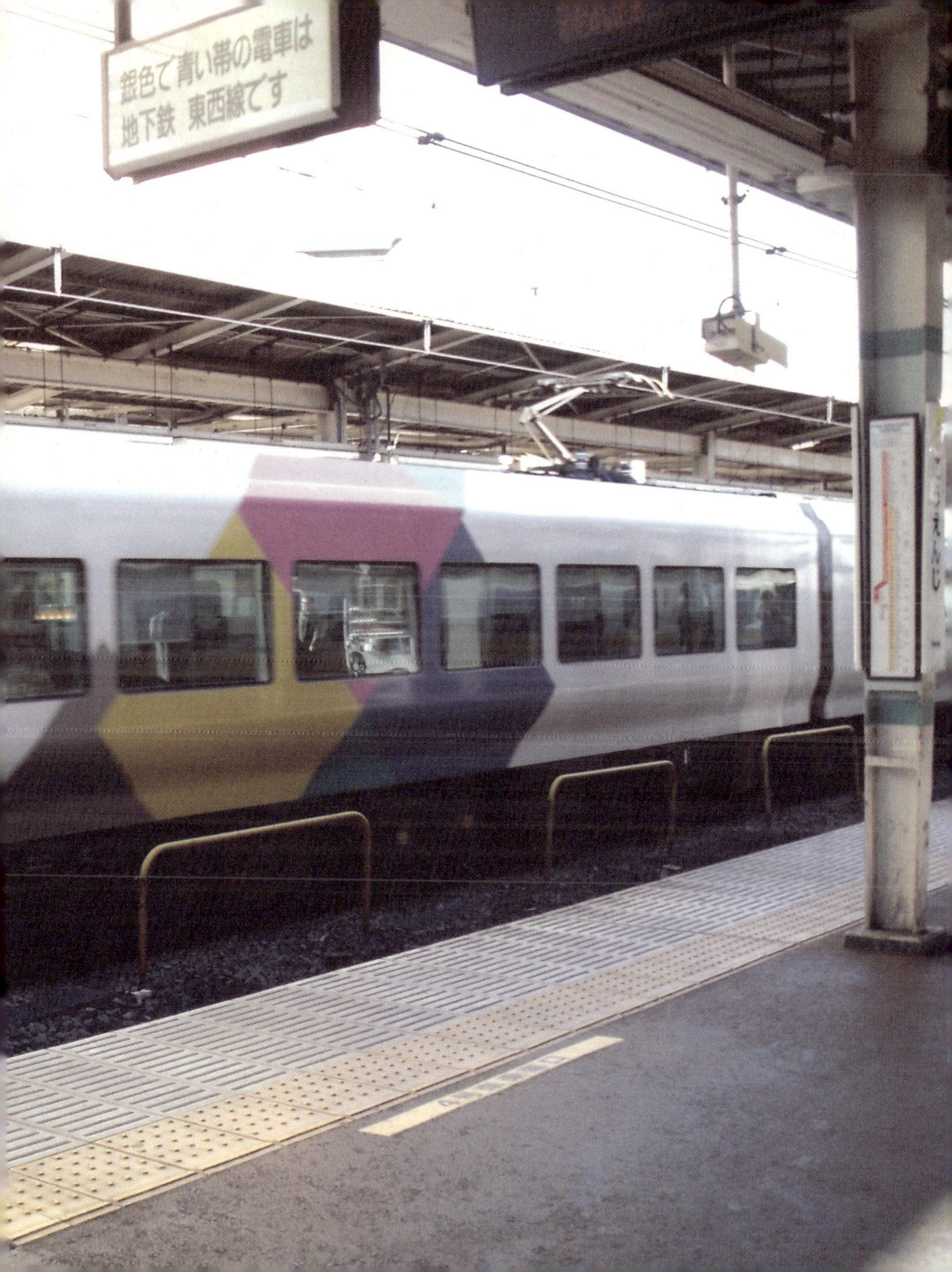
銀色で青い帯の電車は
地下鉄 東西線です

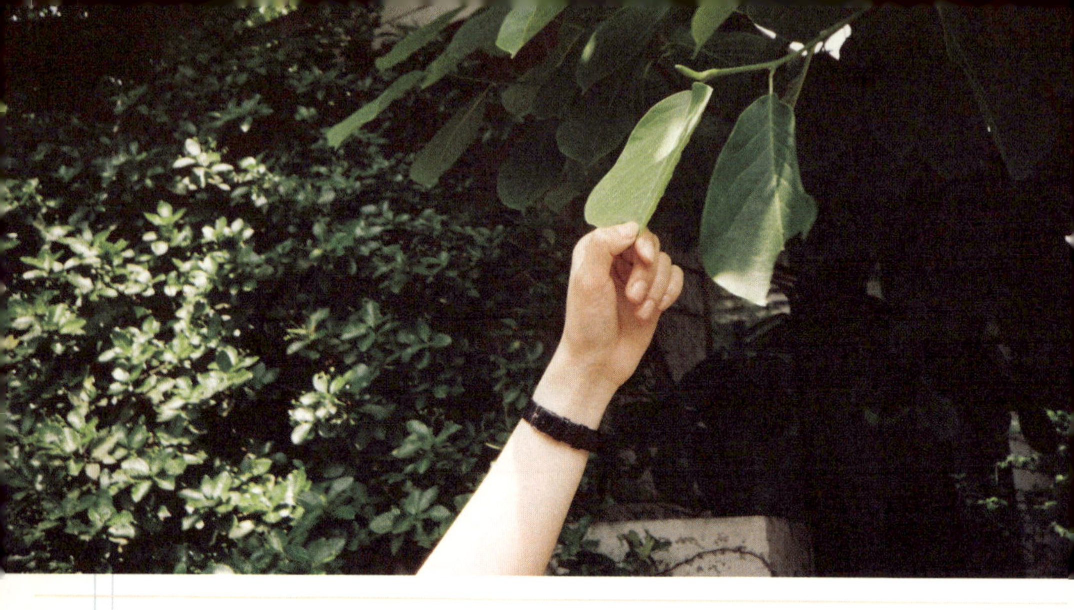

천천히 조용히
그리고 아주 깊게
가슴에 새긴다.

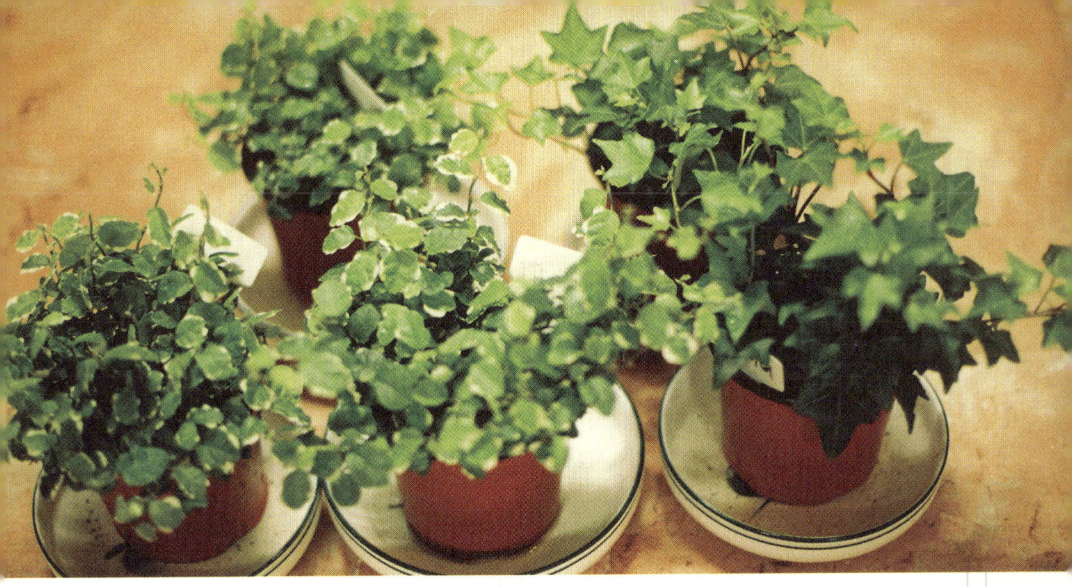

지난 것은
다 아름답고
다 그립다.

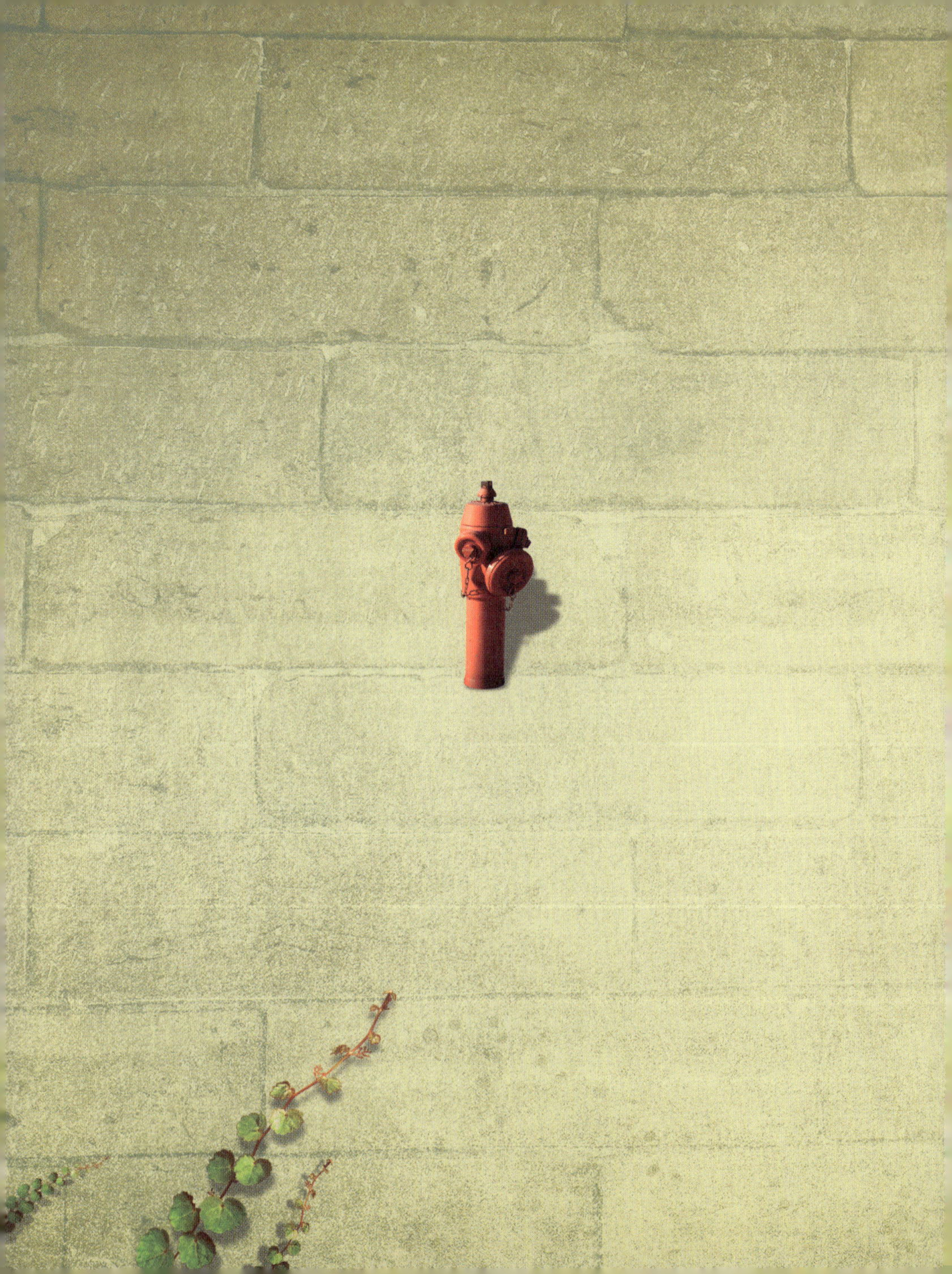

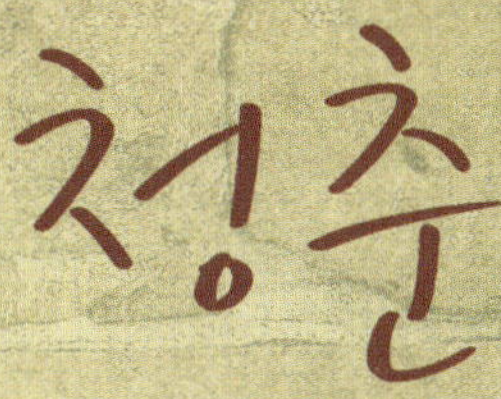

어느덧 '어리다' 는
말보다 '젊다' 는 말이 어울리는 나이가 되어버렸다.

푸른 하늘을 보면서
달리고 뜀뛰는게 아니라,

푸른 꿈을
꾸어야 될 청춘.

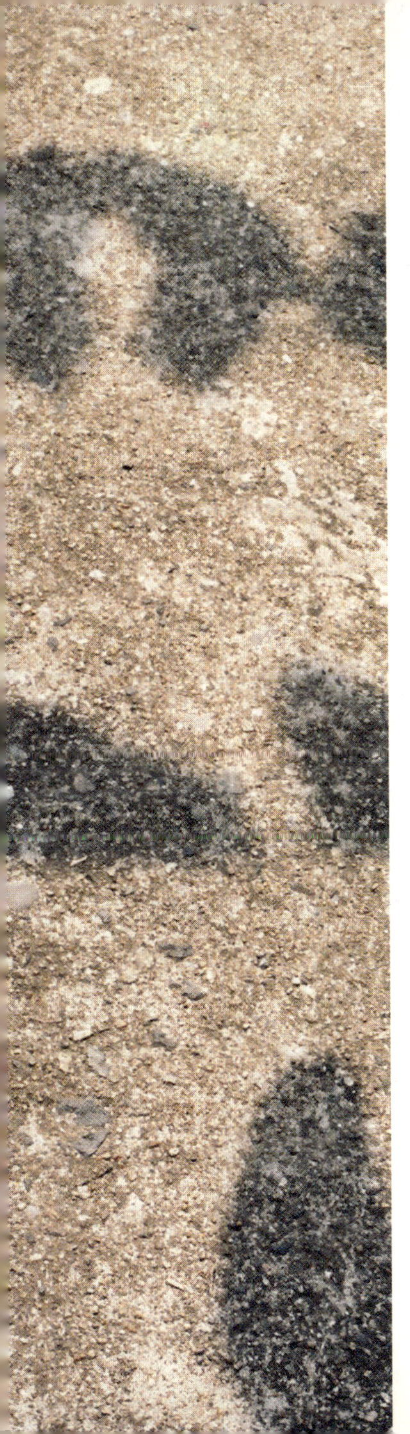

내가 어릴 때
"빨리 어른이 되고 싶어요!"라고 하면
엄마는 내게 "그 시절이 가장 좋지" 하고
그럼 난 다시
"그래도 어른이 되고 싶어요. 빨리!"라고 했다.
그런데 어른이 되고 보니,
인생의 무거운 짐들과 책임감들은
기다리기라도 했던 것처럼 내 어깨를
허물어뜨리려 한다.
퇴근길에 길모퉁이를 돌아보니, 동네 꼬마들이
얼굴에 흙을 묻히고 칼싸움을 하고 있다.
'그래, 그 시절이 가장 좋았지!'

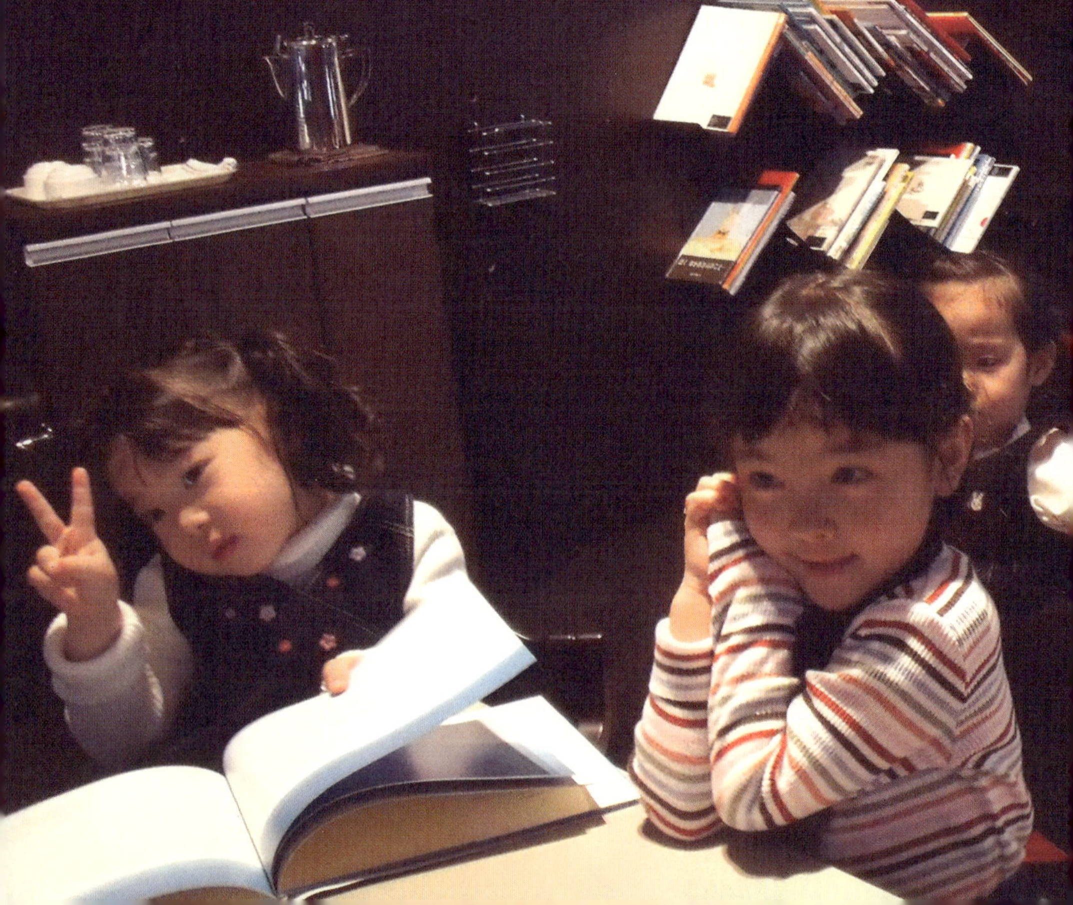

예쁘기도 해라.
모두가 웃어 버린
얼굴에―.

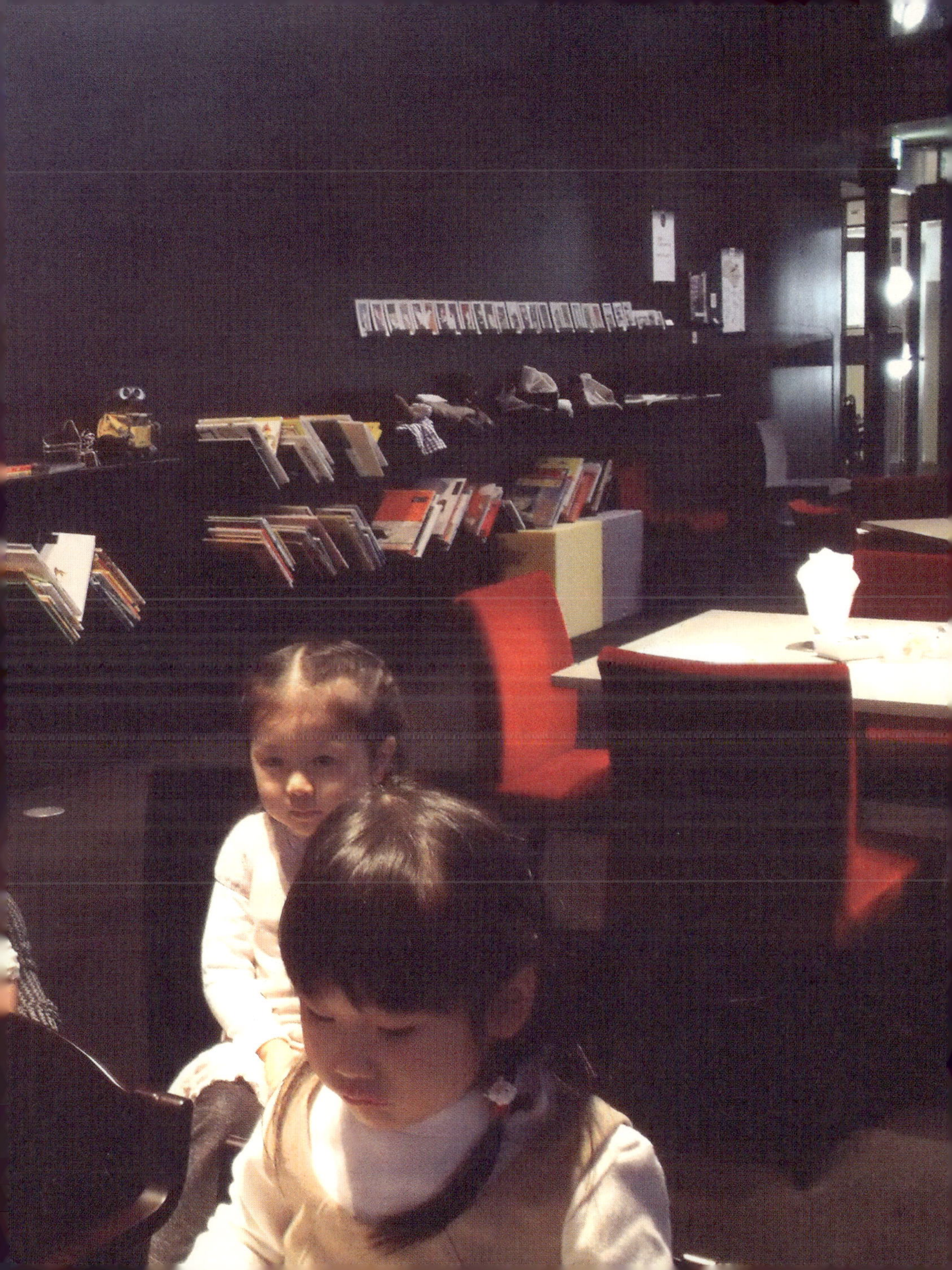

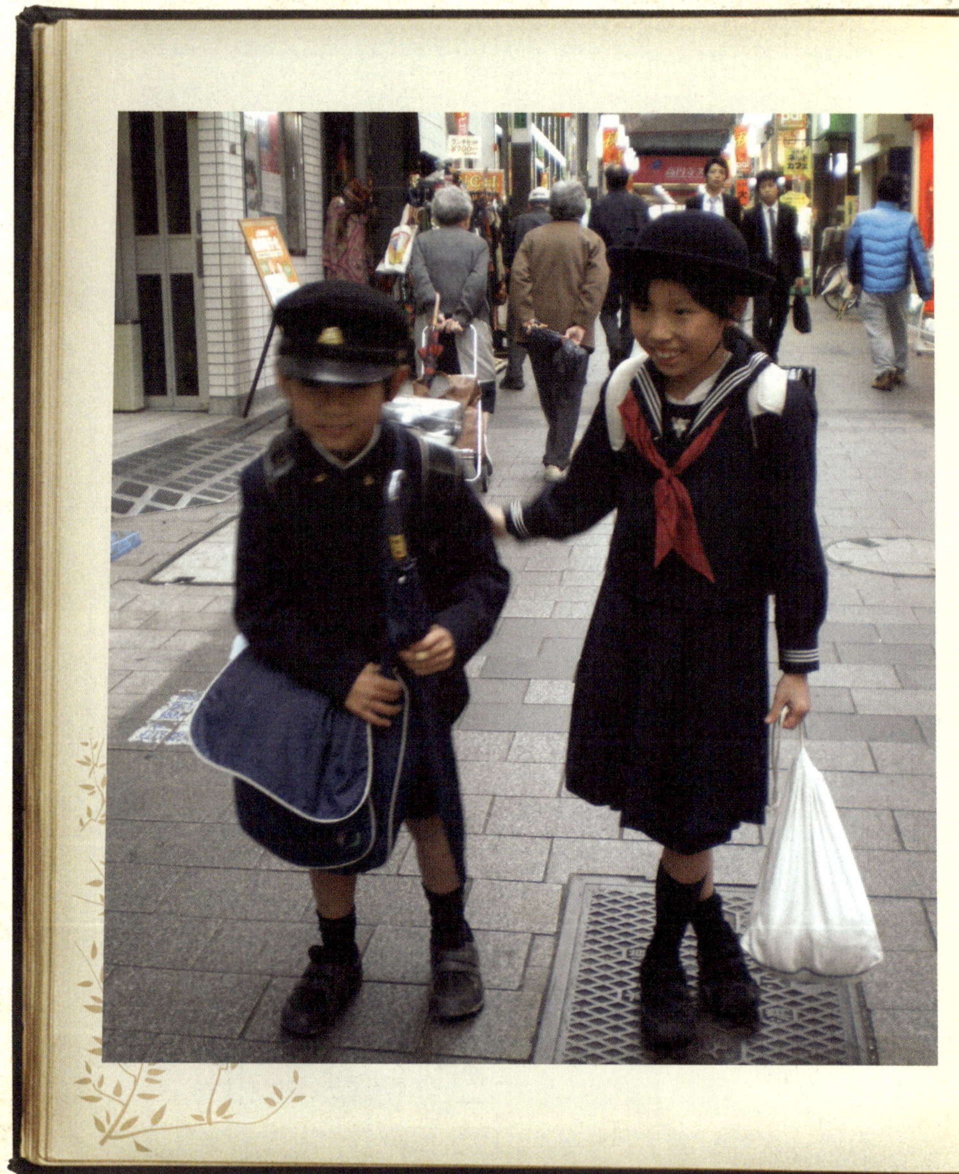

내 어릴 적
친구들은
모두 어디에 있지?

까르르르~
까르르르~
자지러지는
웃음소리에 돌아보니
눈이 부시도록
아름다운 너희들이
있었구나.

커서
어려운 사람을
돕는 대통령이
되렵니다.

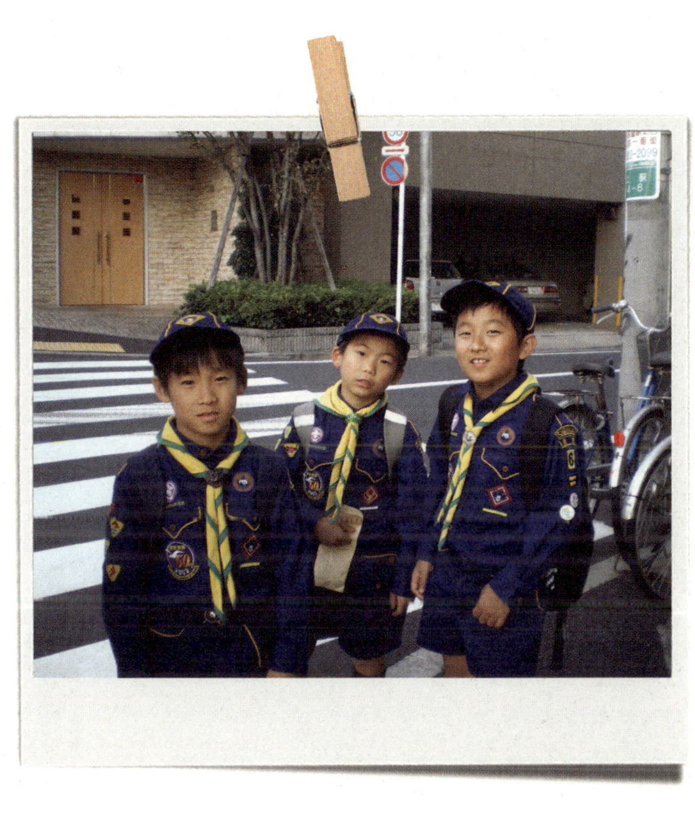

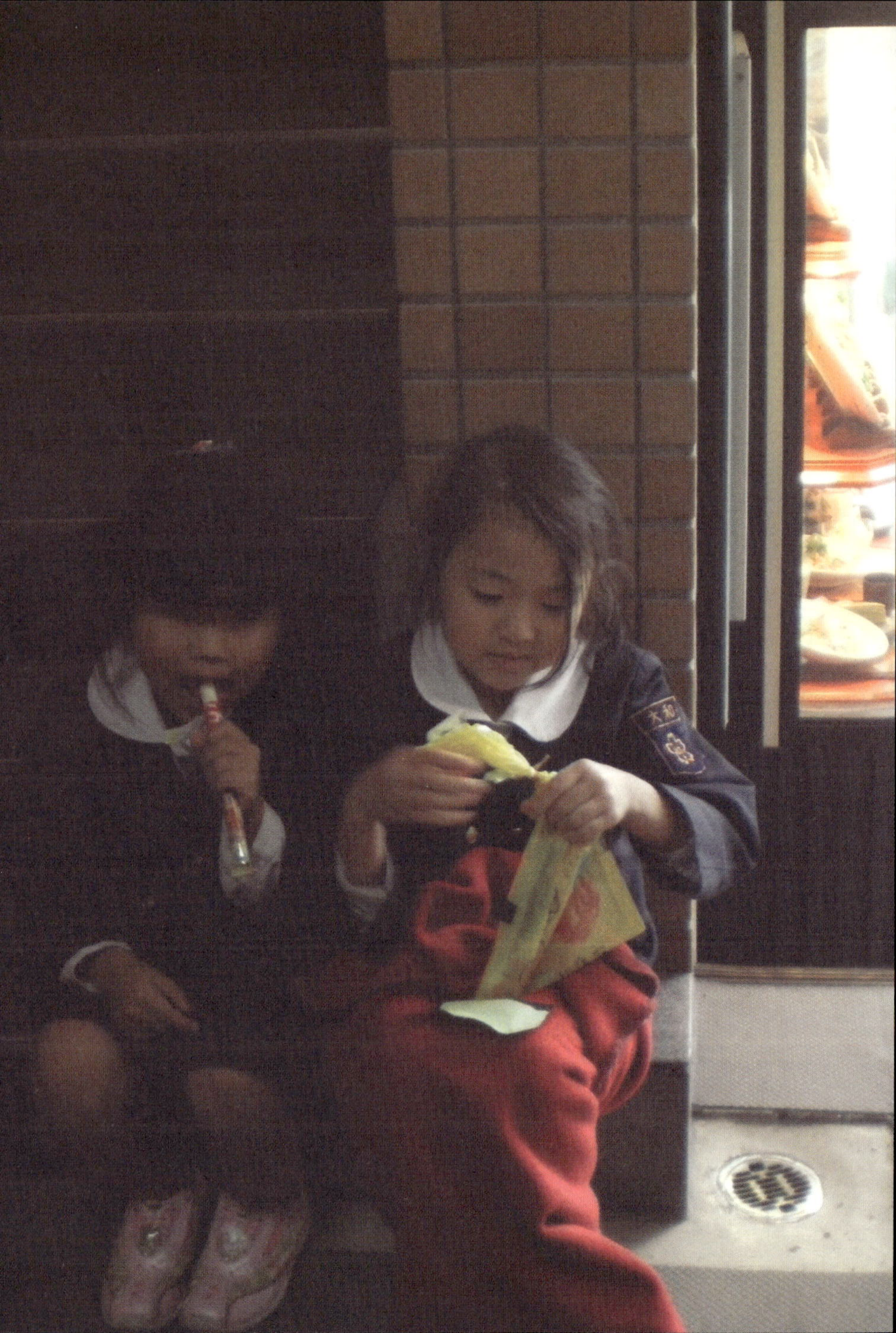

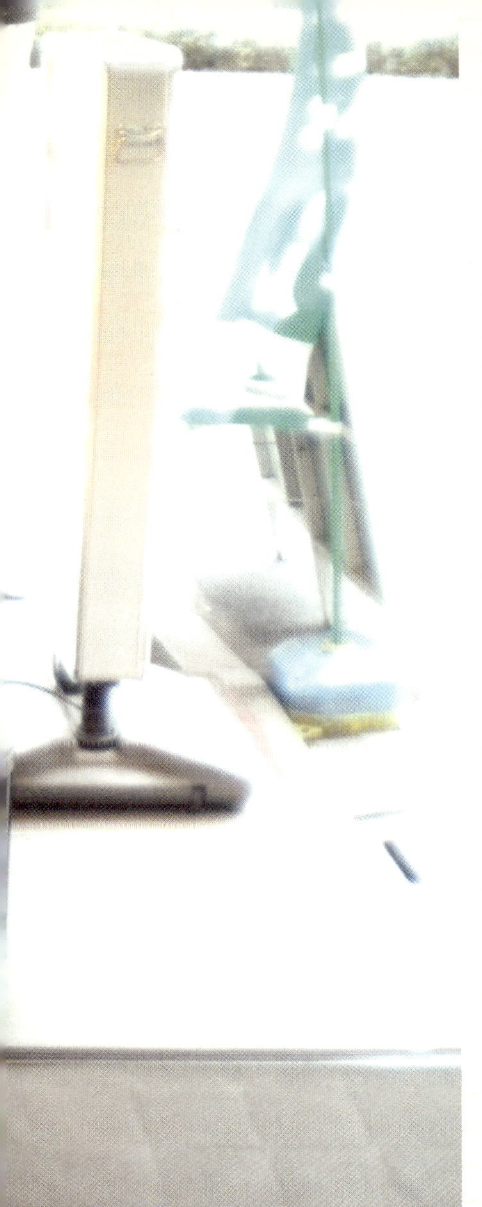

애들아 노올자.

칙칙 폭폭 칙칙 폭폭
소리 내는 기차에
마음도 실린다.

꼭꼭 숨어라.
머리카락 보일라.

해가 지는데도 저땅의
어둠이 깔려도.

어느덧 '어리다' 는
말보다 '젊다' 는 말이
어울리는 나이가 되어버렸다.

푸른 하늘을 보면서
달리고 뜀뛰는게 아니라,

푸른 꿈을
꾸어야 될 청춘.

지금 나는
여행을 떠나려고 한다.
문을 열고 나가면
모두가
추운 세상임에도-

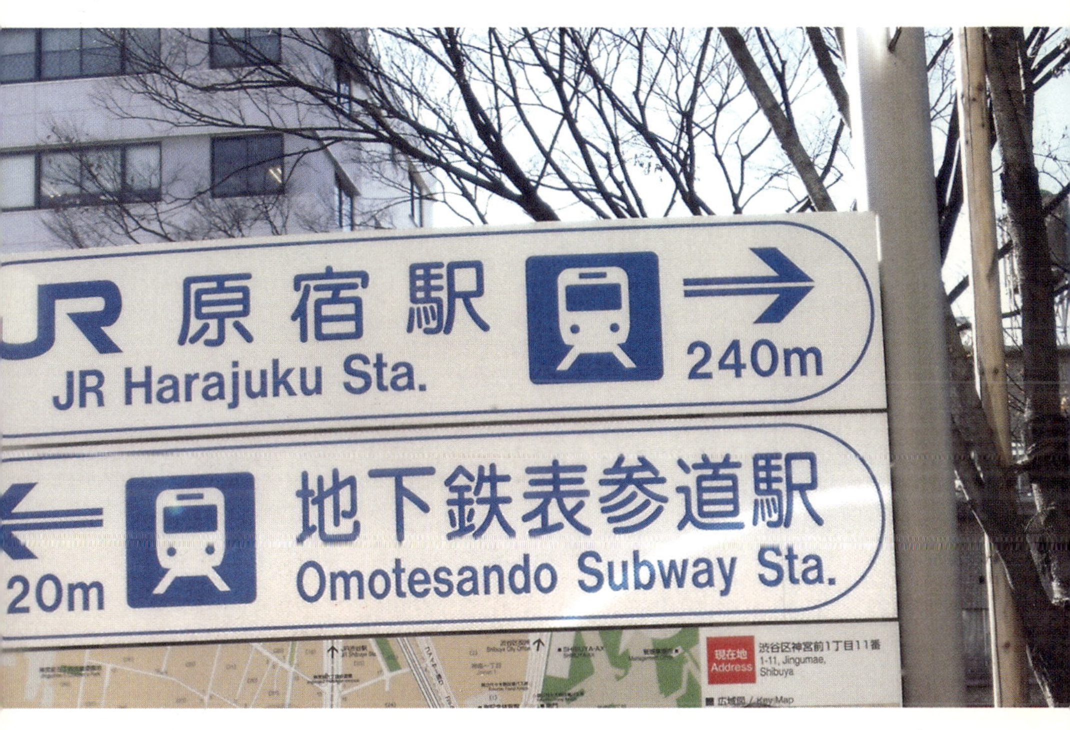
JR
原宿駅
JR Harajuku Sta.
240m
地下鉄表参道駅
Omotesando Subway Sta.
20m
現在地
Address
渋谷区神宮前1丁目11番
1-11, Jingumae,
Shibuya
広域図 / Key Map

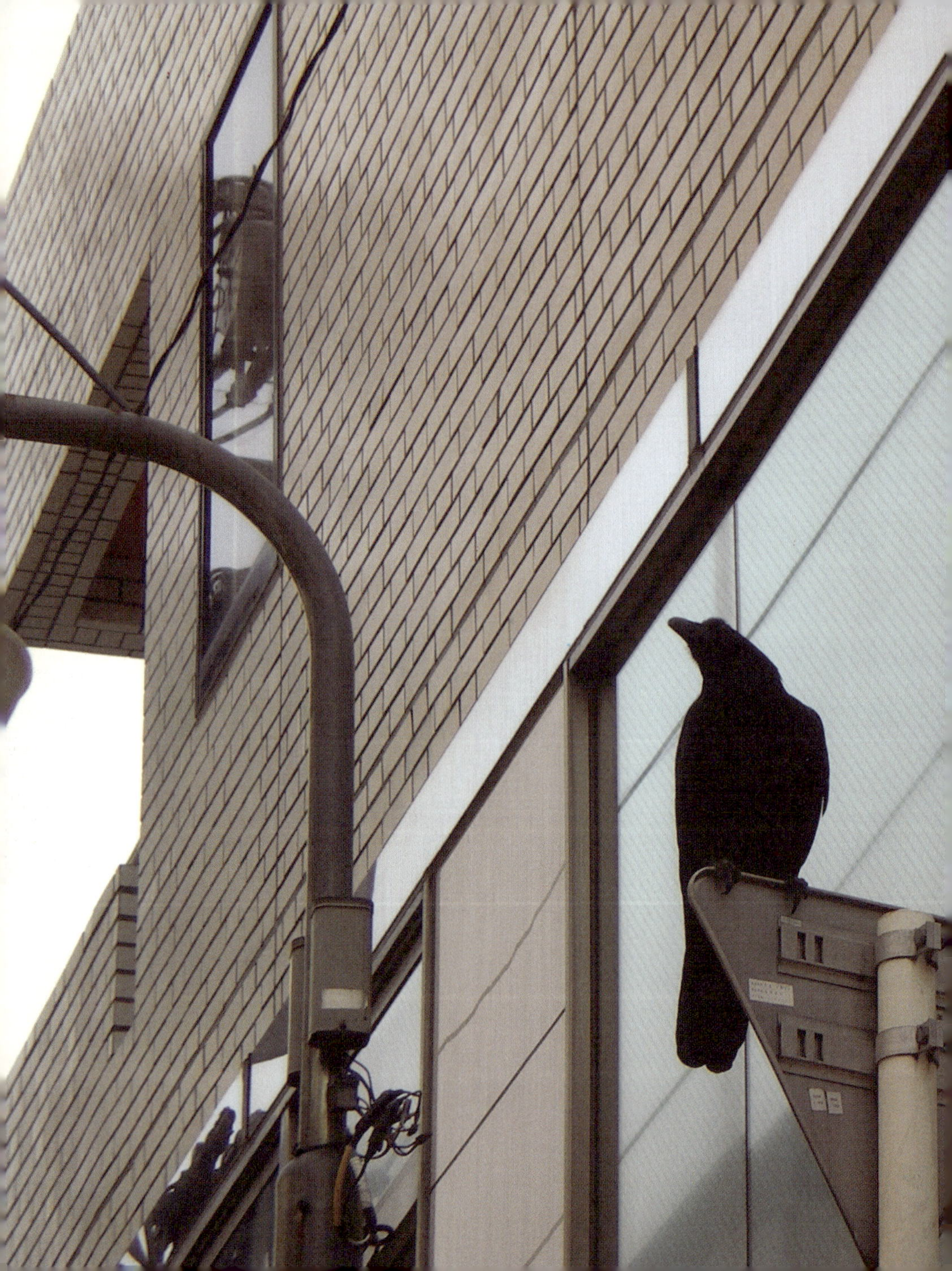

한걸음 한걸음
이윽고 올라가 시야가
열리는 눈 아래의
매우 넓은 세상.

조금씩 조금씩 알게 된 사회생활,
결코 호락호락하지가 않구나.

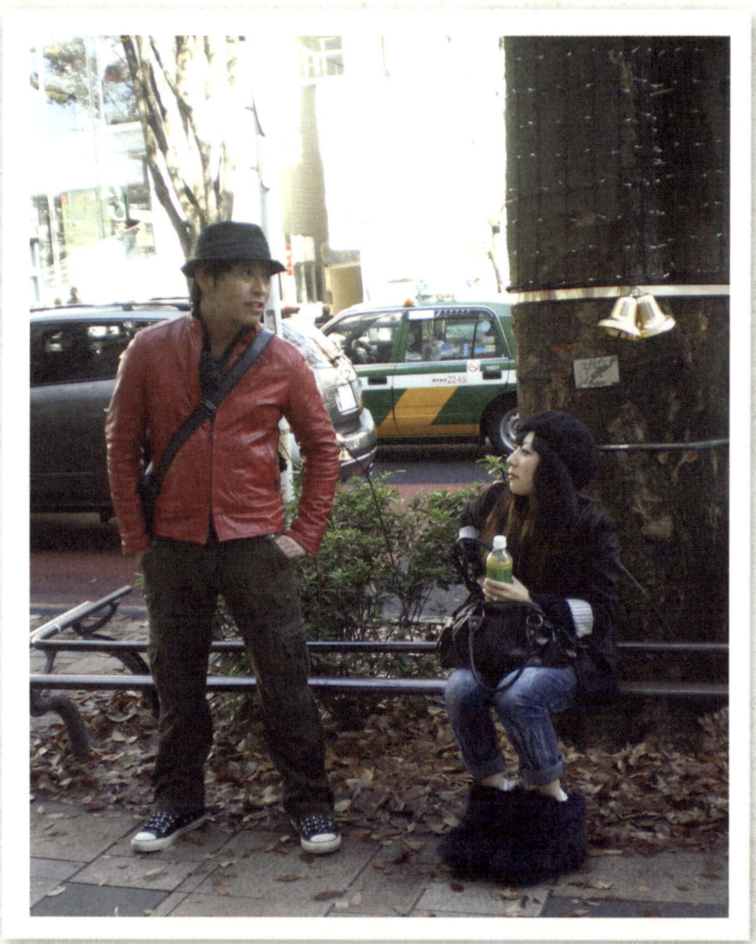

젊은 시절

좋은 친구나 연인을 만나고, 여행을 하고, 학업
에 열중하다 보면 언젠가 그 빛을 발하리라 믿
어 의심치 않는다.

사실 하고 싶은 것을 다 할 수 있는 사람은 그리
흔치 않으니까, 그러나 젊은 날에 자신의 꿈을
반드시 이루겠다는 생각과 열정은 중요하다.
그저 막연한 희망과 실현은 다른 것이므로—.

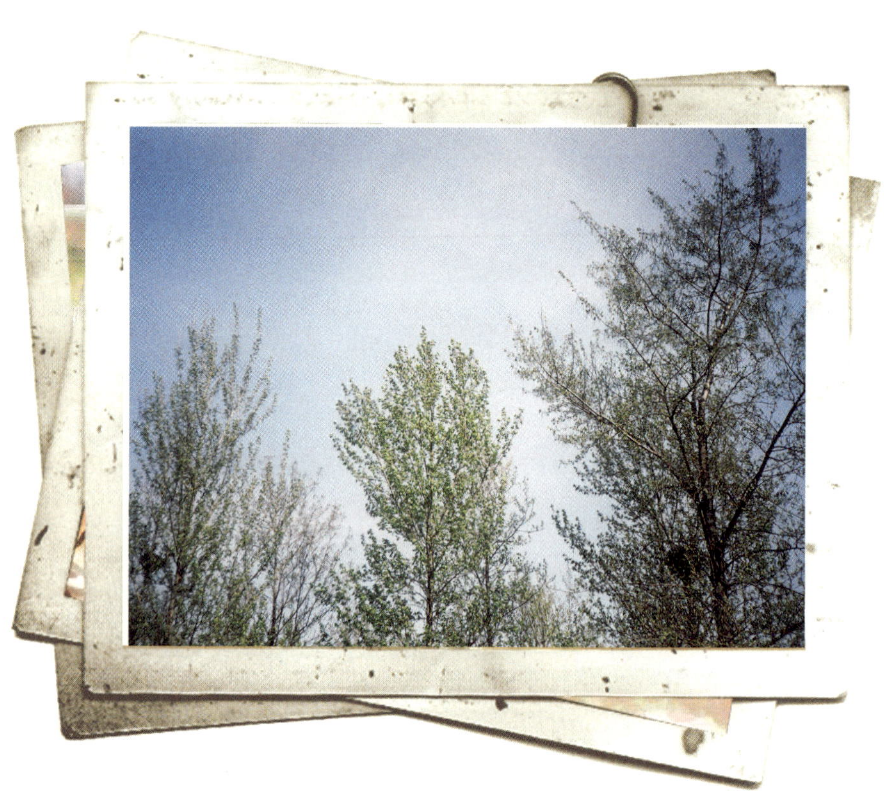

아직 멀었어?
그렇게 올라 왔건만
겨우 여기야?
아무것도 안 보여.

내가 걷고 있는 이 길이 내 길인지.
잘못 들어선 것은 아닌지.
아니, 잘못 들어선 것인지조차 모르고 있는 것은 아닌지.
때때로 청춘은 '불안함' 과 '불확실성' 을 대신하는 이름이 된다.

청춘은 마치 꽃잎이 새순을 열고

봄날에 기지개를 펴는 모습과 같다.

그러한 찰나의 강렬함과 싱싱함이

바로 청춘이다.

청춘에는 용기, 모험, 열정 등

수많은 희망의 단어들이 따라온다.

물론 좌절이나 실패의 그림자는

절대 없을 것 같은 온전한 느낌만으로ㅡ.

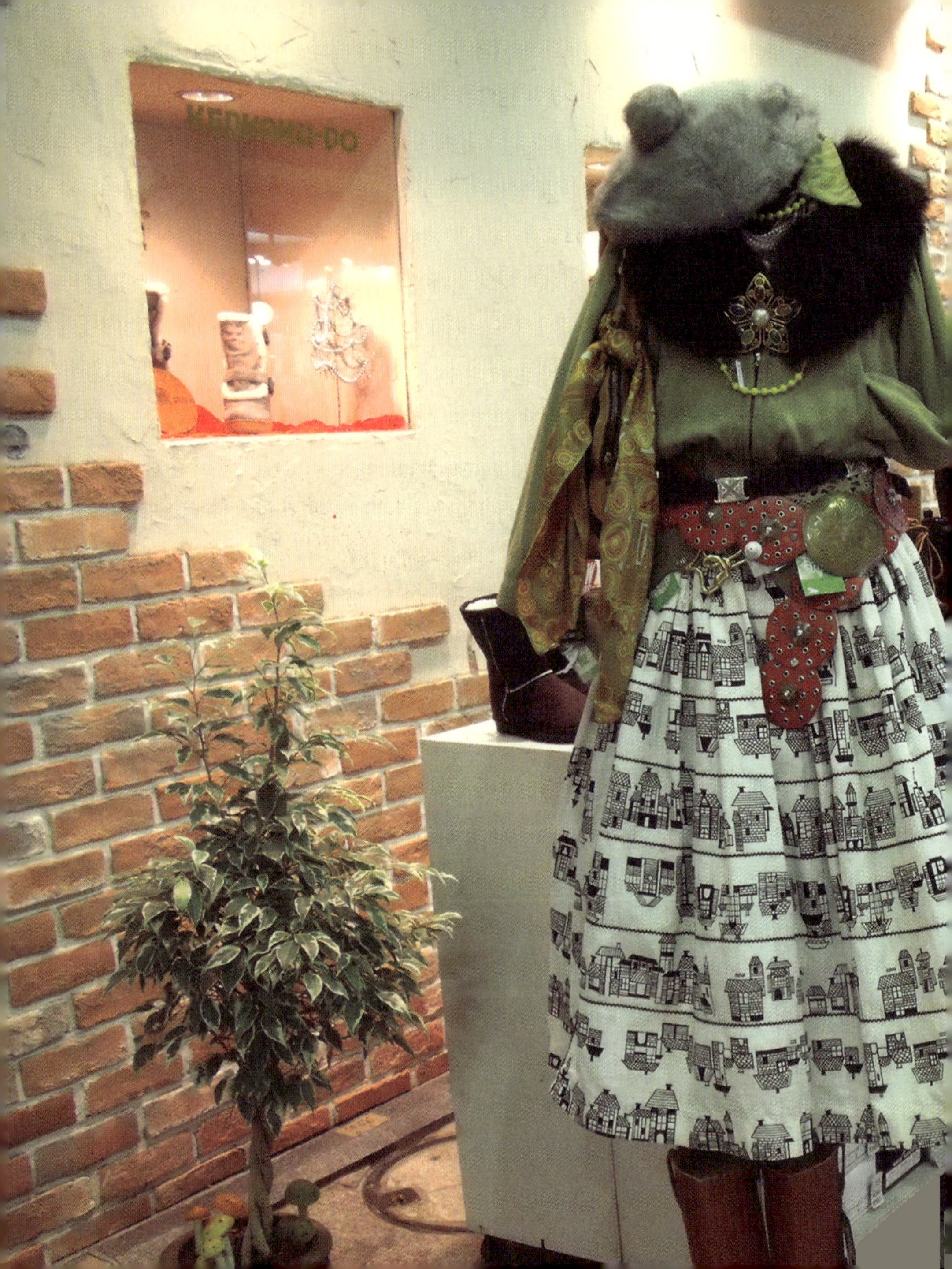
КЕРИЧИ·DO

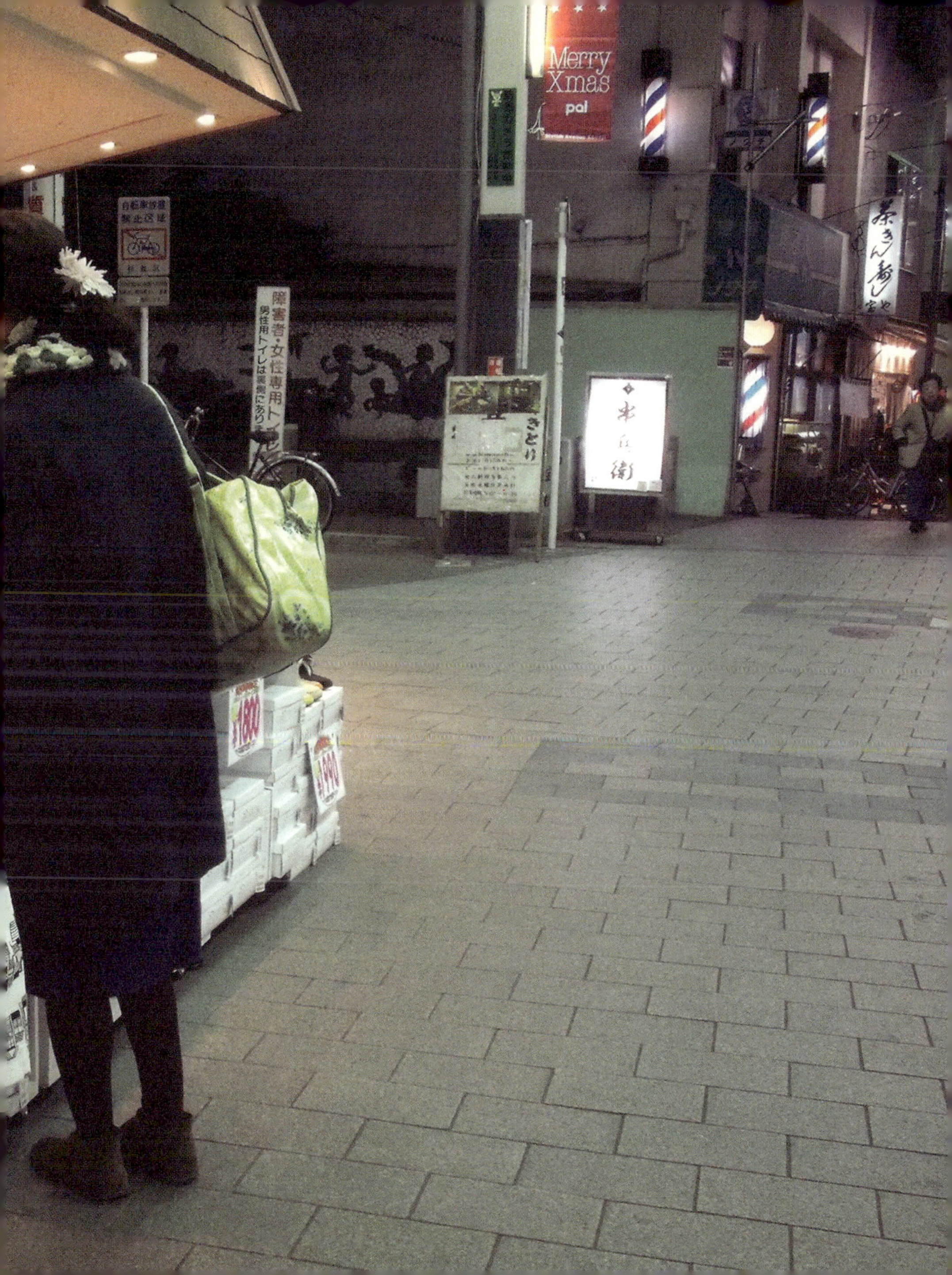

Merry Xmas
pal
障害者・女性専用トイレ
男性用トイレは美装にあり
きとけ
弁兵衛
茶きん寿
自転車放置
禁止区域
¥180

청춘의 가슴은
뛰어야 한다.

달려라!
뒤 돌아보지 말고
앞만 보고.
힘차게 힘차게!!

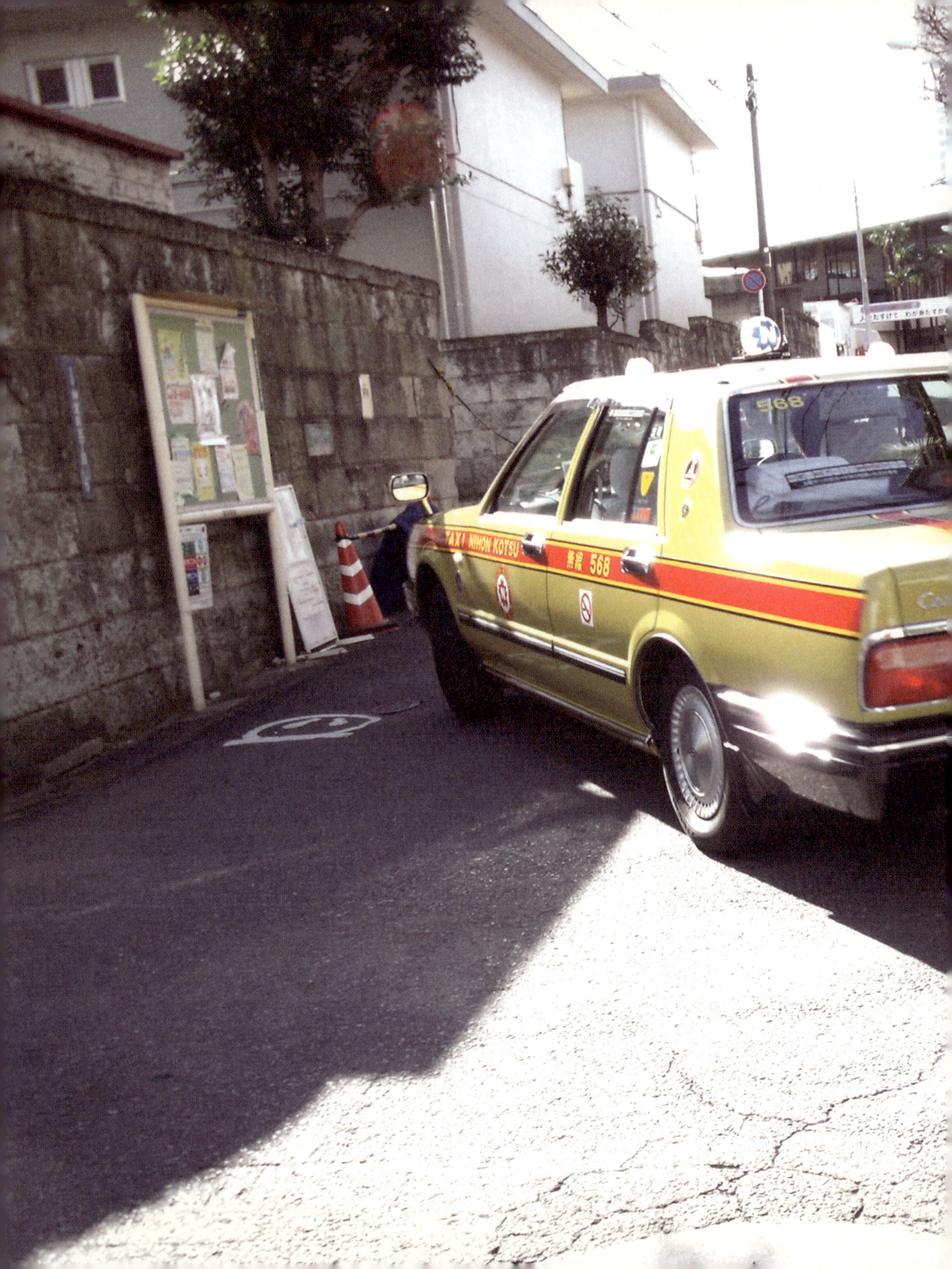
TAXI NIHON KOTSU
無線 568
568

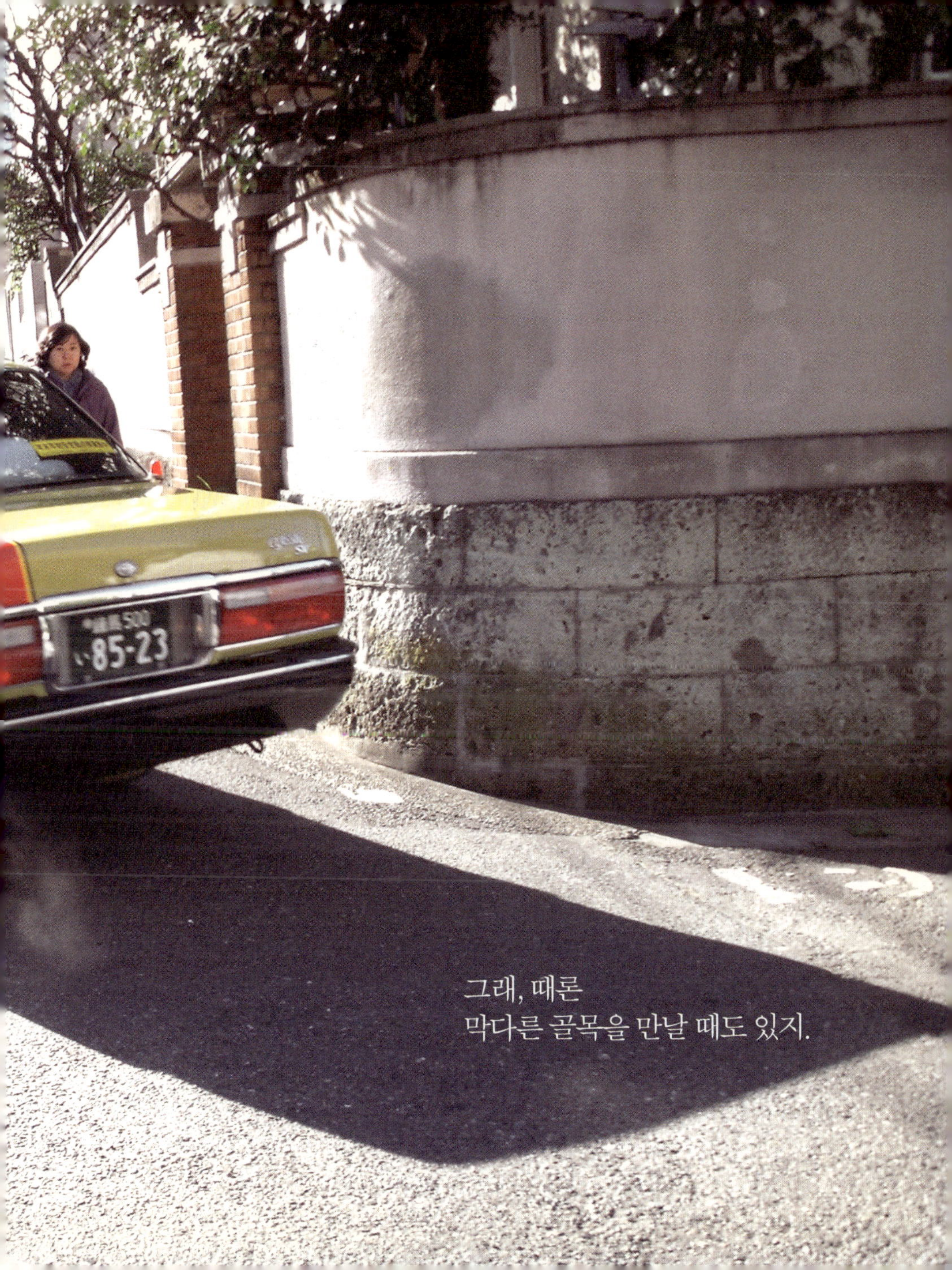

그래, 때론
막다른 골목을 만날 때도 있지.

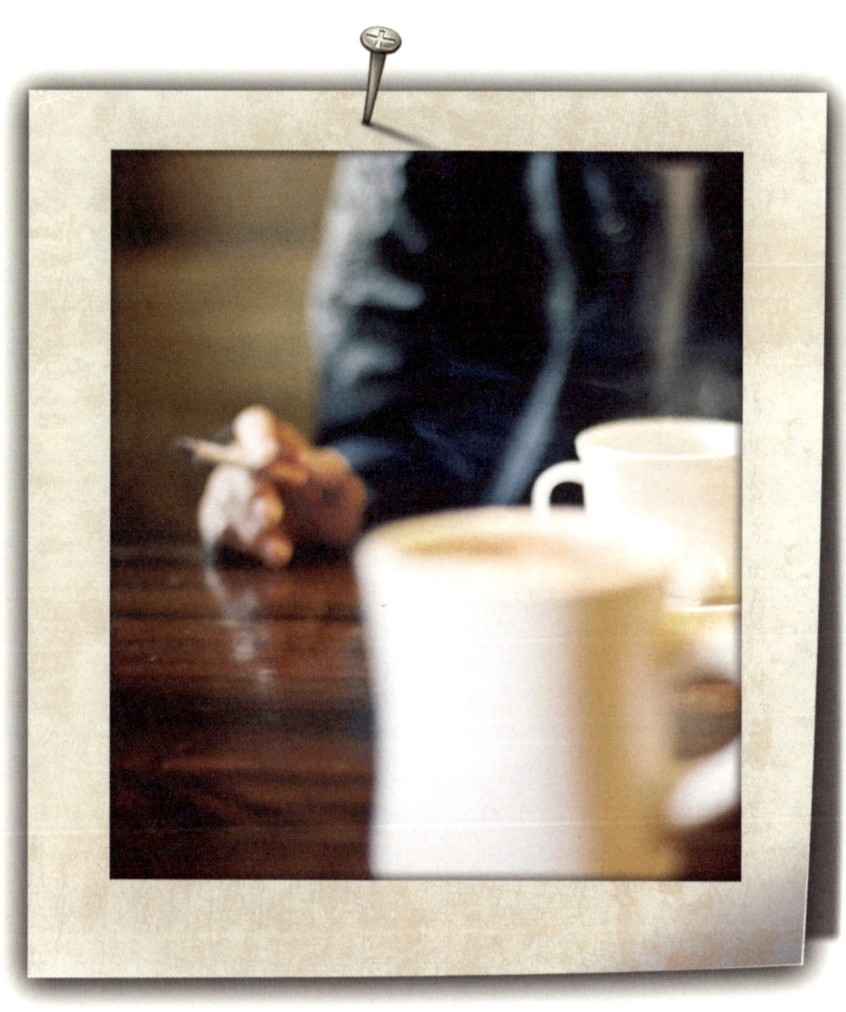

잠을 뒤척이며
생각에 생각을
거듭하고 꼬리를
무는 상념의 그림자는
이제 사라져야
하는데 말이다.

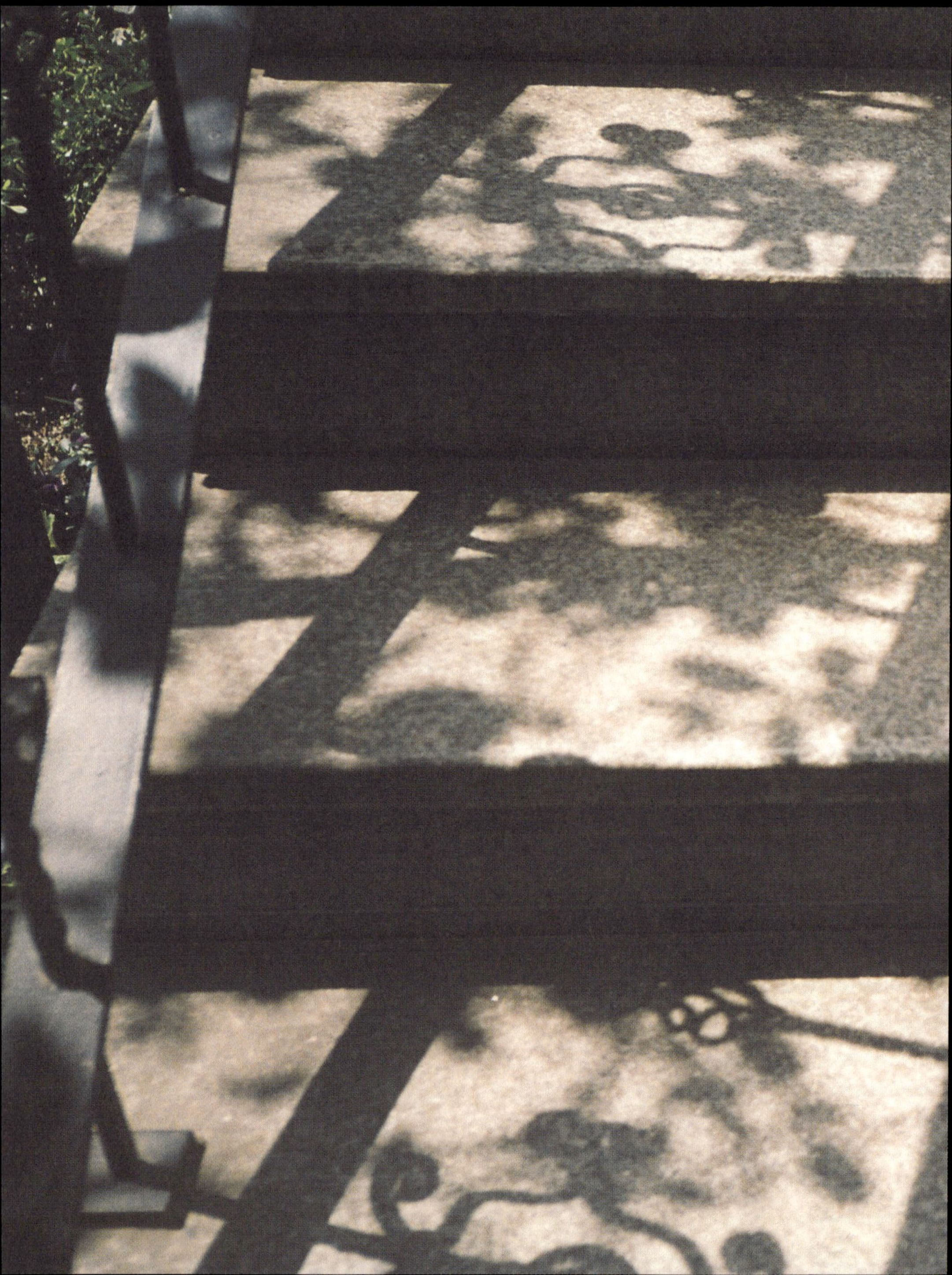

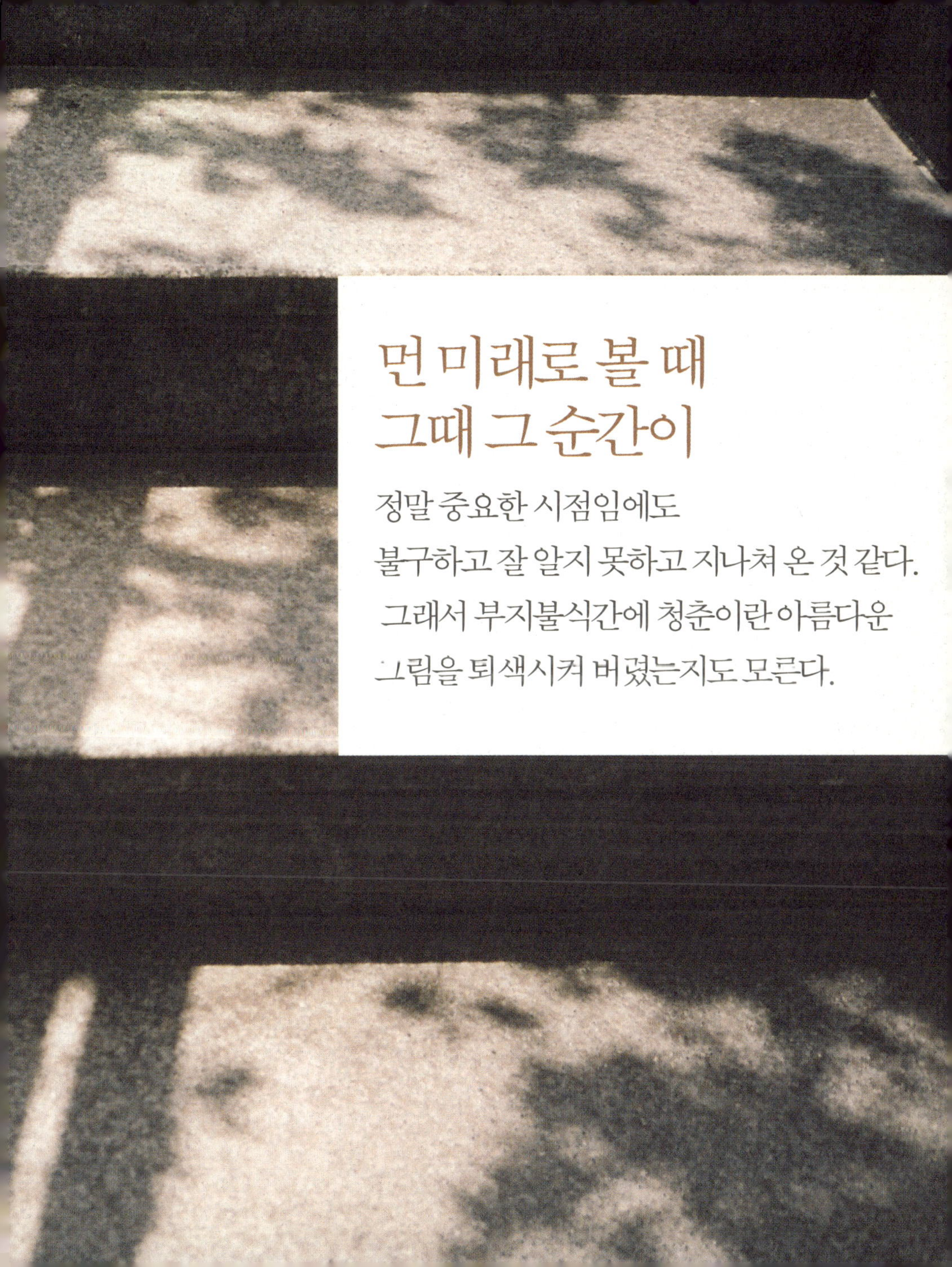
먼 미래로 볼 때
그때 그 순간이
정말 중요한 시점임에도
불구하고 잘 알지 못하고 지나쳐 온 것 같다.
그래서 부지불식간에 청춘이란 아름다운
그림을 퇴색시켜 버렸는지도 모른다.

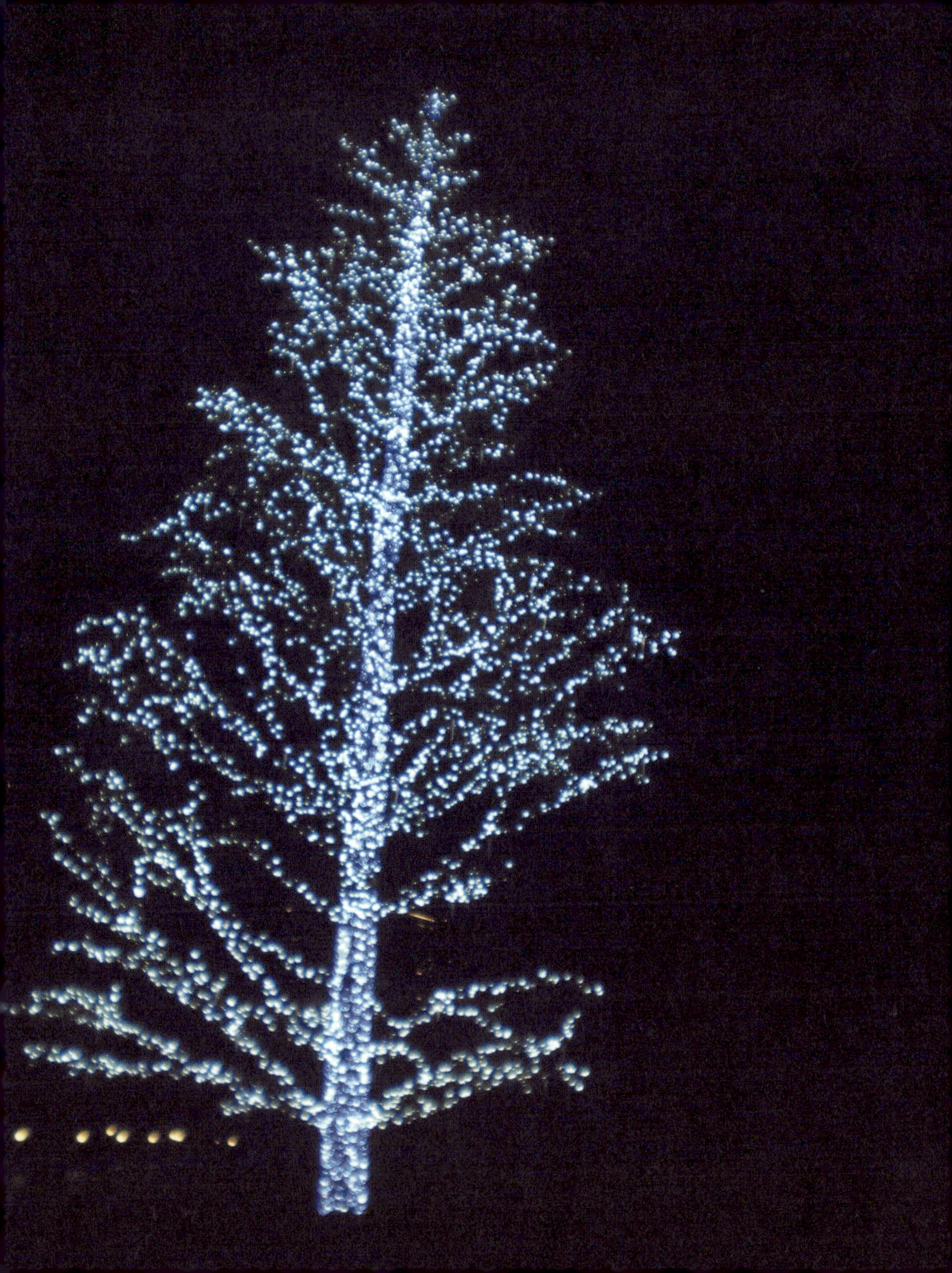

몸이 근질근질~
마음도 근질근질~
바쁠 때만 꼭 골라서
전화하던 그 사람,
오늘 같은 날 전화 한 통
해주면 좋겠다.

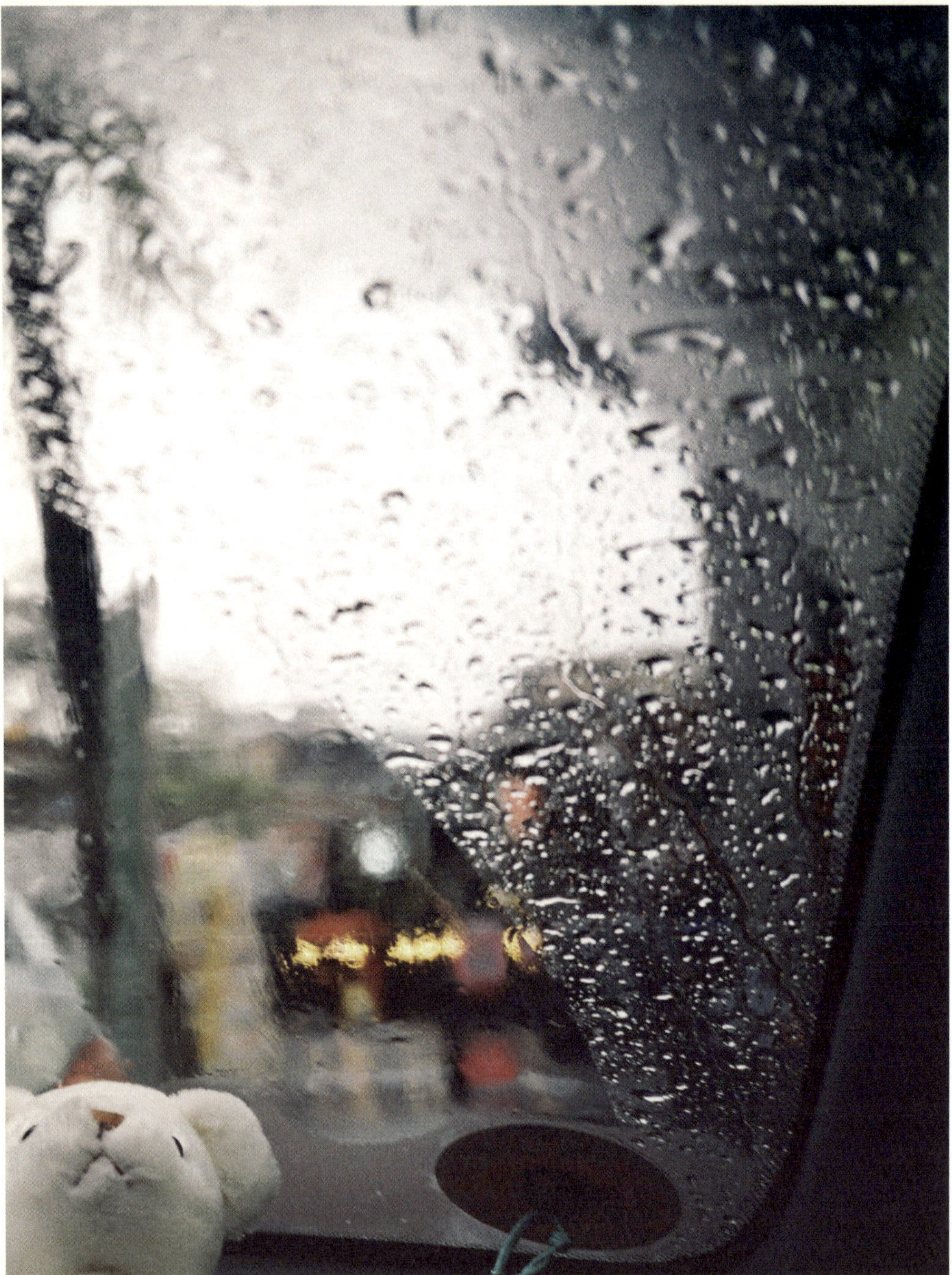

매미의 번성한
울음소리를 듣고
있으면,
머지않아 가을이
올 것이고, 죽음이 가까이
다가온다는 것을
도저히 생각하지 않는 것 같다.
사람도 세상도 같을지언정.

양손을 펼치면
지금 무엇이라도
할 수 있을 것 같은
생각이 드는데.

시원한 바람은
막다른 골목에도
불어온다는 것을ㅡ.

눈 깜짝할 새에
스무 살이 되고,
서른 살이 되었다.
아버지의 말씀이
이제야 실감난다.
정말 세월은 빠르다.

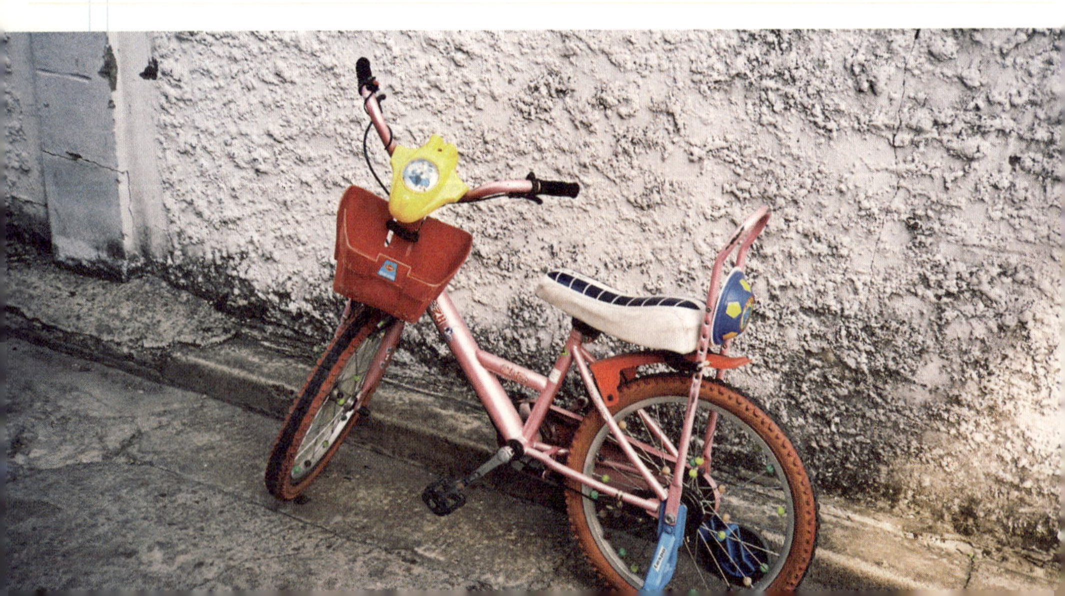

인생 여행길에
병들어 꿈을 버려야
하나 말아야 하나?

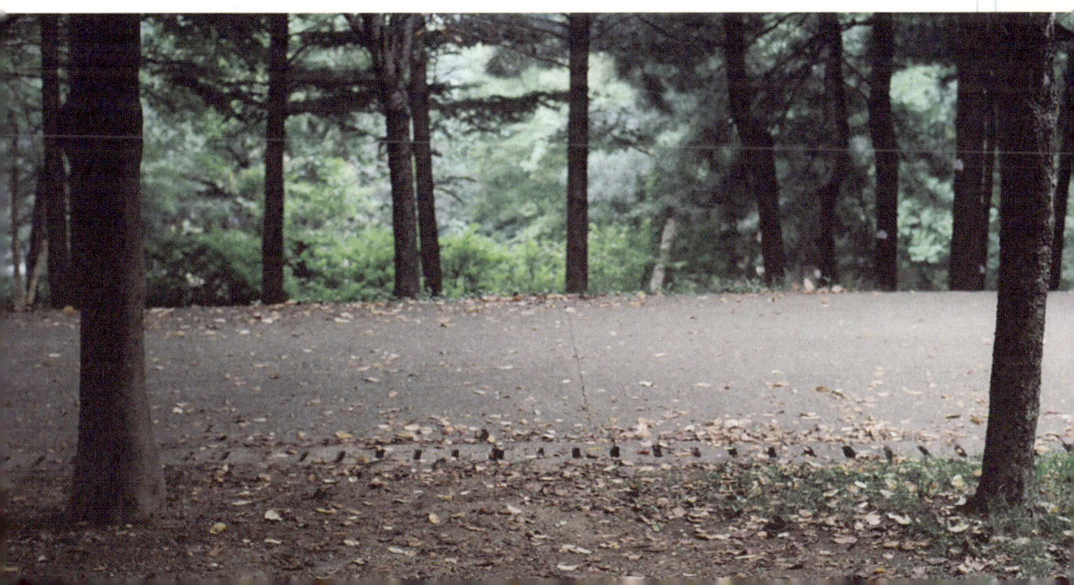

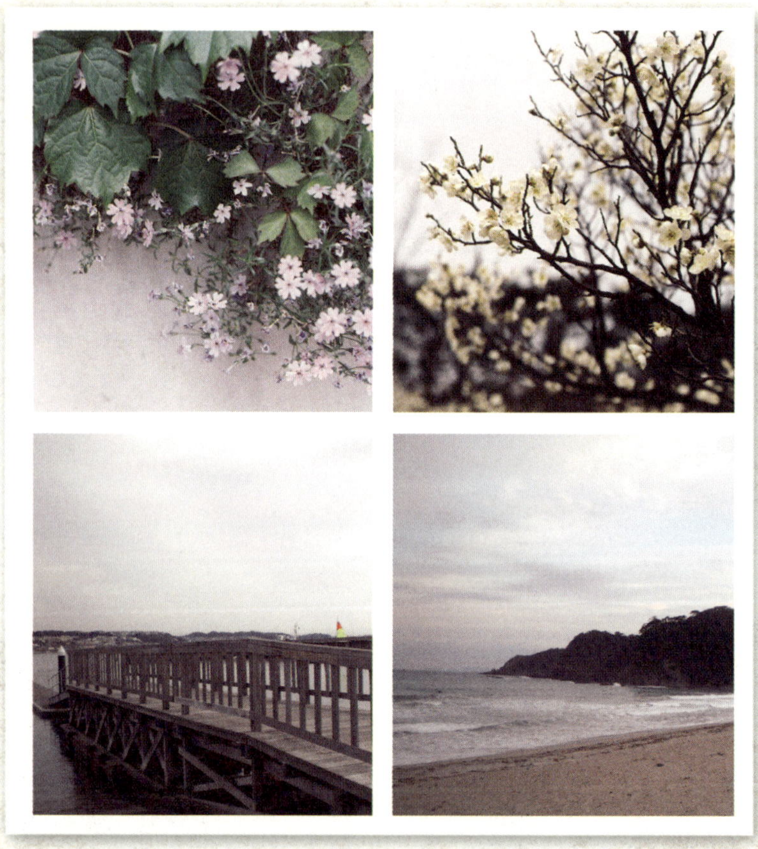

봄날,

언덕에 서면 만물을 가르치는
바람이 불어온다.
지금이라면 무엇이든지
할 수 있을 것 같은
그런 생각이 불끈 든다.

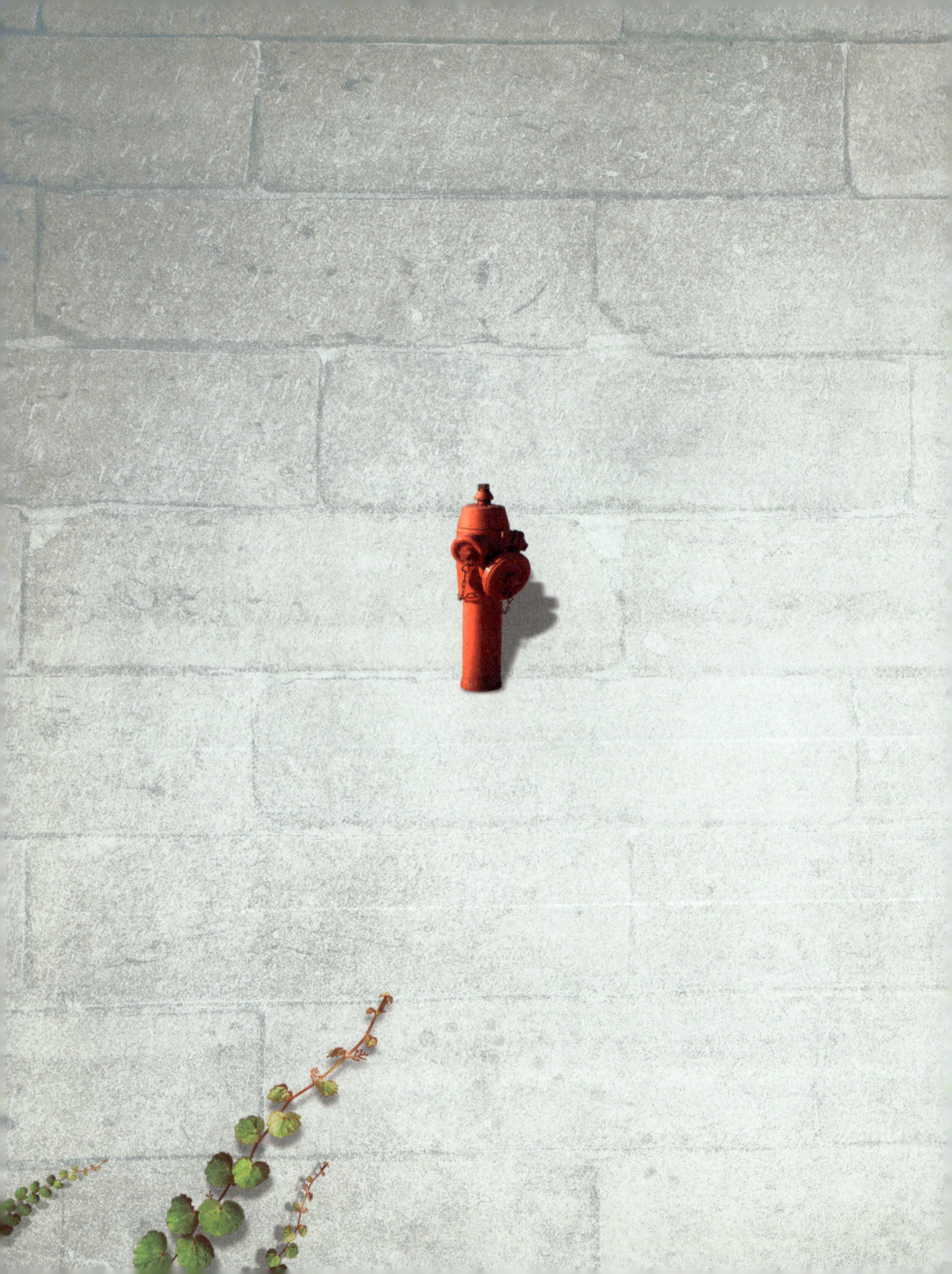

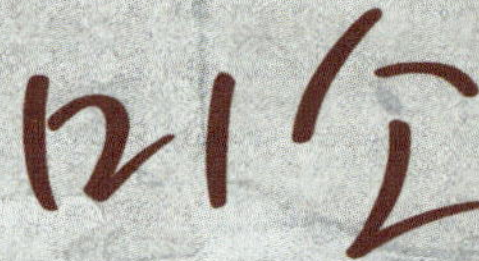

때 묻지 않은 그 얼굴 그리고 웃음소리
아이들이 방긋 방긋 웃는 것을 보면 세상이
전부 다 웃는 것 같다.

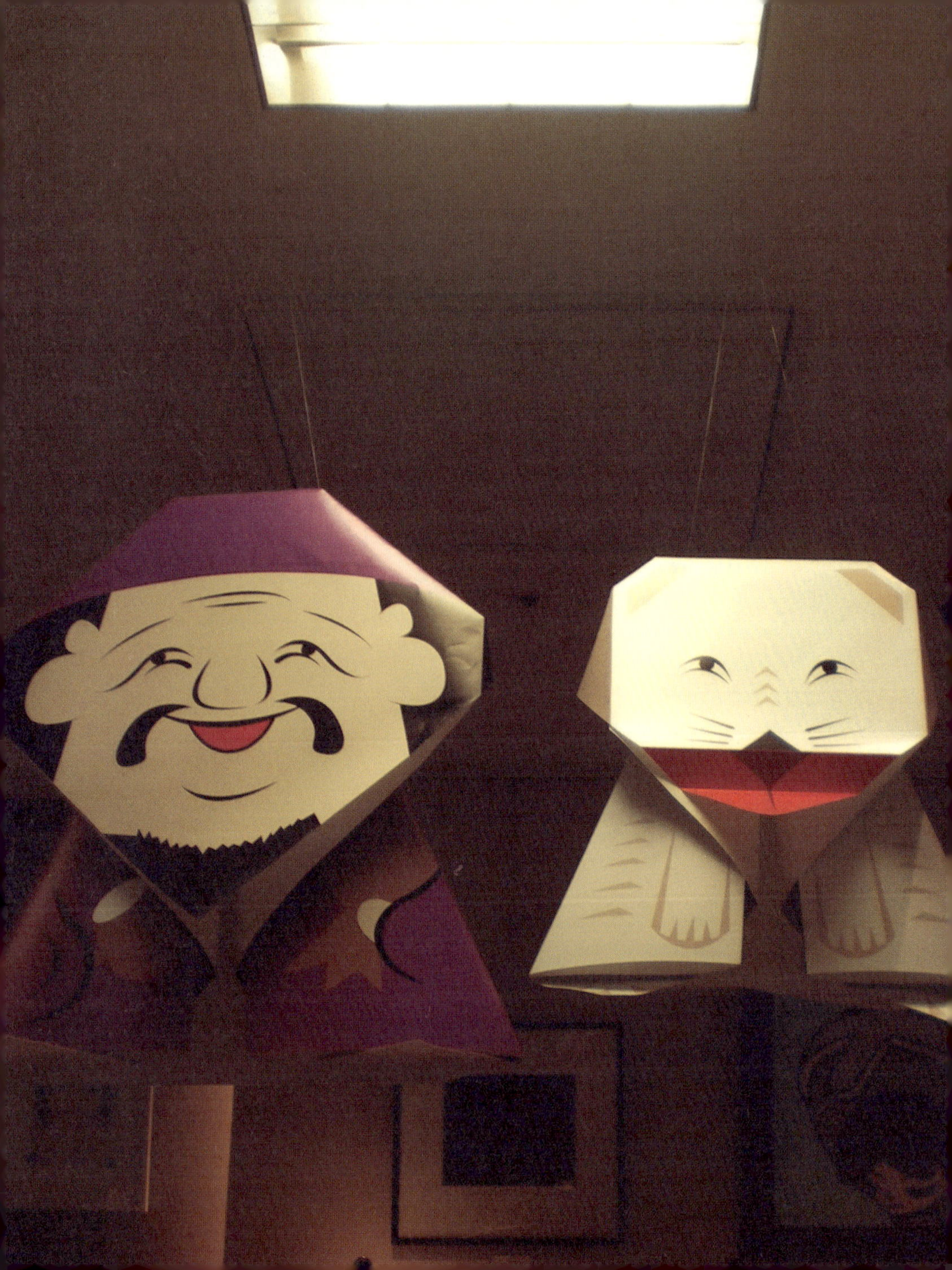

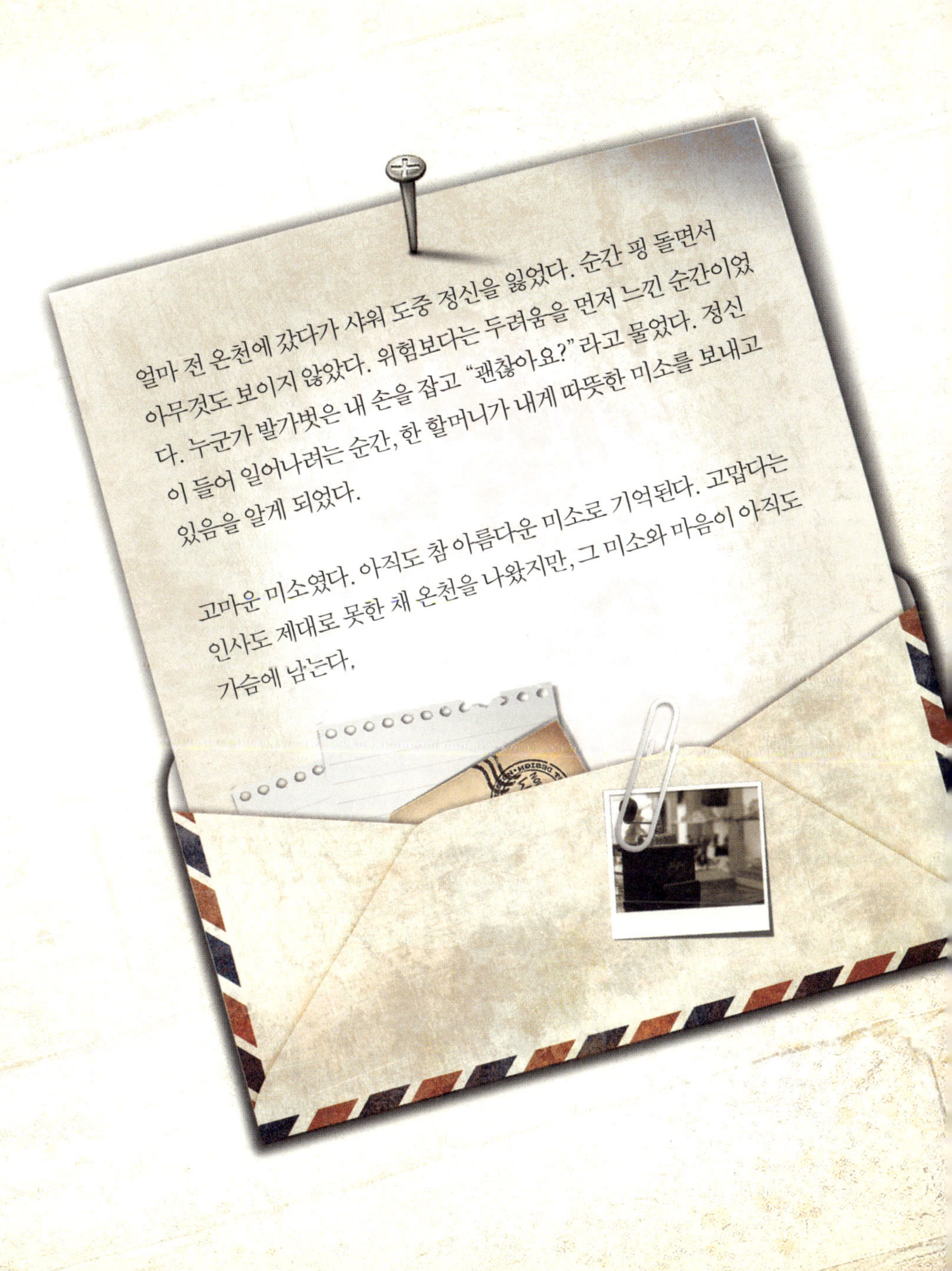

얼마 전 온천에 갔다가 샤워 도중 정신을 잃었다. 순간 핑 돌면서
아무것도 보이지 않았다. 위험보다는 두려움을 먼저 느낀 순간이었
다. 누군가 발가벗은 내 손을 잡고 "괜찮아요?"라고 물었다. 정신
이 들어 일어나려는 순간, 한 할머니가 내게 따뜻한 미소를 보내고
있음을 알게 되었다.

고마운 미소였다. 아직도 참 아름다운 미소로 기억된다. 고맙다는
인사도 제대로 못한 채 온천을 나왔지만, 그 미소와 마음이 아직도
가슴에 남는다.

우리를
미소 짓게 하는 말

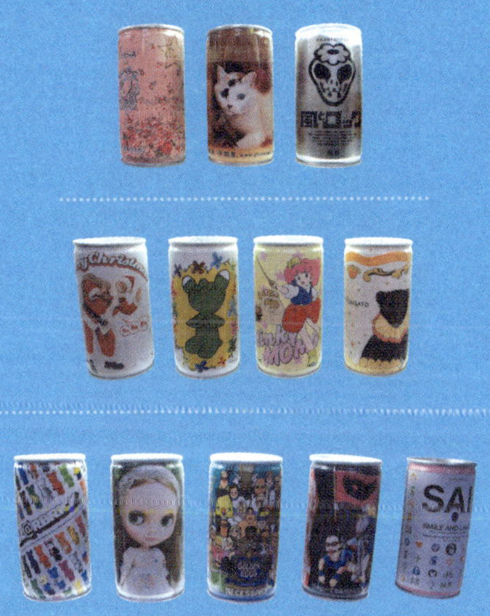

당신이
최고입니다.

당신은
나의
전부입니다.

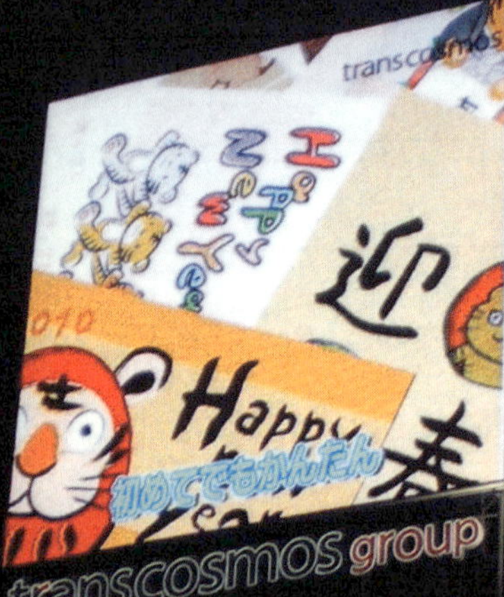
迎
Happy
0010
transcosmos
trans cosmos group
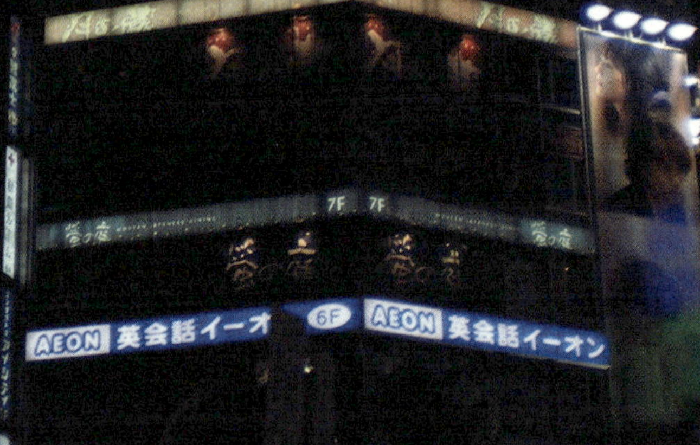
New Single "Loveless" 11.18発売
山下智久@横浜アリーナ
11 / 21. 22. 23 2009
6F
AEON 英会話イーオン
AEON 英会話イーオン

네, 당신은
멋집니다.

당첨되었습니다.
축하드립니다!

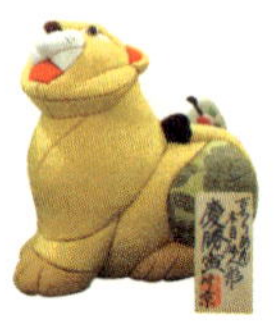

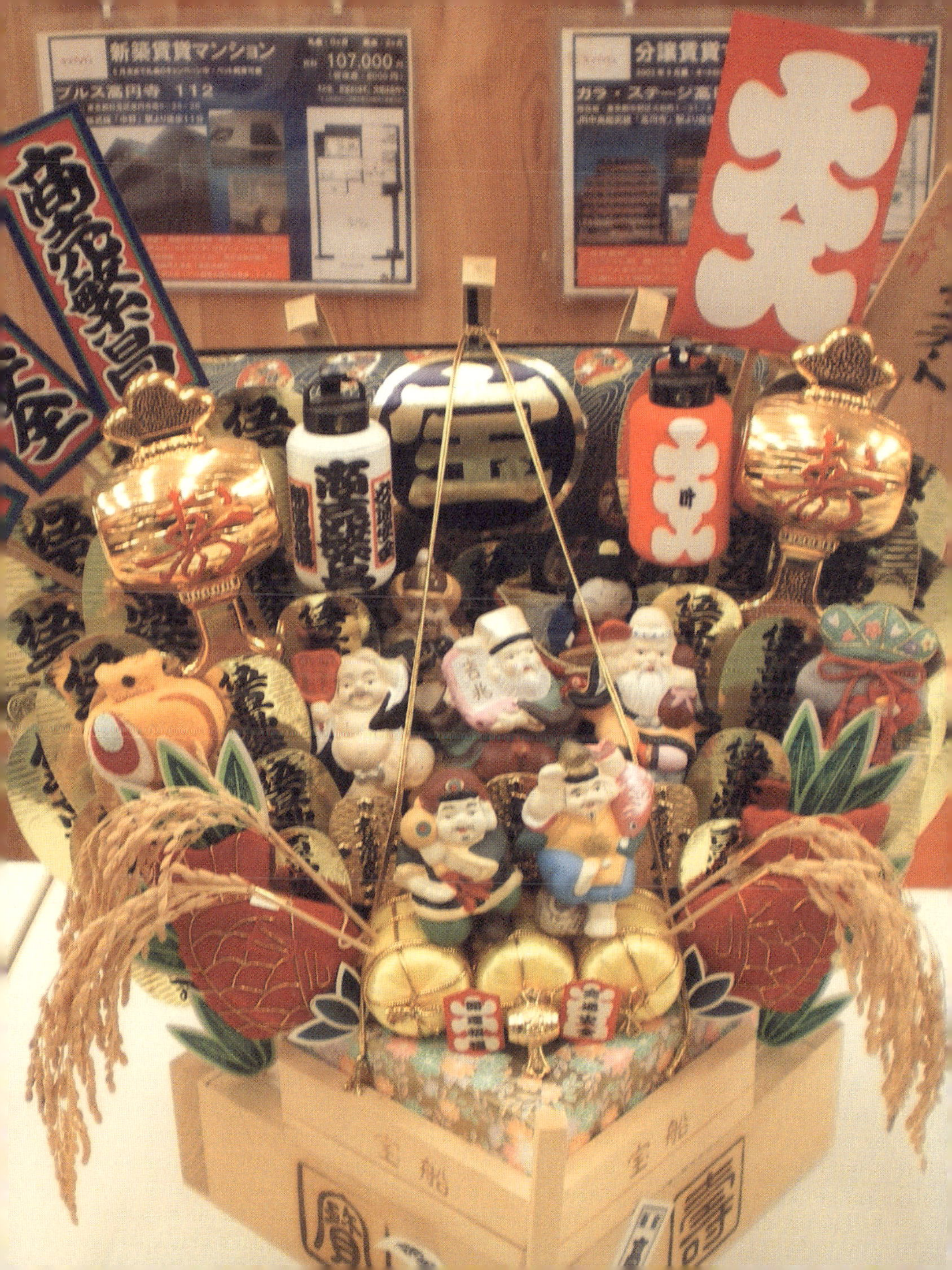

감사합니다.
정말로
즐거웠습니다.

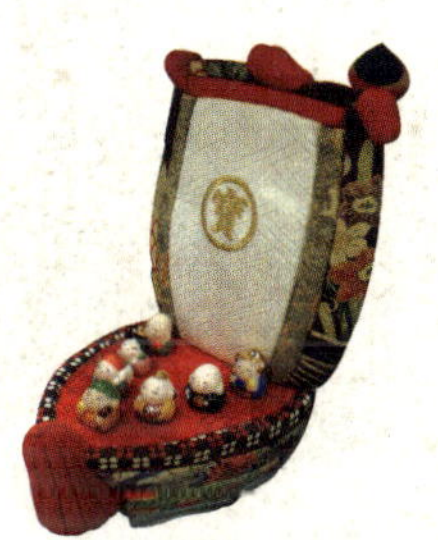

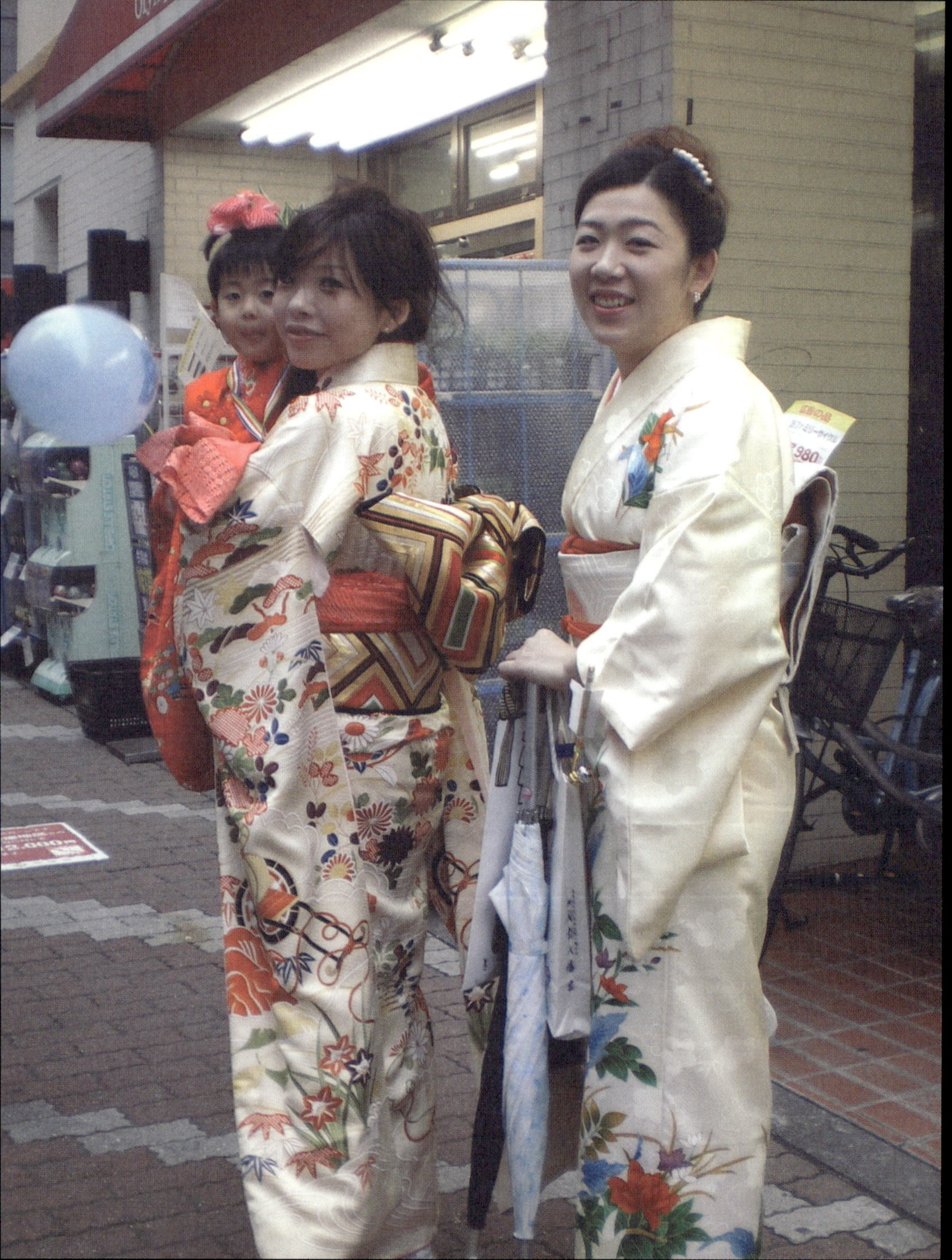

늘 기뻐하라고
늘 미소 지으라고
그래야만 한다고ㅡ.

그럴수록 웃어요
그럴수록 힘차게
살아요

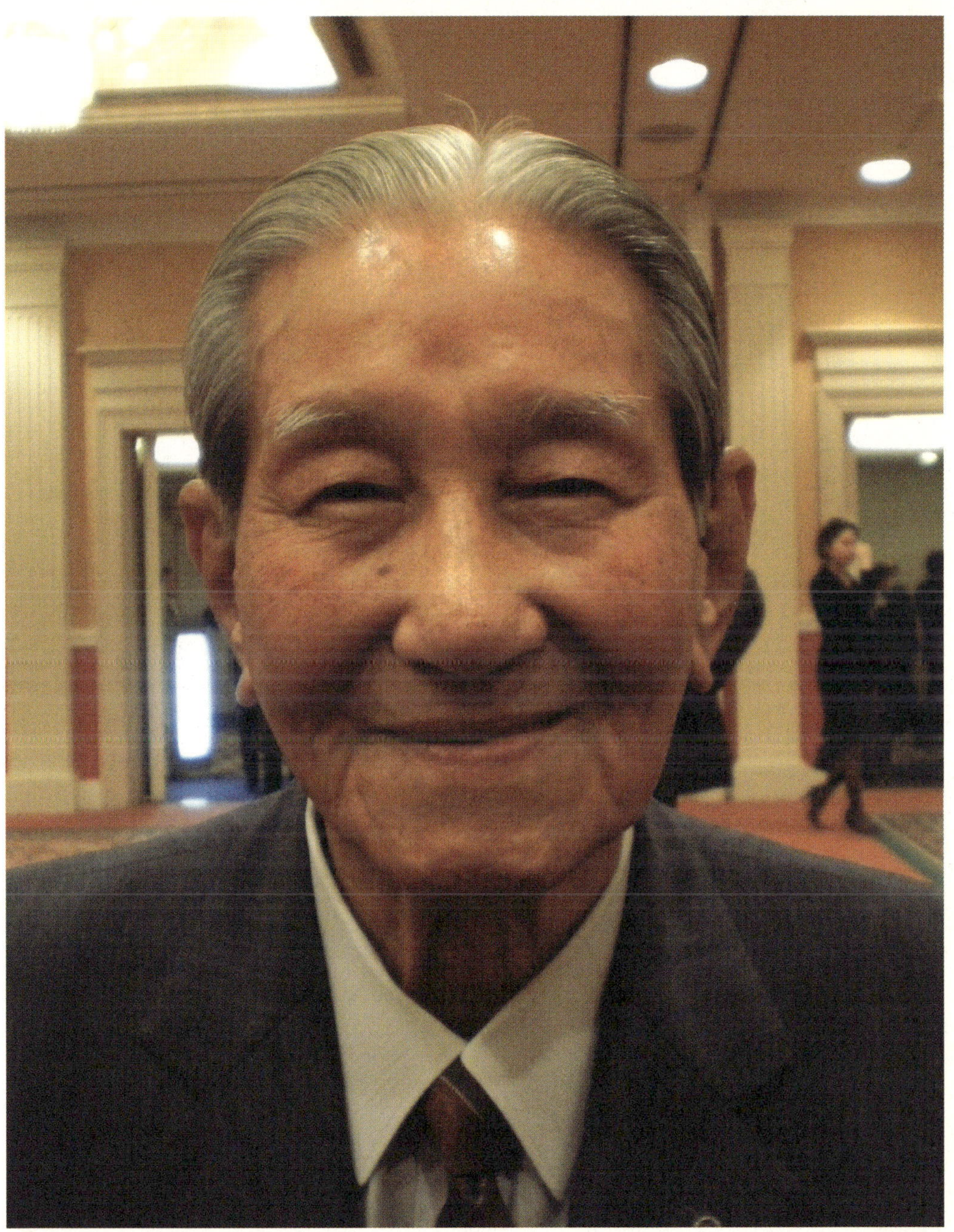

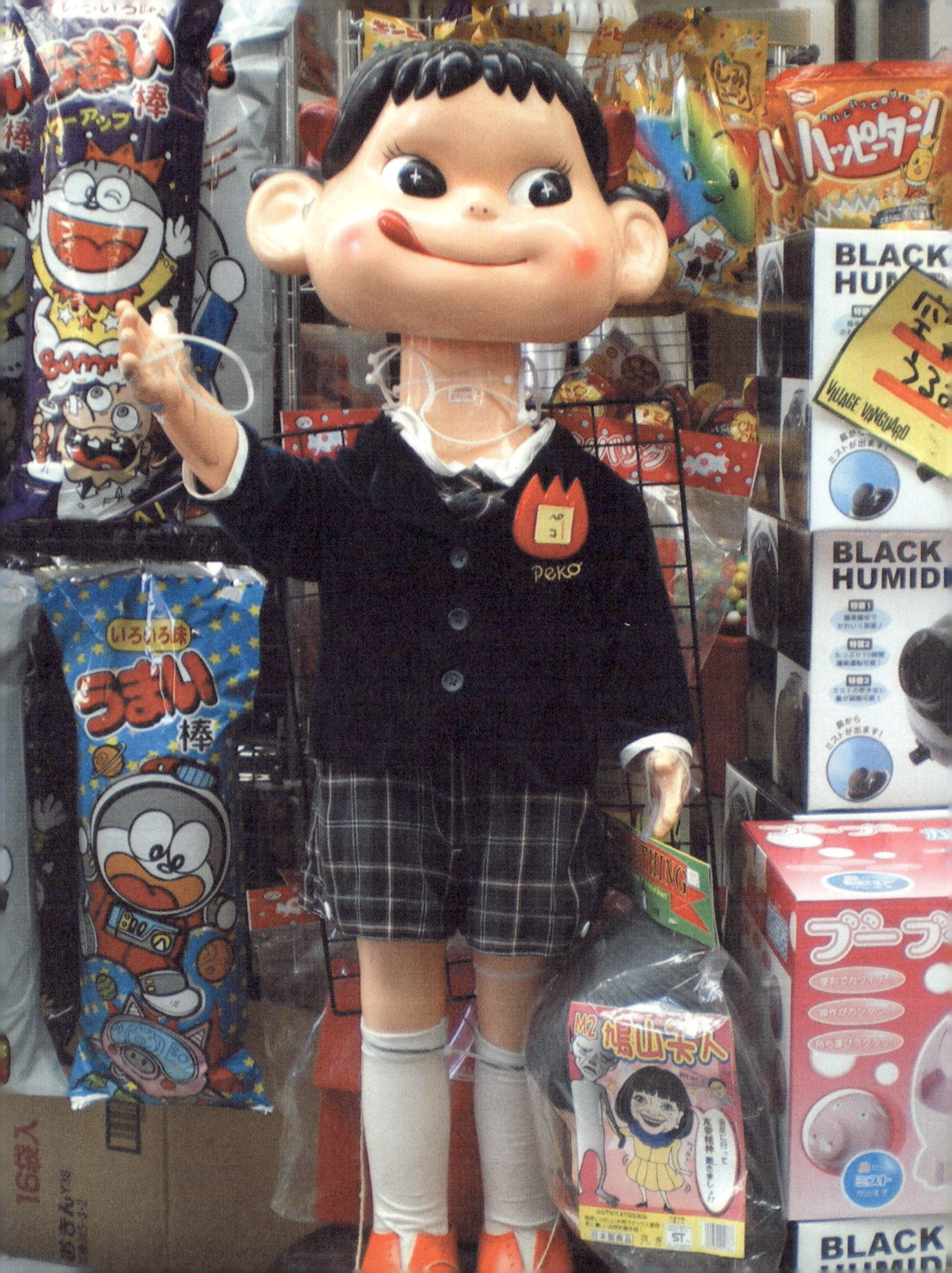
ハッピーターン
うまい棒
いろいろ味
うまい棒
BLACK
HUMID
空気、うるお
VILLAGE VANGUARD
BLACK
HUMIDI
Peko
プープ
M2 鳩山夫人
BLACK
HUMIDI

때 묻지 않은 그 얼굴 그리고 웃음소리

아이들이 방긋 방긋 웃는 것을 보면 세상이 전부 다 웃는 것 같다.

유모차에 타고 지나가는 아이
우는 아이보다 웃는 아이에게 다시 한 번 얼굴 돌려 본다.
누굴 닮아서 저리도 잘생기고 잘 웃는 것인가-.

'저렇게 환하게 웃고 있는 아이가 있어 참 좋은 세상이네!' 하고 생각한
다.

울지 마!
울면 머지않아
가을이 오는 거야!
그러면 너는 죽어.

— 매미

194

손발을 맞추고
잘도 빈다.
불쌍해서 보내준다.

- 파리

너는 저녁에도
날아다니니?
집에 안 가니?

— 파리 2

어둑어둑
쥐 죽은 듯 조용한 절
스님의 목탁 치는 소리에
모기도 당황한다.

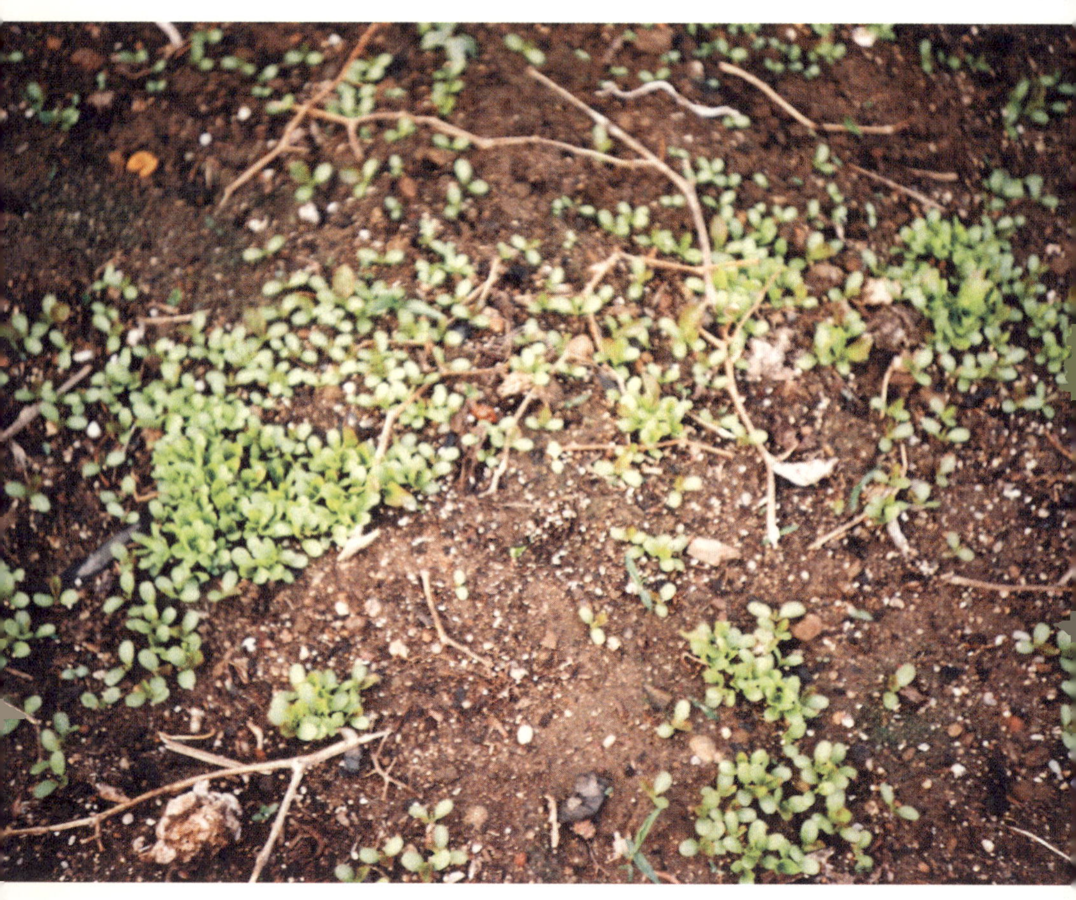

얼굴 내민 새 잎에게
아직 겨울이라고
후지산의 눈이
설레질을 한다.

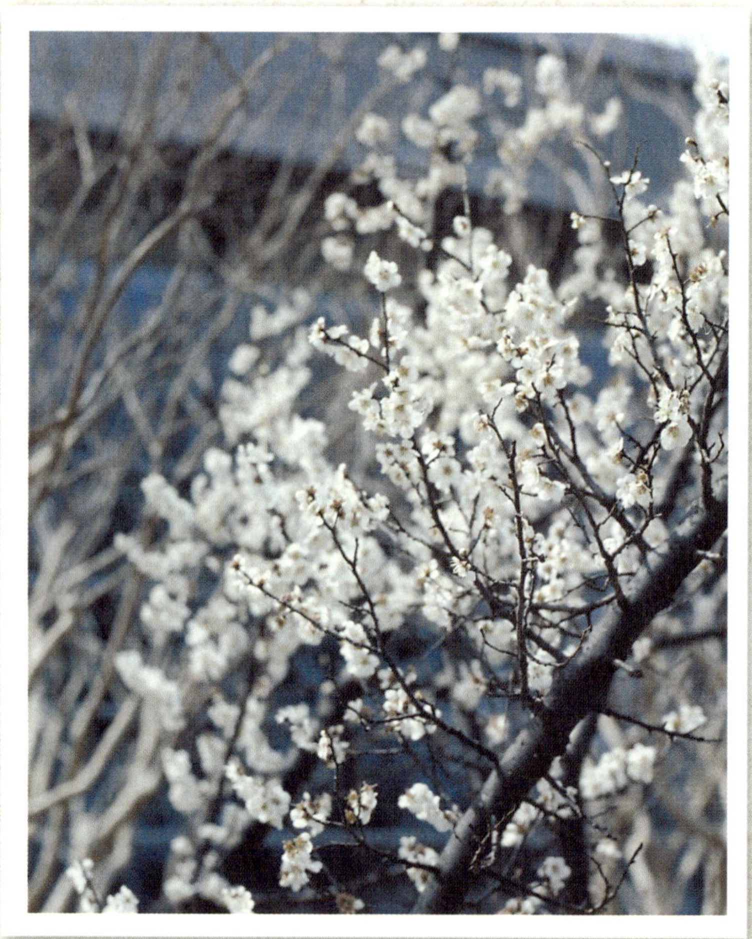

나뭇가지와
재잘거리는 새 한 마리
무얼 그리 말하려는지ー.

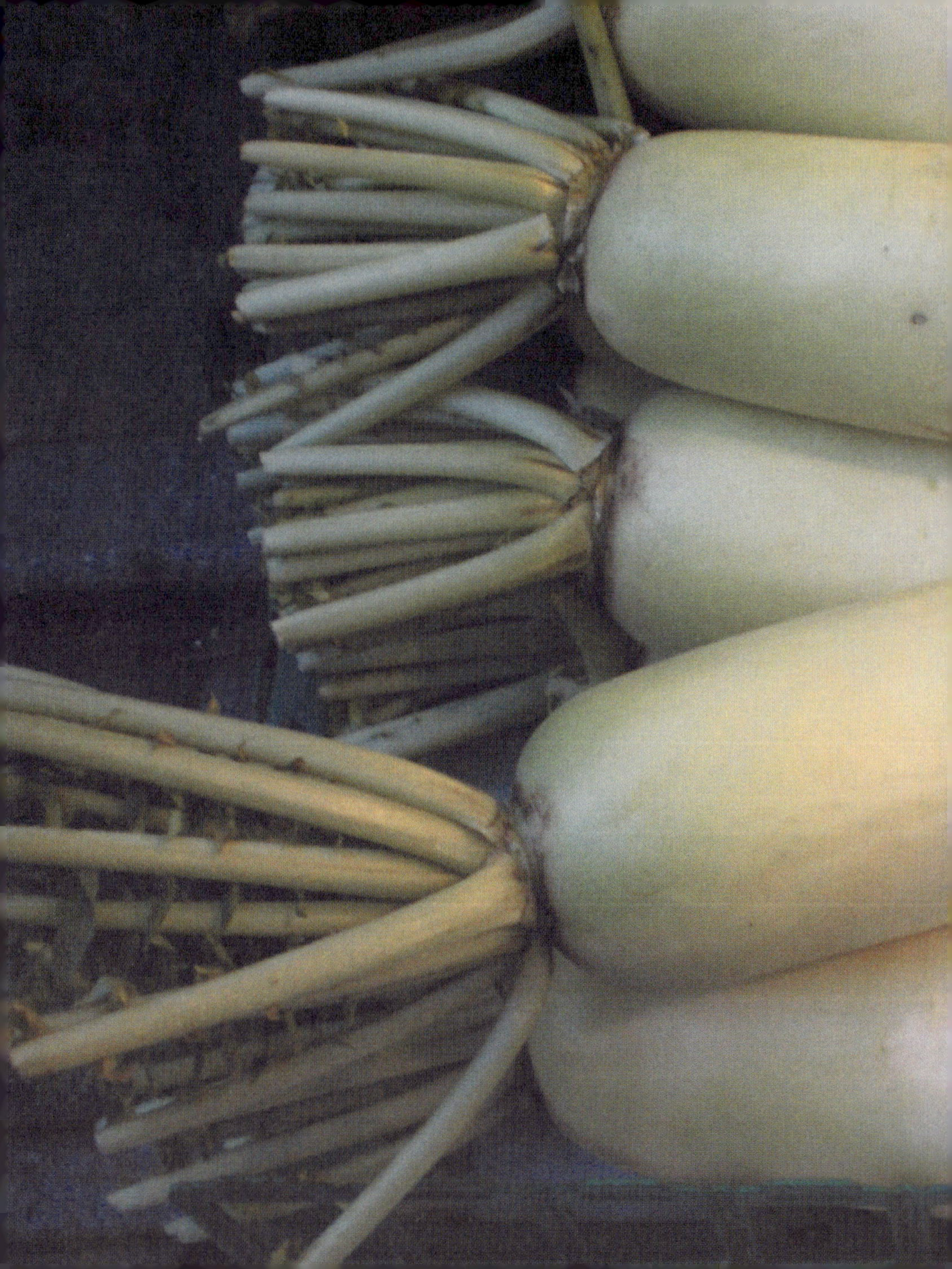

깨끗하게 씻어 새하얀
무를 보고 있노라니
추워 보이는구나.

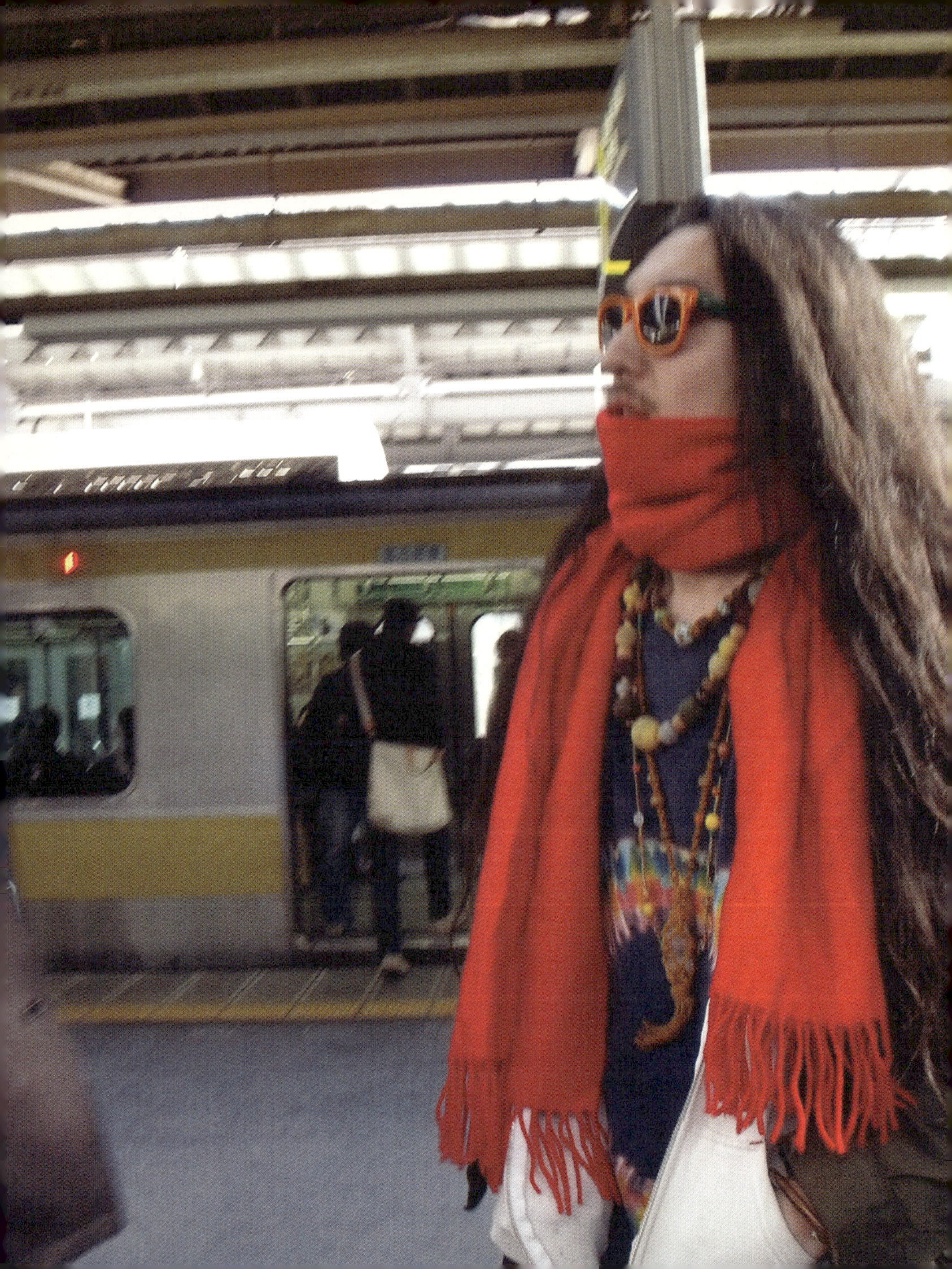

저길 봐,
이상한 옷을 입고 간다.
저기 저 사람 말이야!

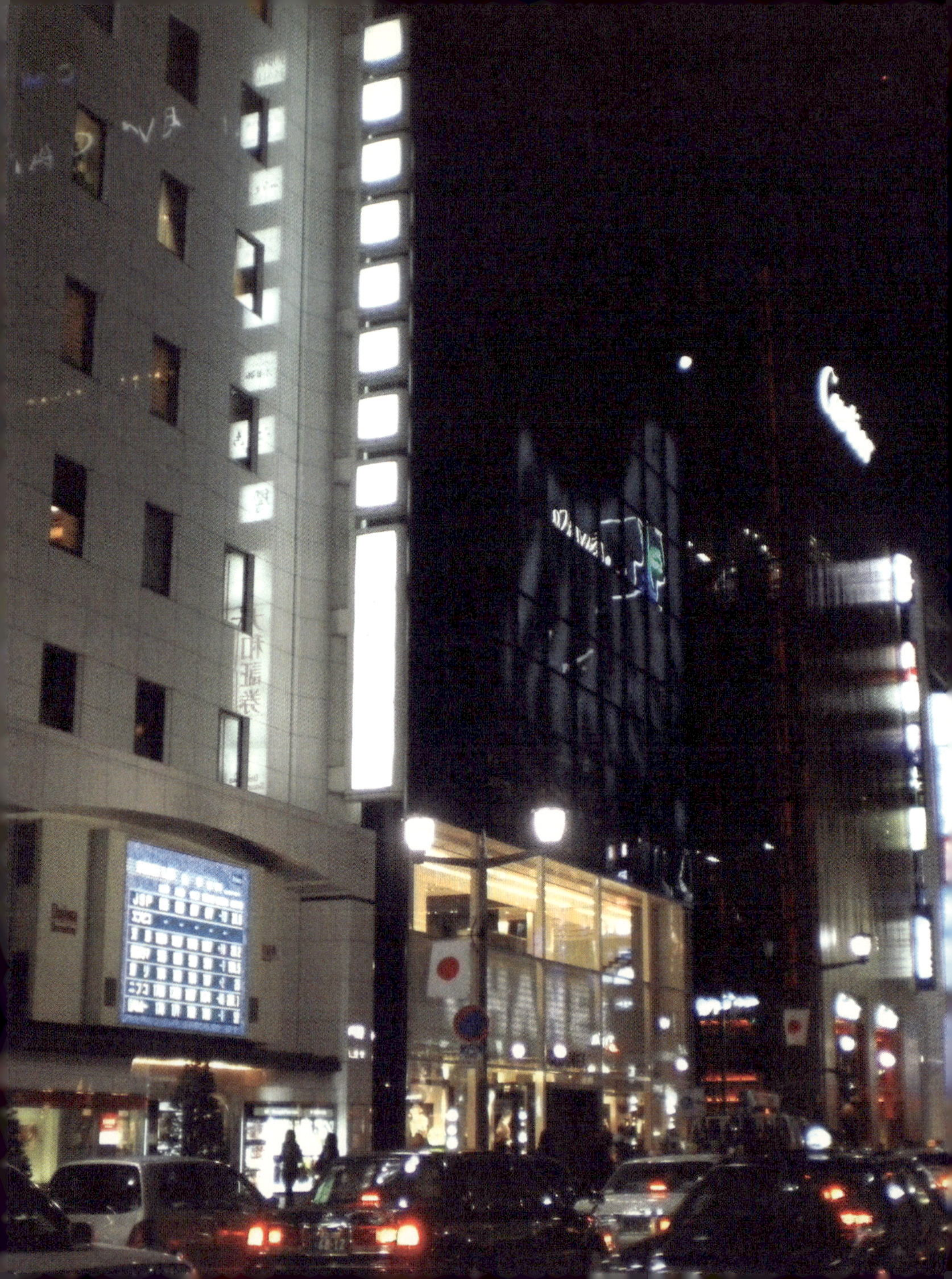

긴자의 번화한 거리,

보석 가게 앞에 한 유치원생이 서 있다.

한참 쇼윈도를 바라보다 그 가게 문을 열고 들어간다.

"아저씨 저 진주목걸이 얼마에요?"

주인은 안경 너머로 꼬마를 바라본다.

"꼬마야, 이건 네가 살 만한 게 아니란다. 아주 비싸거든."

"아저씨, 저는 엄마, 아빠가 없어요. 그래서 대신 언니가 저를 키워주고 있어요. 내일이 언니 생일인데, 제가 가진 것은 이 저금통이 전부예요. 이걸로 저 목걸이를 사 주고 싶어요."

이 말을 들은 사장은 참으로 난처한 표정을 짓는다. 그러나 곧 꼬마의 '내가 가진 것 전부예요' 라는 말에 뭔가 결심한 듯, 쇼윈도의 물건을 포장해 준다. 그리고 꼬마에게 선물하라고 한다.

다음 날, 한 젊은 여자가 보석 가게에 급히 들어왔다.

"저 죄송한데요. 어제 제 농생이 이곳에서 목걸이글 사왔다고 하는데, 너무 비싼 것이라 뭔가 잘못된 것 같아요. 그래서 이렇게 돌려드리러 왔습니다."

"저는 이 보석 가게 사장입니다. 저는 어제 '가진 것을 전부 준 마음' 과 이 '목걸이' 를 교환했습니다. 이 목걸이의 주인은 손님입니다."

전부를 줄 수 있다면 그 어떤 보석과도 바꿀 수 없다는 그 말이 아니든가.

당신은 사랑하는 사람을 위해 전부를 줄 수 있습니까?

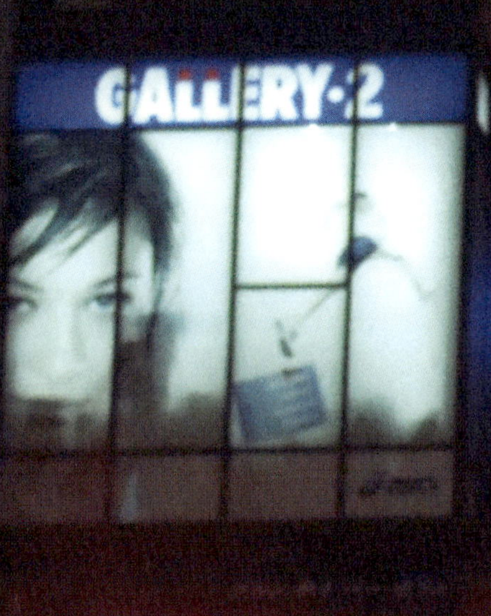
GALLERY·2
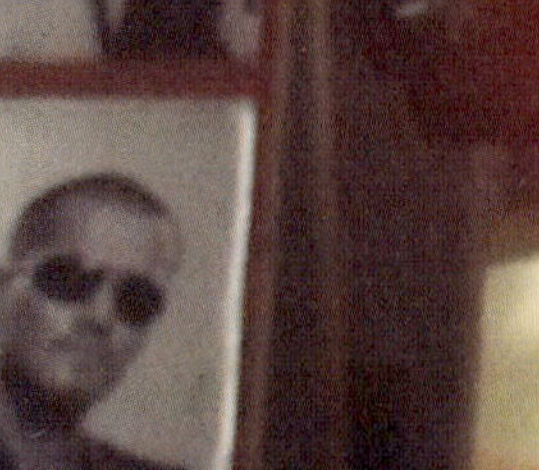
区役所前
ku kuyakosho
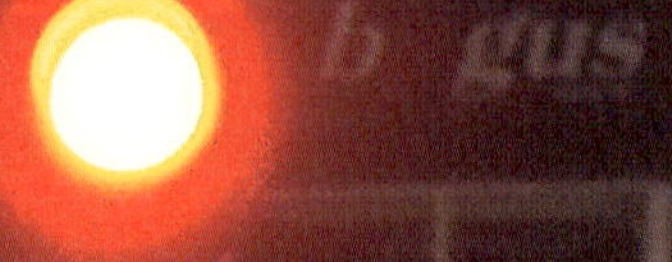
b gus

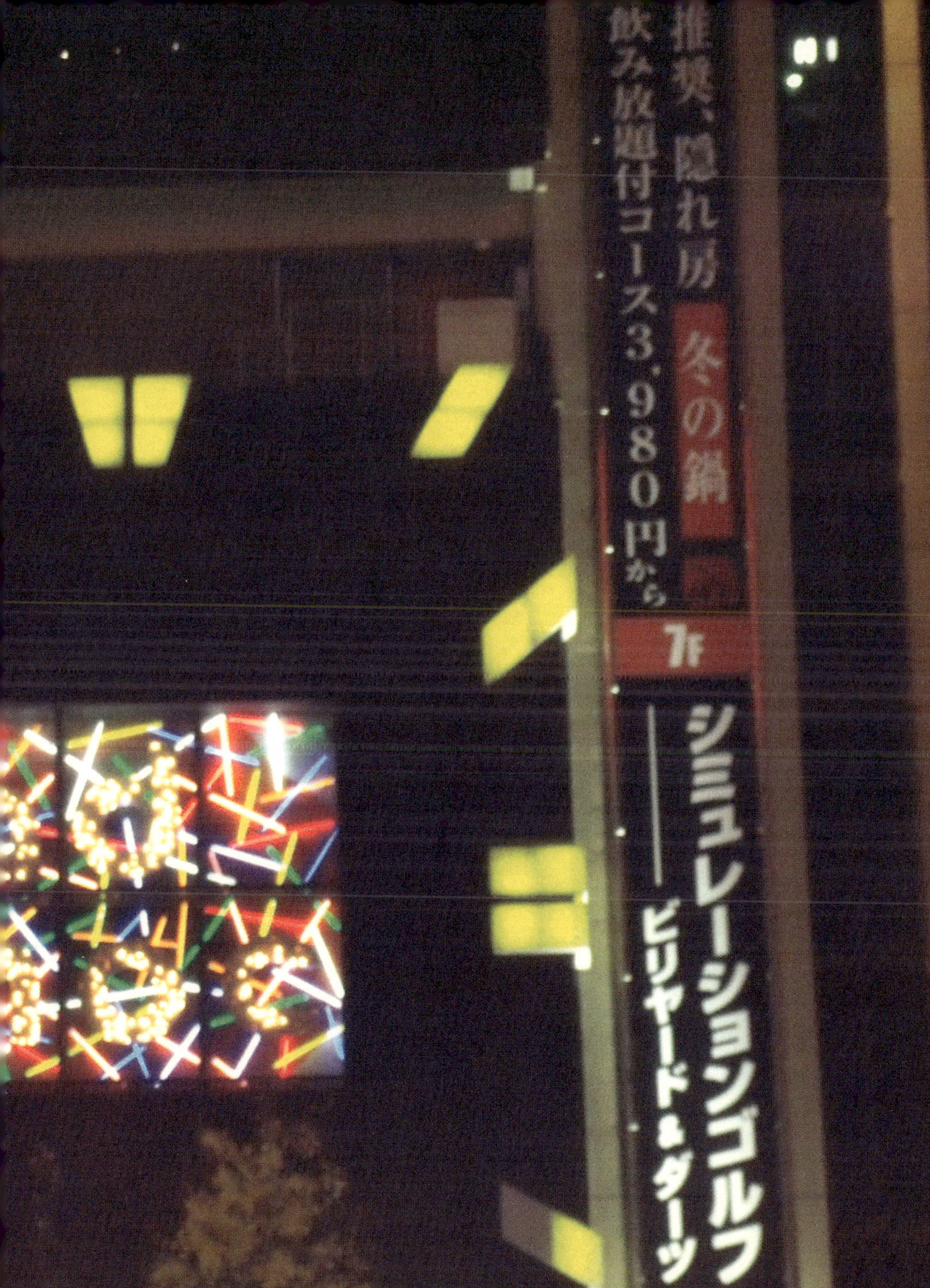

推奨、隠れ房
飲み放題付コース3.980円から
冬の鍋
7F
シミュレーションゴルフ
ビリヤード&ダーツ

지금은 일본에 살고 있지만, 한국에 갈 때마다 들리는 돼지 갈비집이 있다.
지금은 부자가 된 그 돼지 갈비집 주인 할머니는 젊어서 교통사고로 남편을 보
내고, 4남매를 홀로 길러낸 강한 어머니다.

포장마차로 간간히 돈을 모아 작은 가게 하나를 차렸는데, 그곳이 바로 이곳이
다. 늘 그녀는 제일 좋은 고기와 신선한 야채를 준비해 놓고 손님을 기다렸고,
좀 가난하다 싶은 사람에게는 밥도 듬뿍 고기도 듬뿍 올려주었다.

그녀의 따뜻한 마음은 온 천지로 소문이 퍼져나갔고, 가게는 손님들로 항상 붐
볐다. 이제는 빌딩을 가진 부자가 되었음에도 반짝이는 보석 반지 하나 없는
그런 소박한 사람이다. 그녀는 얼마 전 대학 재단에 거금을 선뜻 기부도 했다.

'가난해서 공부 못하는 사람, 배고파도 돈이 없어 밥 못 먹는 사람을 도와주는
마음으로 살고 있어요' 라고 겸손하게 말하던 그녀의 미소는 결코 잊히지 않
는다.

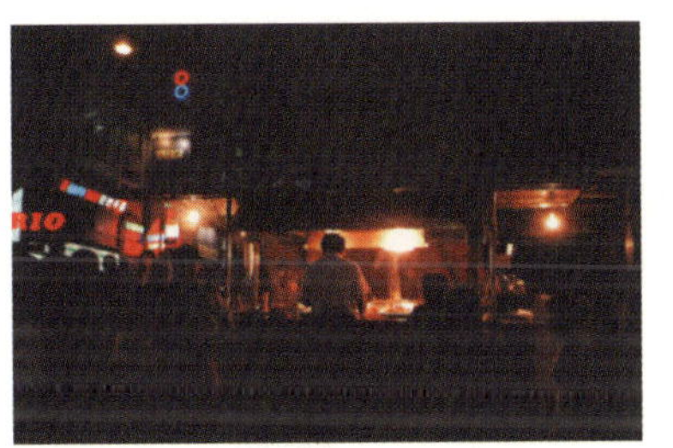

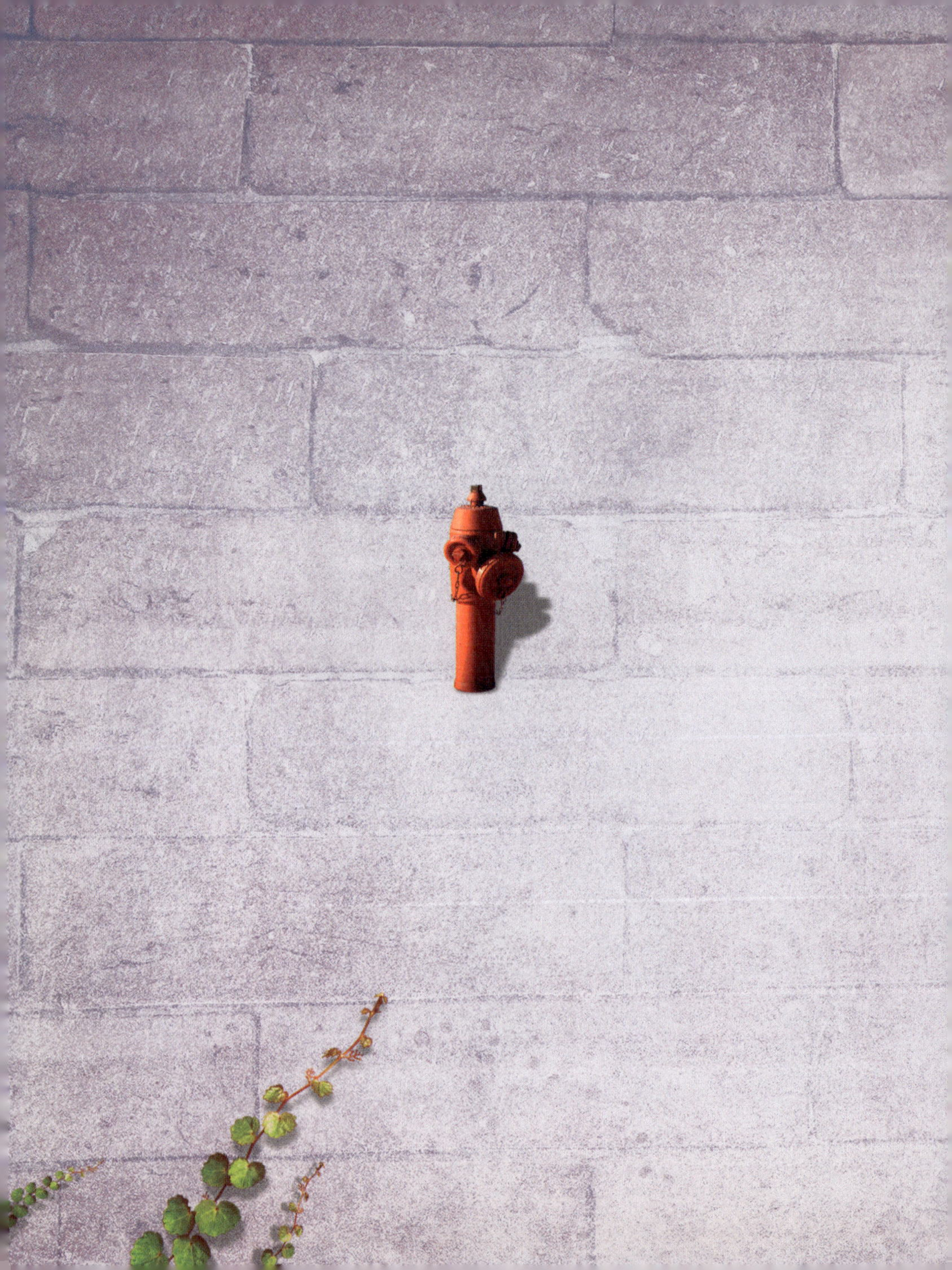

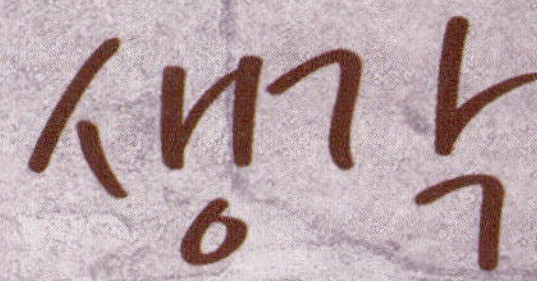

인간의 최대 향유는
바로 평화다.
그 평화는 환경이 주는 것보다
내면에서 오는 영향력이 더 크다.
인간의 욕구를 절제하고 극복한 단어―.
바로 '평화' 다.

동네에 마음씨가 아주 고약한 어른이 한 분 계셨다.
세상에 무슨 불만이 그리도 많으신지 만나는 사람마다 시비를 걸어 싸우고, 뒤
돌아서는 흉을 보았다. 그 분은 죽는 순간까지 다투었던 사람들을 죽도록 미워
하며 내가 병에 걸린 것은 그들 때문이라고 했다. 며칠 동안 심하게
앓으셨던 그 분은 얼마 후 죽었다.
참으로 불쌍한 사람이다. 증오에 가득차서 죽었으니 그 얼마나 불행한 사람인
가. 사실 우리 주변을 살펴보면 미워할 사람 천지다.
못 잡아먹어 안달인 직장 상사, 온갖 척은 다하는 후배, 바람이 난 옛 애인 등.
그러나 아무리 힘든 세상사라고 하지만 돌이켜 보면 행복했던 순간,
아름다웠던 기억이 먼저 떠올라야 되지 않을까?

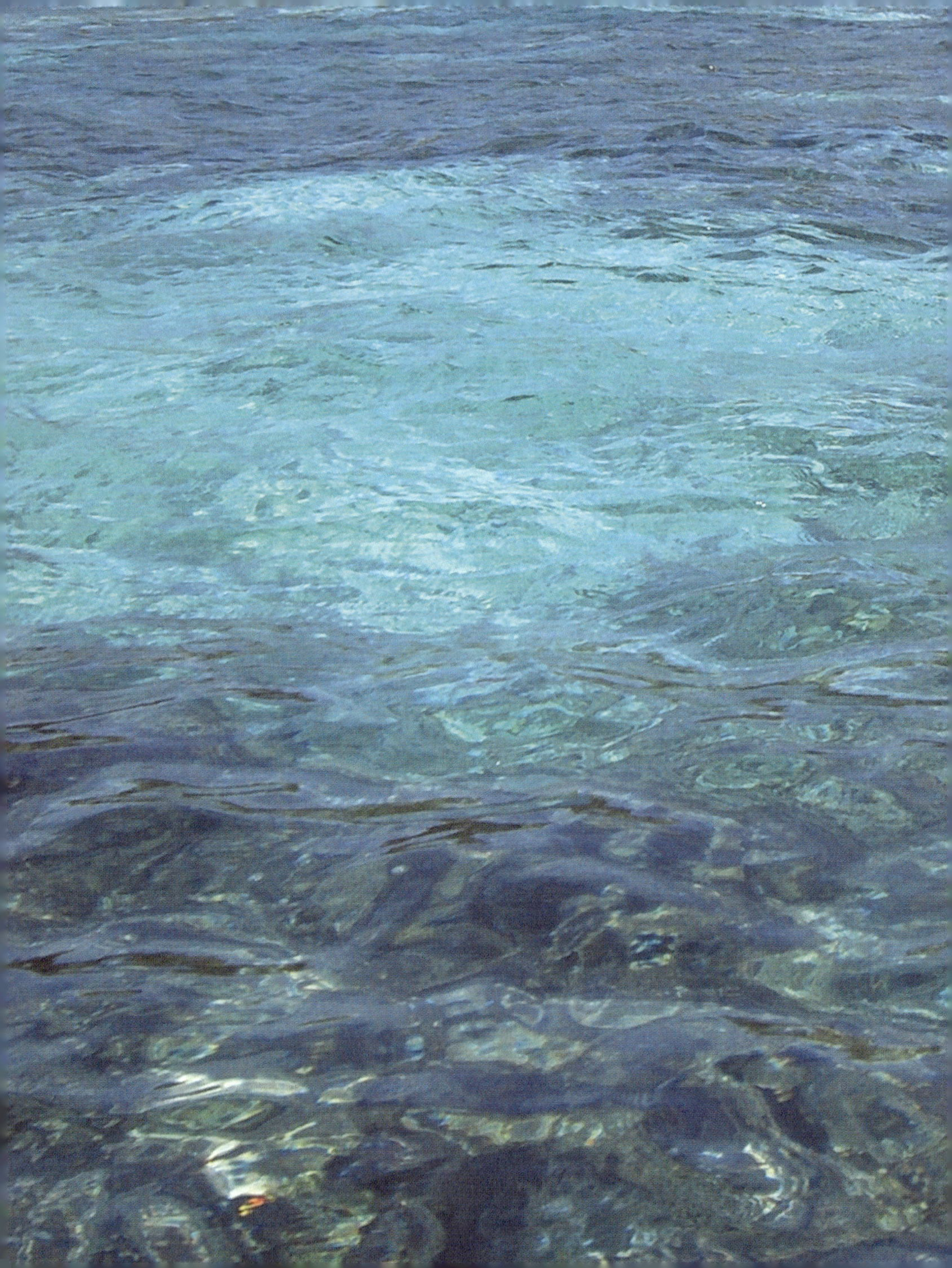

물 속의 고기들은
잘도 움직인다.
두 패로 나뉘어 가기도 하고
열을 지어 가기도 하고.
다 우리네 생각이련만ㅡ

이 숲도
예전엔 봄이 오고,
새가 날아와 앉던
나뭇가지였겠지.

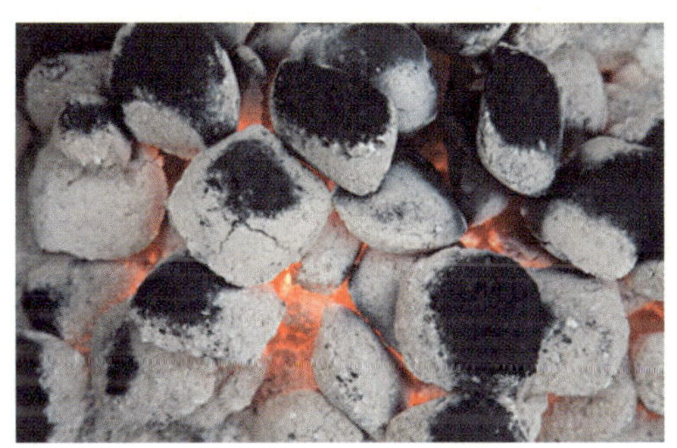

상쾌한 아침이따.
아침을 축하하고
싶은 날이따.

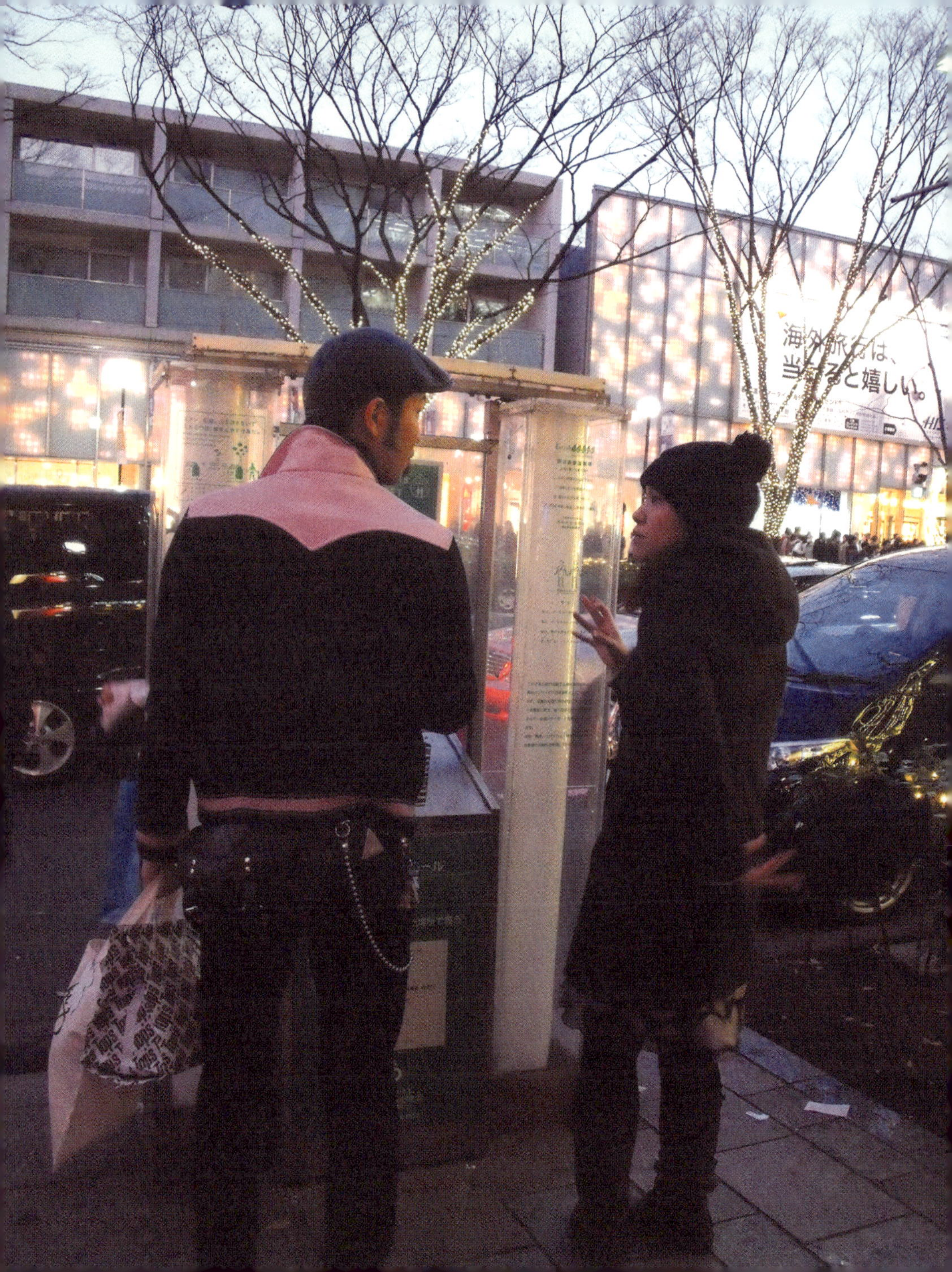

海外旅行は、
当たると嬉しい。

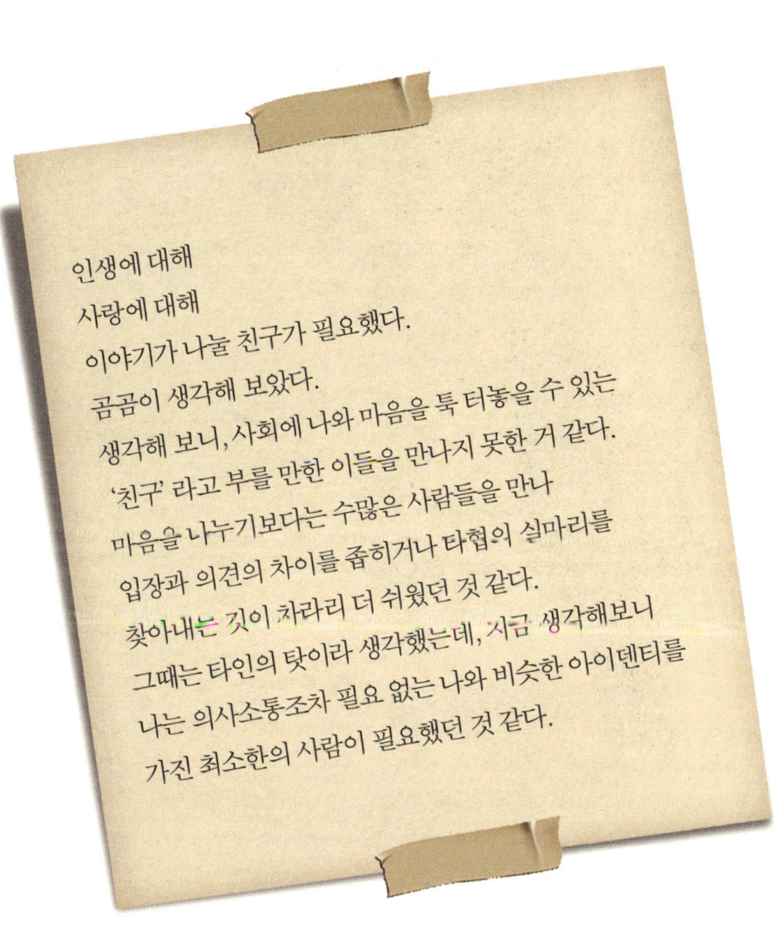
인생에 대해
사랑에 대해
이야기가 나눌 친구가 필요했다.
곰곰이 생각해 보았다.
생각해 보니, 사회에 나와 마음을 툭 터놓을 수 있는
'친구'라고 부를 만한 이들을 만나지 못한 거 같다.
마음을 나누기보다는 수많은 사람들을 만나
입장과 의견의 차이를 좁히거나 타협의 실마리를
찾아내는 깃이 차라리 더 쉬웠던 것 같다.
그때는 타인의 탓이라 생각했는데, 지금 생각해보니
나는 의사소통조차 필요 없는 나와 비슷한 아이덴티를
가진 최소한의 사람이 필요했던 것 같다.

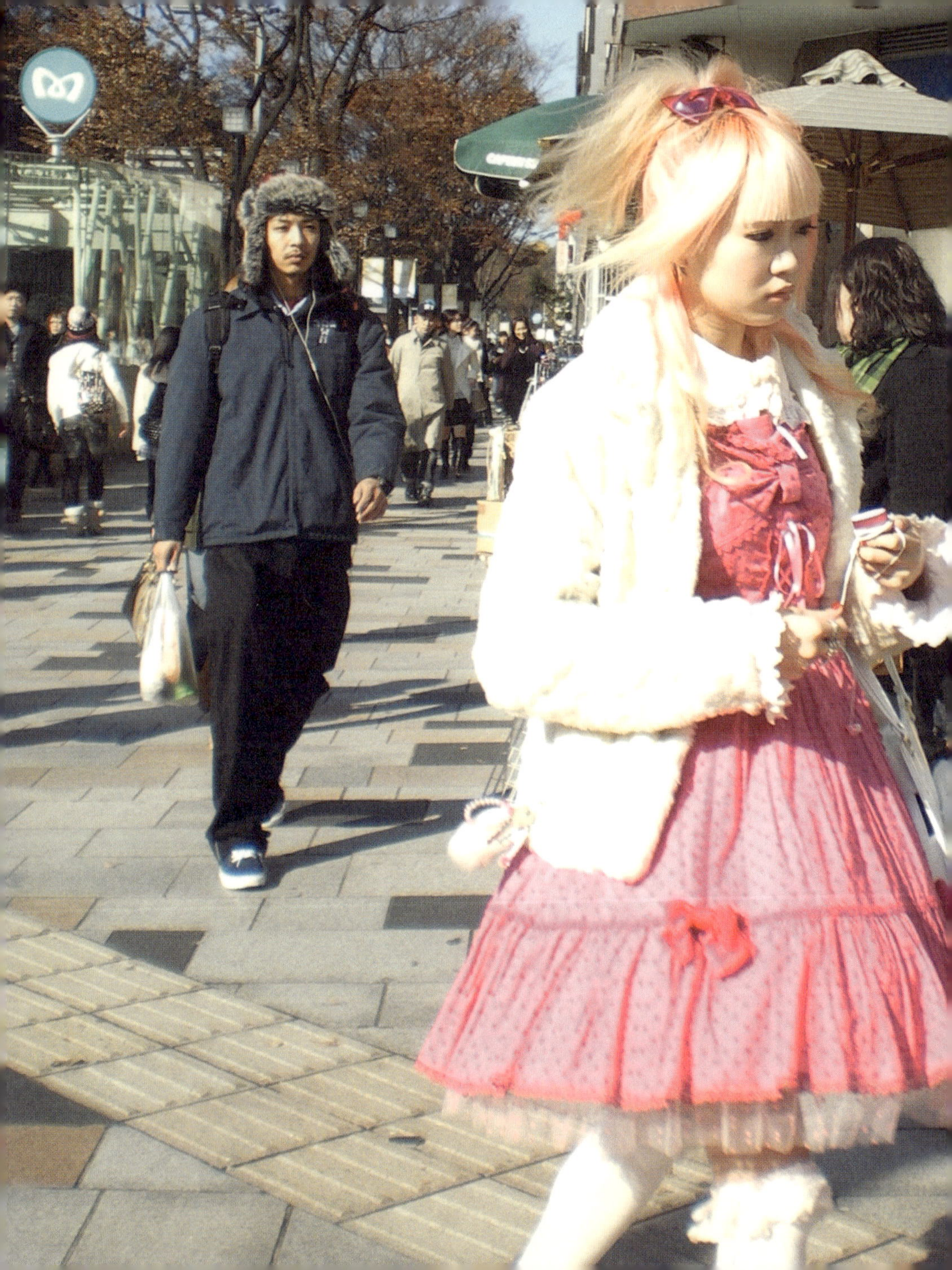

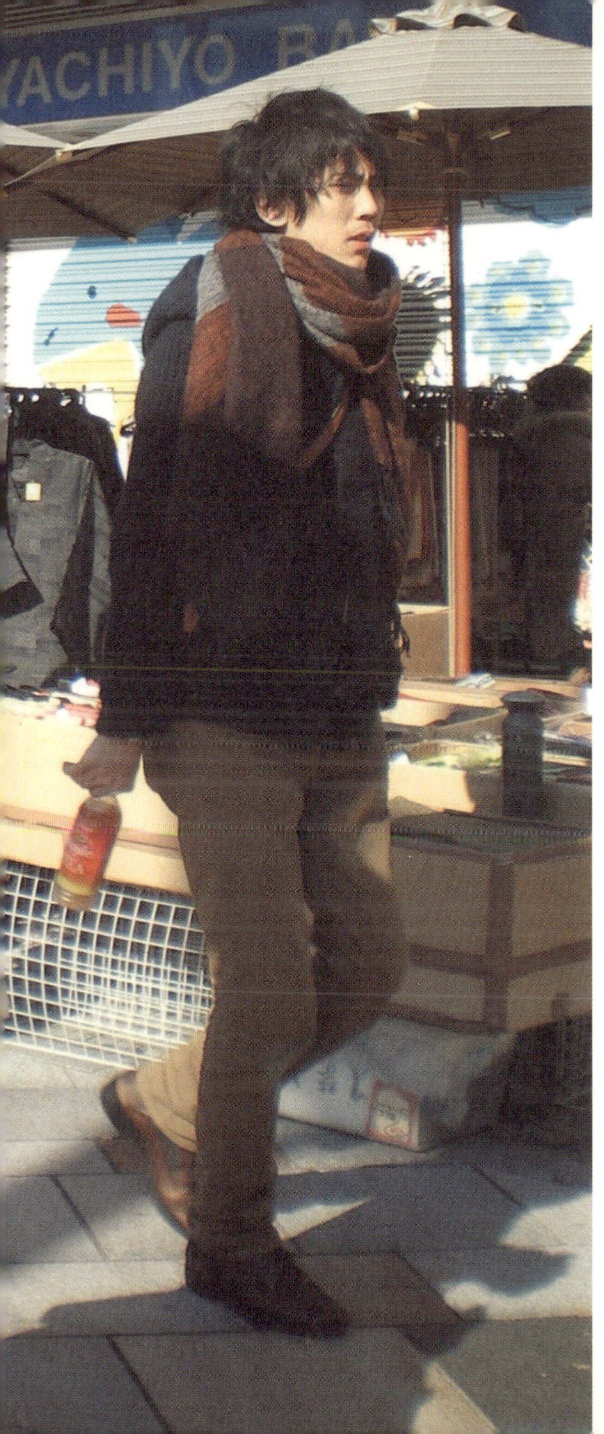

YACHIYO BA

인간의
최대 향유는
바로 평화다.
그 평화는 환경이 주는 것보다

내면에서 오는 영향력이 더 크다.
인간의 욕구를 절제하고
극복한 단어—.
바로 '평화' 다.

아무리 소리쳐도
강한 바람을 되돌려
순하게 할 수 없다.

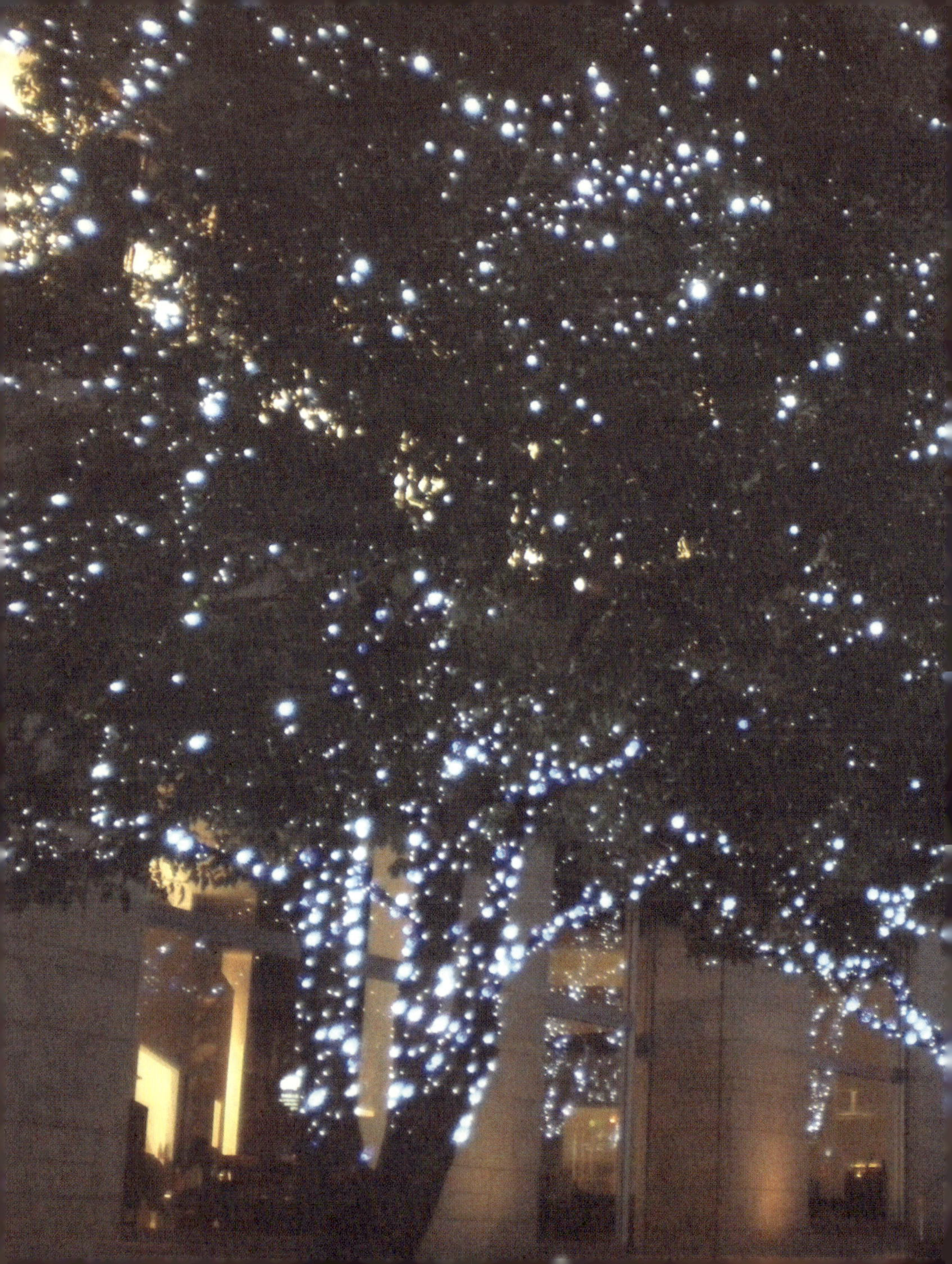

추운 겨울
외로워 보이는 눈사람
그러나 밤하늘의
별이 반짝반짝
이야기를 해주고 있다.

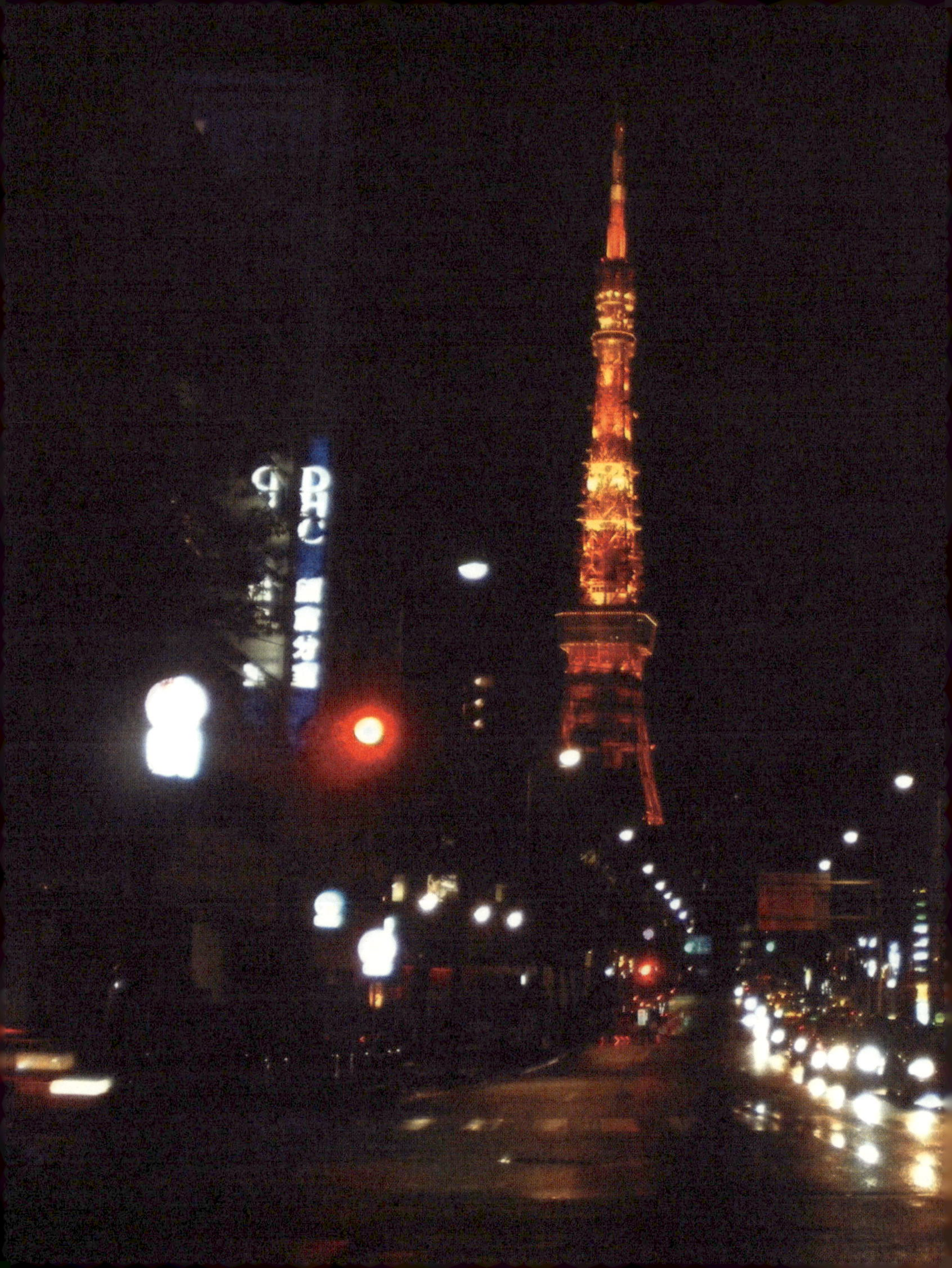

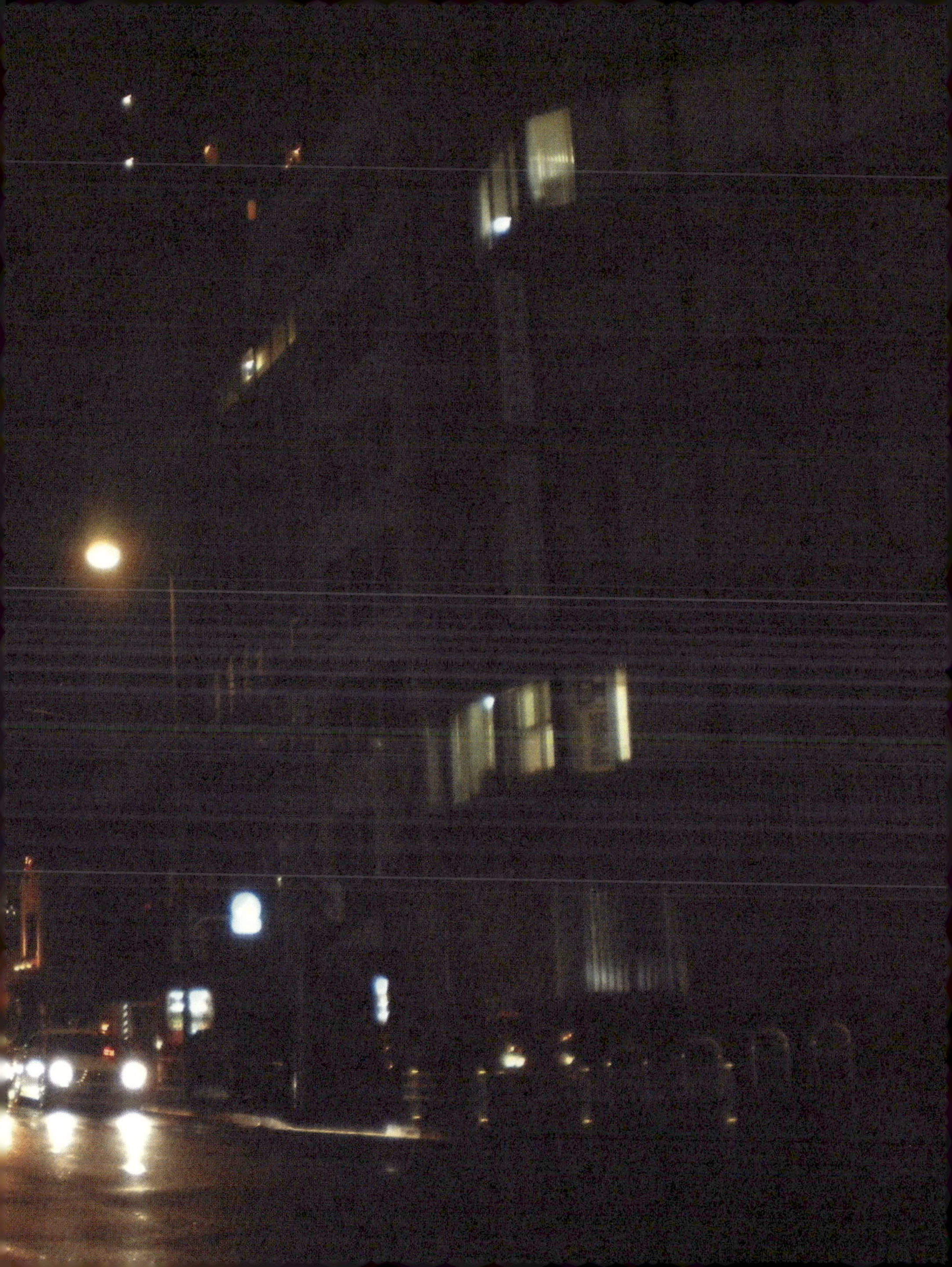

아침에 지는
꽃도 있지.

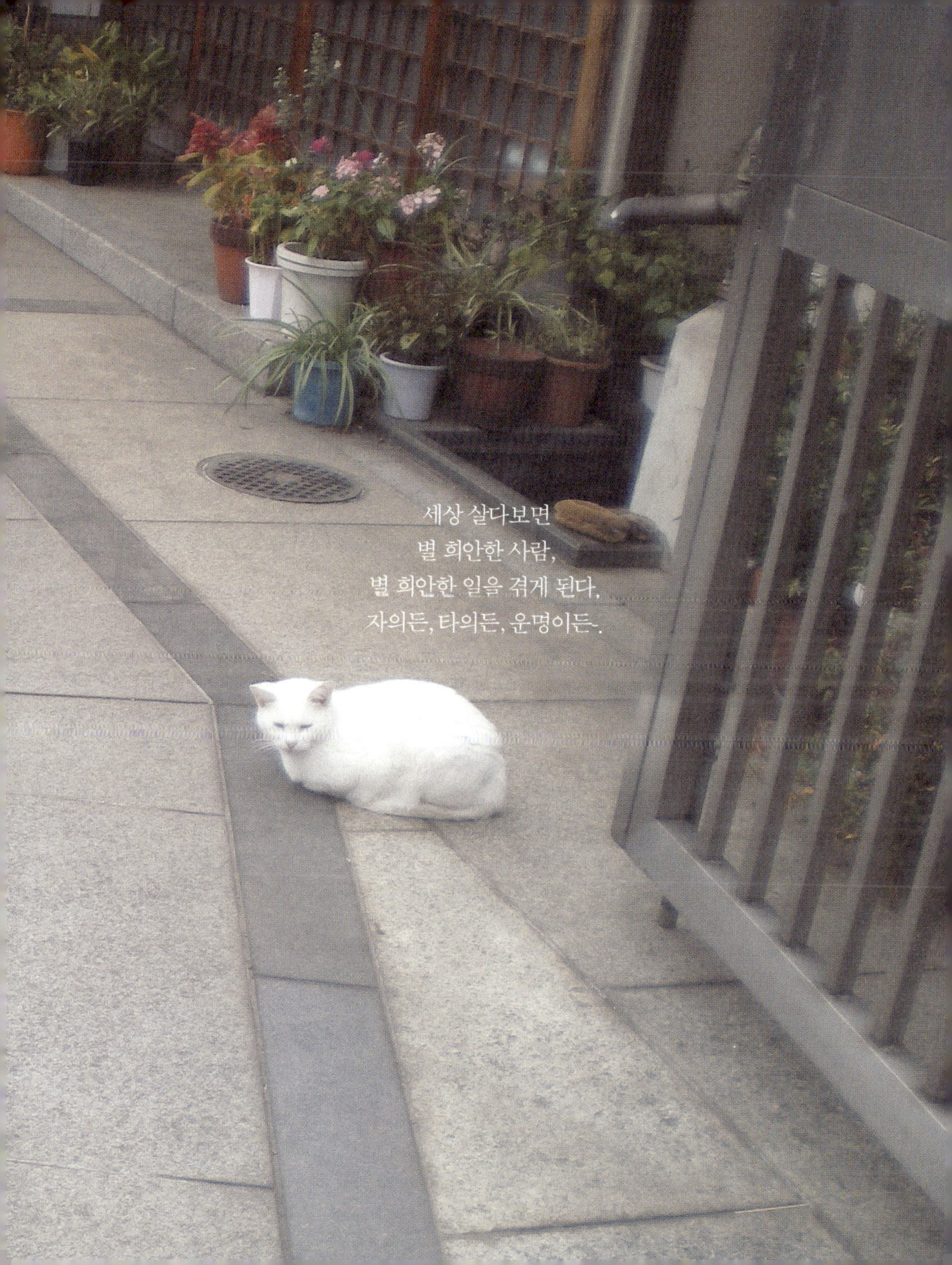

세상 살다보면
별 희안한 사람,
별 희안한 일을 겪게 된다.
자의든, 타의든, 운명이든-.

봄의 바다는
하루 종일 느긋하게
작은 파고를
일으키고 있다.
정말 한가로운 날이다.

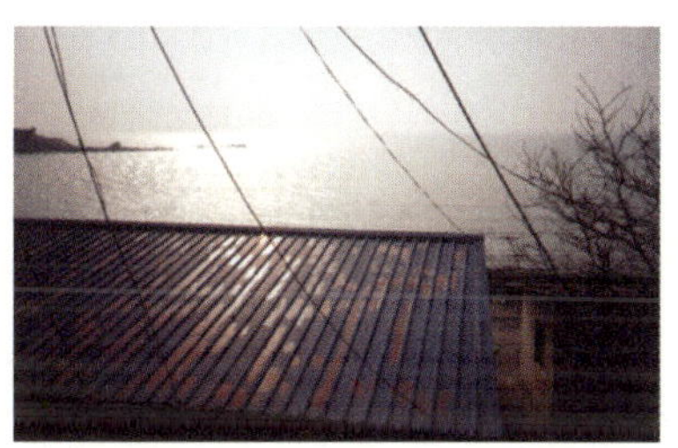

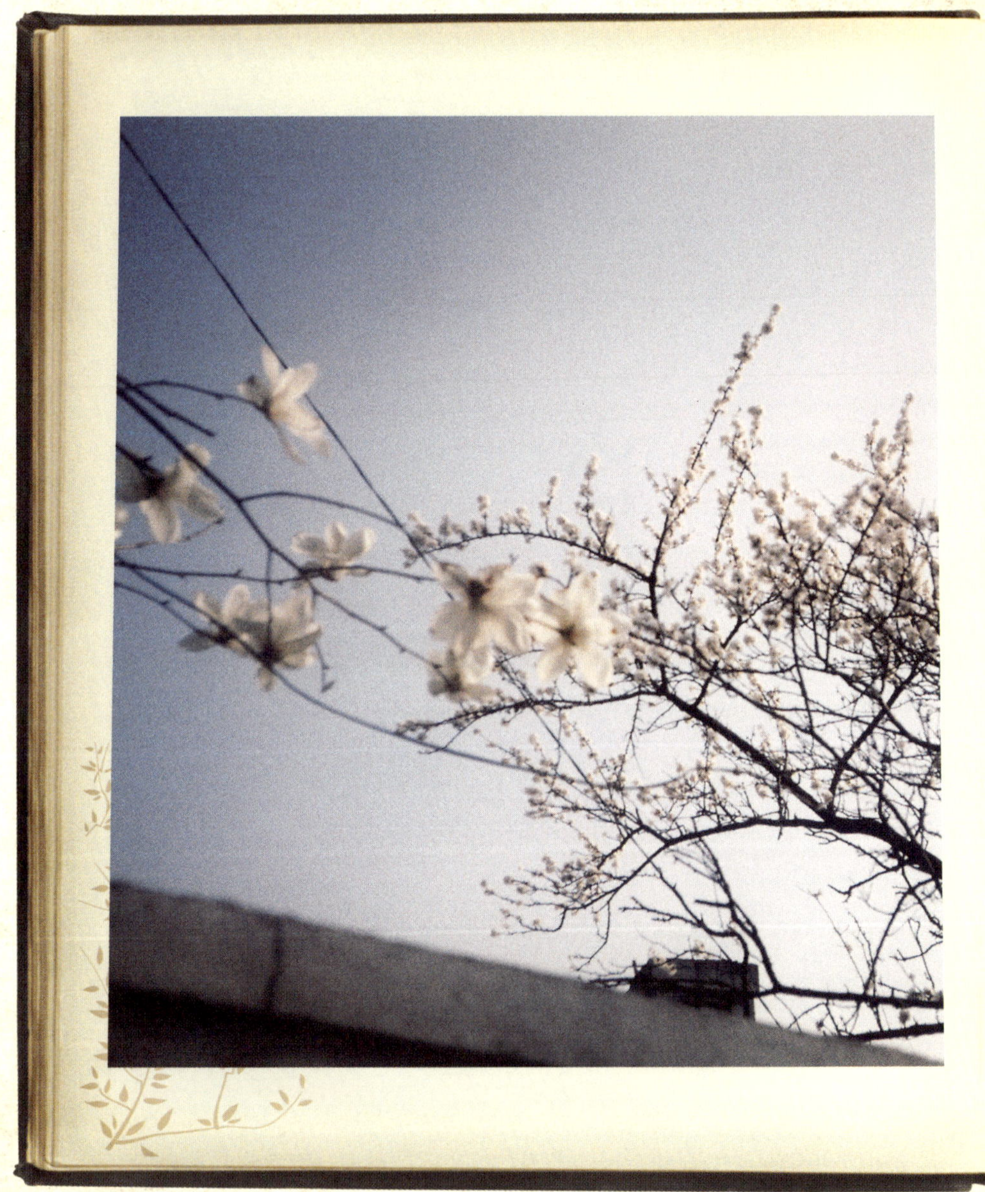

만개한 사쿠라 아래
말이 묶여 있다.
떨어지는 꽃잎이
귀에 떨어지는 것조차도
신경 쓰지 않는 말의
넉넉함과 한가함을 바라본다.

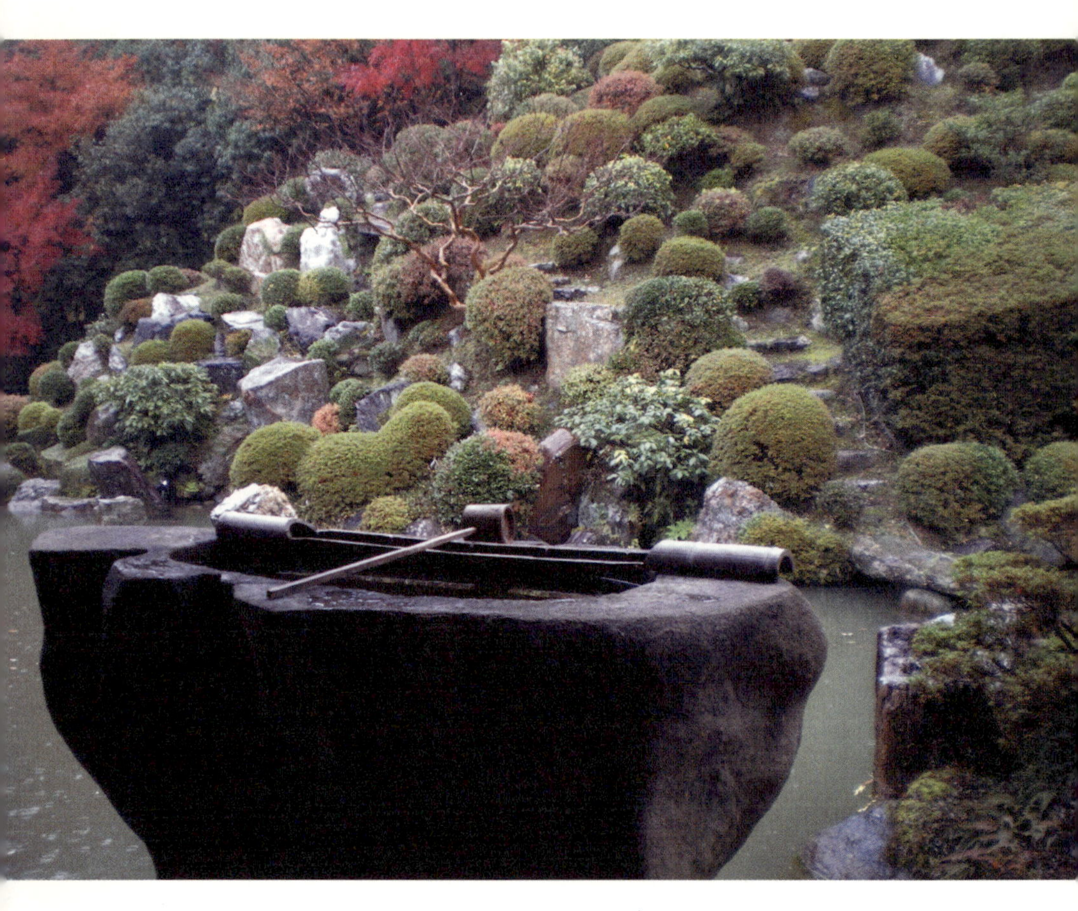

마음이 편안해지면,
세상이 보이고
세상이 보이면,
어떤 생각이 옳은지
알게 된다.

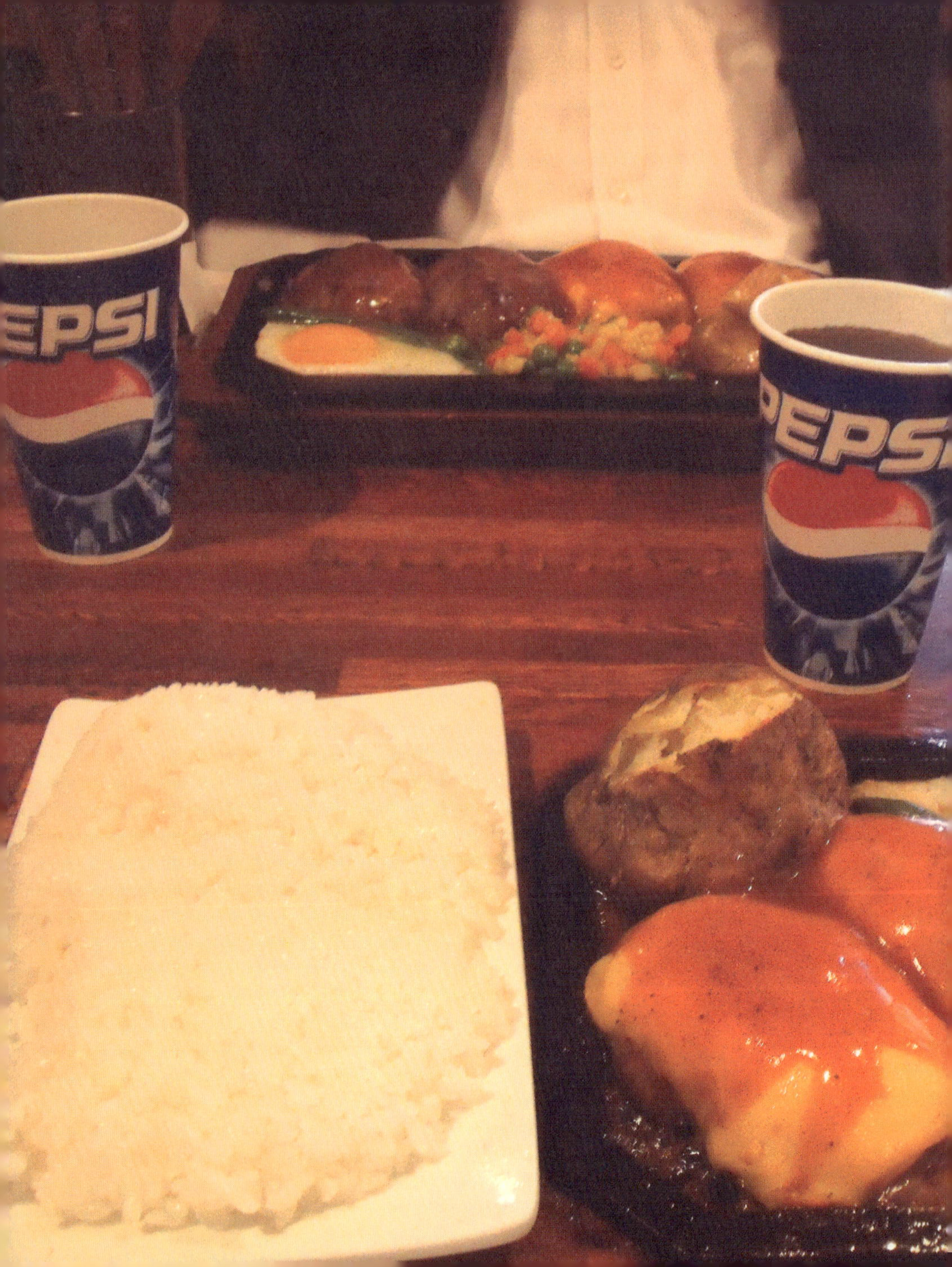

PEPSI
PEPSI

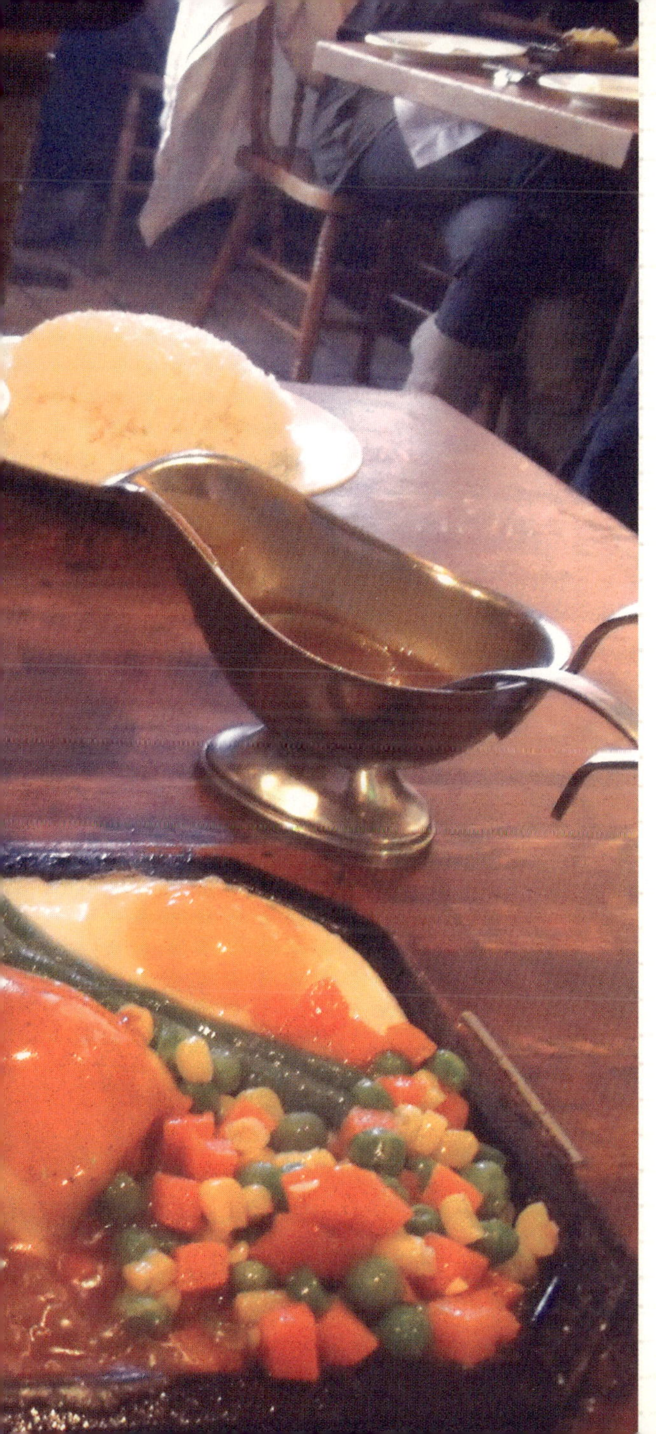

일어나야지
밥을 먹어야지
잠을 자야지

일어나야지
밥을 먹어야지
잠을 자야지

일어나야지
밥을 먹어야지
잠을 자야지

일어나야지
밥을 먹어야지
잠을 자야지

일어나야지
밥을 먹어야지
잠을 자야지

……

하늘과 바다는
인간이 머무를 수 없기에 좋아한다.
정착하지 않는 강인한 자연이다.
누가 하늘에 머물 수 있는가?
누가 바다에 머물 수 있는가?
잠시 스쳐가는 것을 배우는 것이 아닌가.

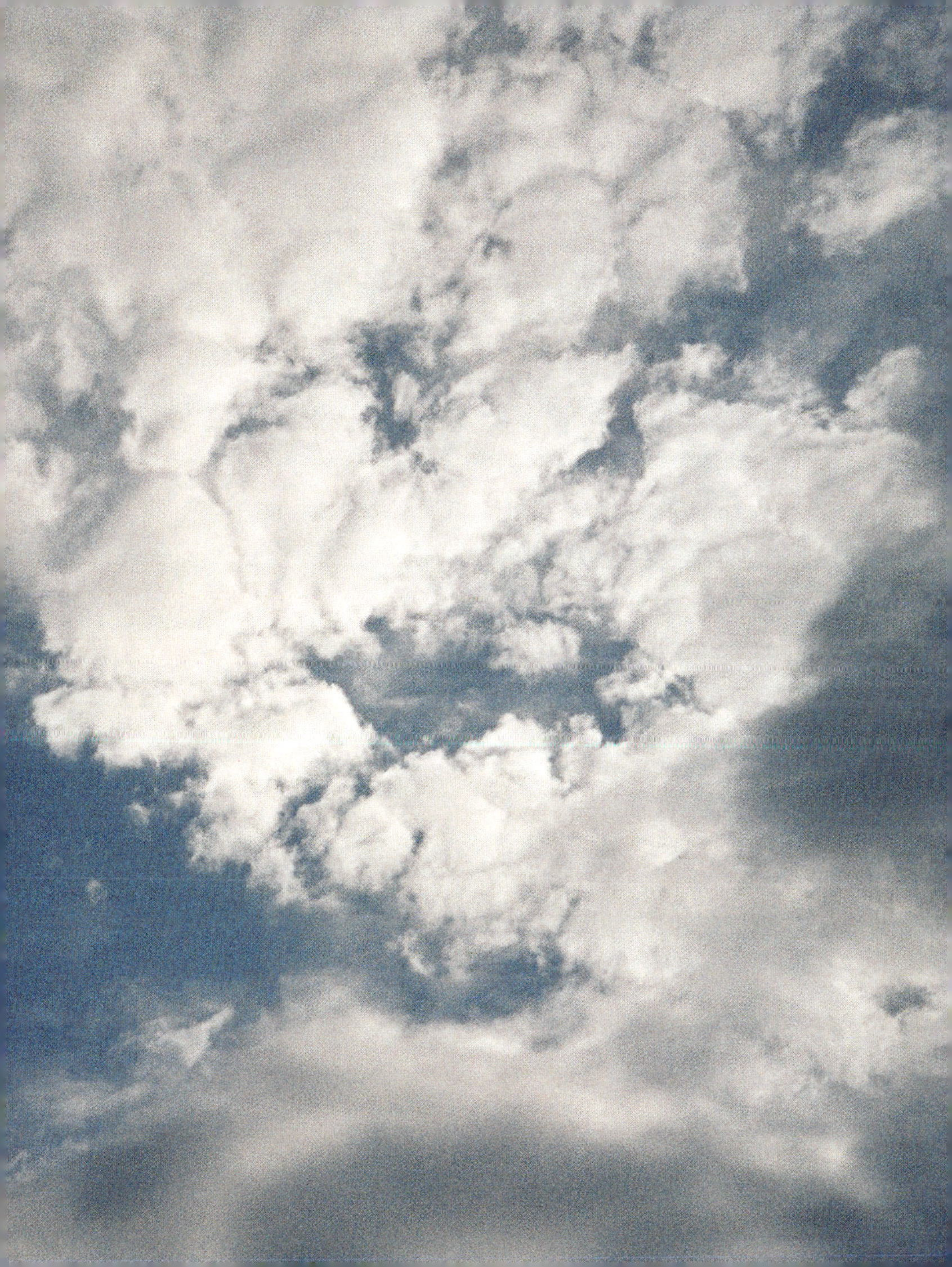

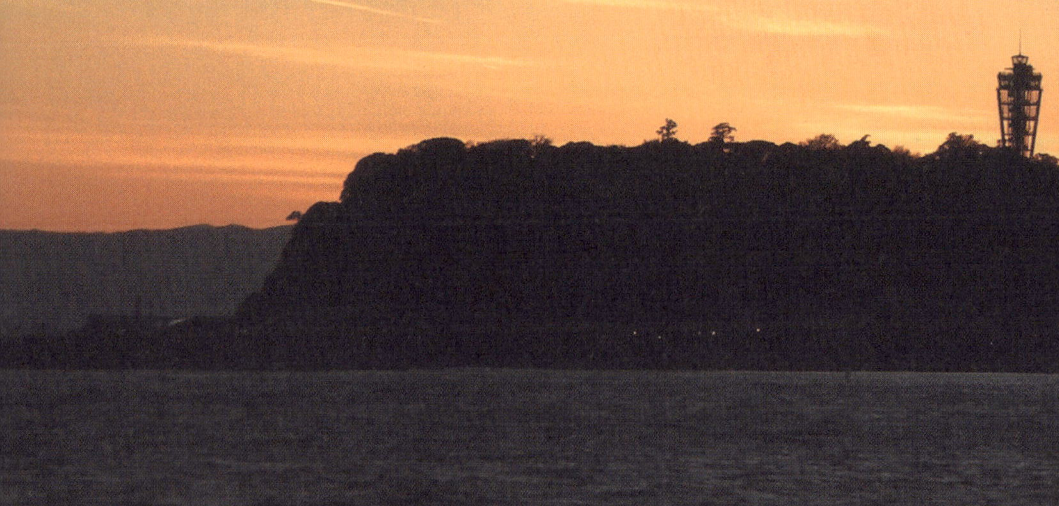

생각은
꼬리에 꼬리를 물고
꿈에서도 멈추지 않는다.
생각에는 형체도 무게도 없는데
우리는 그 때문에 희로애락을 느낀다.
생각하면 할수록 화가 난다든지
생각하면 할수록 그립다든지.

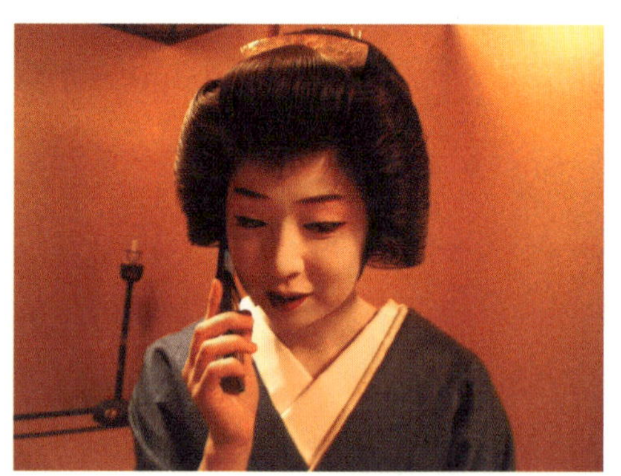

그때 이렇게
말했어야 했는데
아, 정말 늦었네!

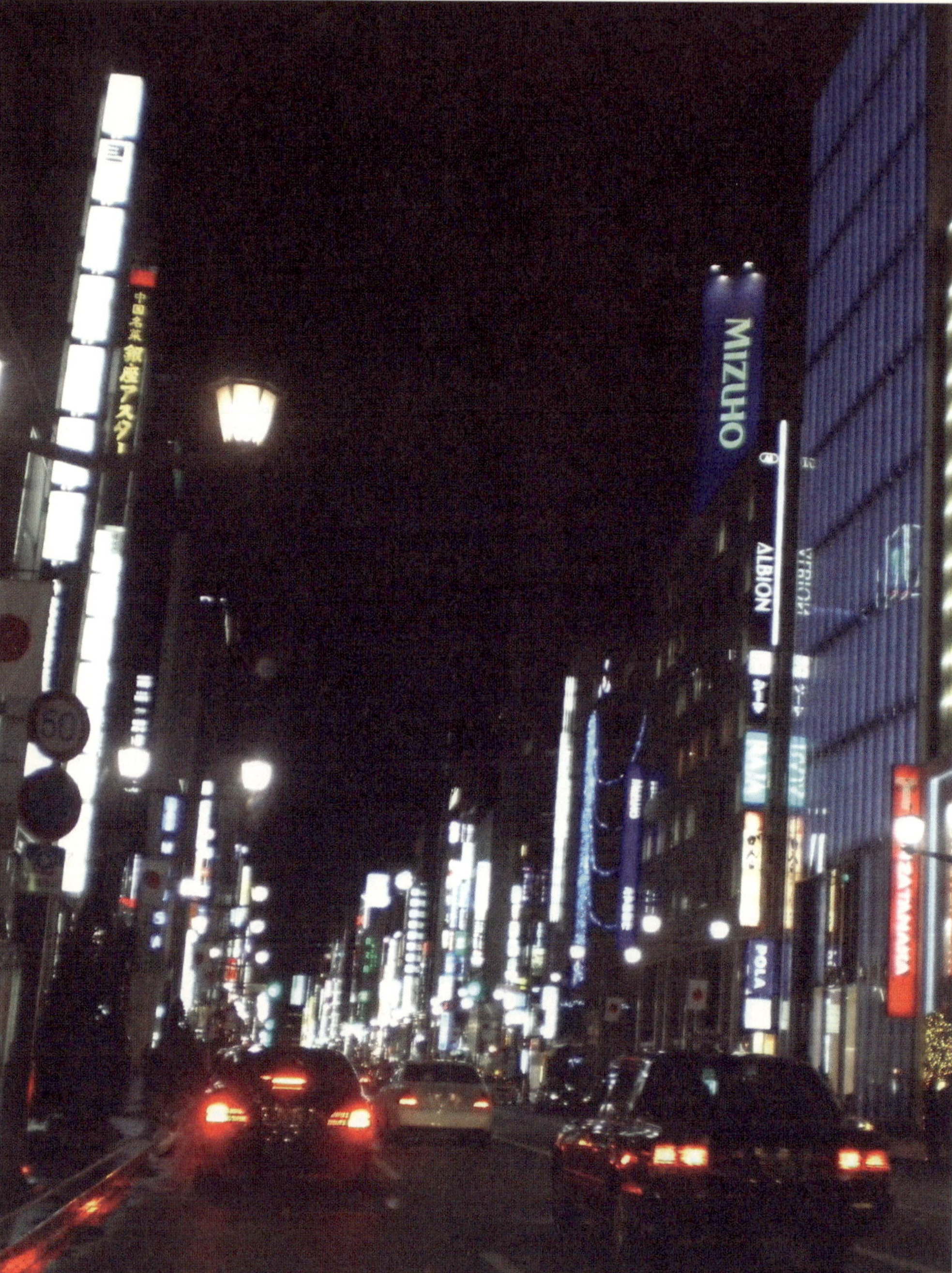
MIZUHO
ALBION
POLA
中国名菜
銀座アスタ
60

시간보다 빠르게
말보다 빠르게
그리도 빠르게ー.

가난한 마음

내가 아는 대기업 회장이 있다.
그는 지금은 건설 사업으로 아주 많은 돈을 벌었으므로 '가난' 이라는 말과는
어울리지 않지만, 그가 언젠가 말했던 '천 원의 감격' 이라는 말을 잊을 수가
없다.

결혼 후, 직장생활을 하면서 아끼고 모은 돈으로 사업을 시작했는데 친한 친구
에게 사기를 당해 모든 재산을 날리게 되었단다. 순식간에 집도 절도 없이 길
거리에 나앉을 지경까지 되었다고 한다.

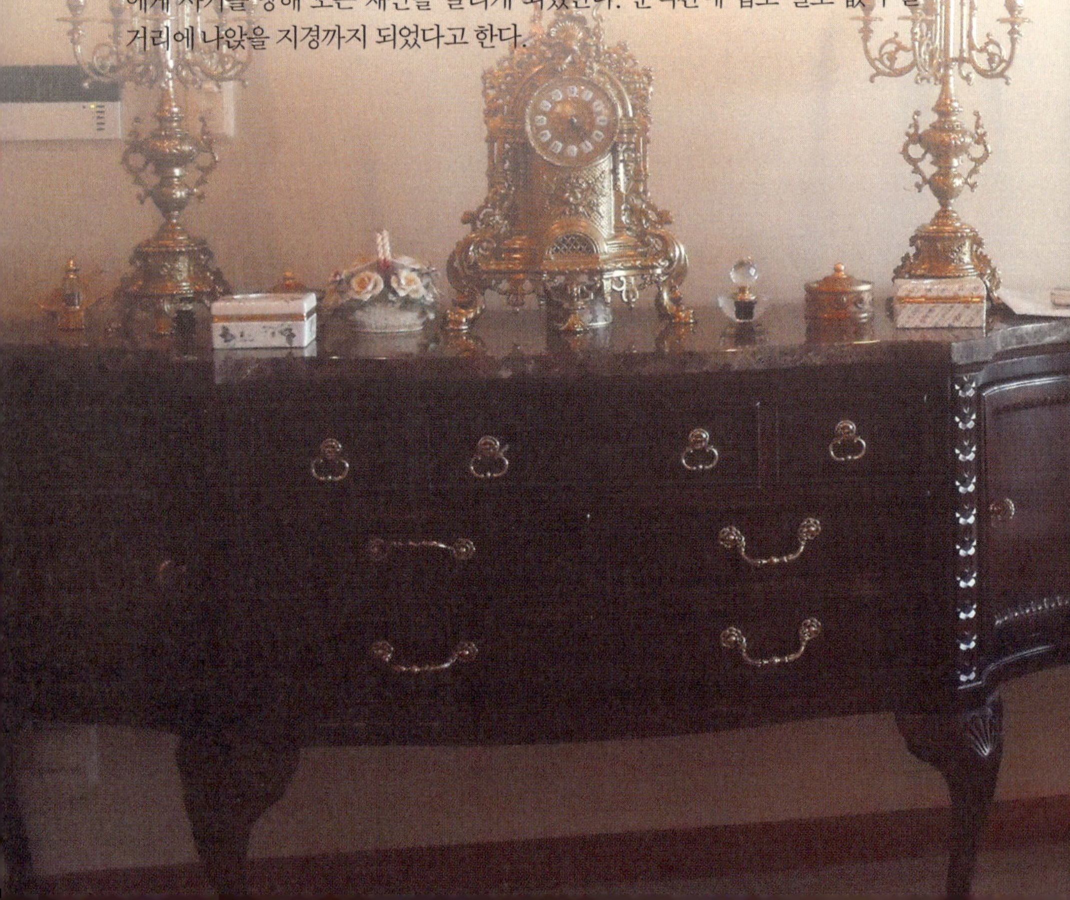

그런 그가 하루 종일 아무 버스나 타고 종점까지 갔다 집으로 돌아올 차비가
없어 걸어오는데, 갈 길은 멀고 날이 이미 어두웠다고 한다.

한참을 걸었을까? 가로등 아래 희미하게 펄럭거리는 것이 있어 가까이 가보니
꼬깃꼬깃 구겨진 지폐 한 장이 떨어져 있더란다. 부끄러움이나 체면은 고사하
고 얼른 주워 주머니에 넣고 내달렸는데 한참 만에 꺼내보니 천 원짜리 지폐였
다고 한다. 그 자리에서 자신이 한심하기도 하고, 그 천원이 반갑기도 해서 한
참을 울었다고 한다.

그가 천 원의 귀한 가치를 알게 되었으니, 그가 다시 일어나 반듯한 부자가 되
었음은 '사필귀정'일 것이다.

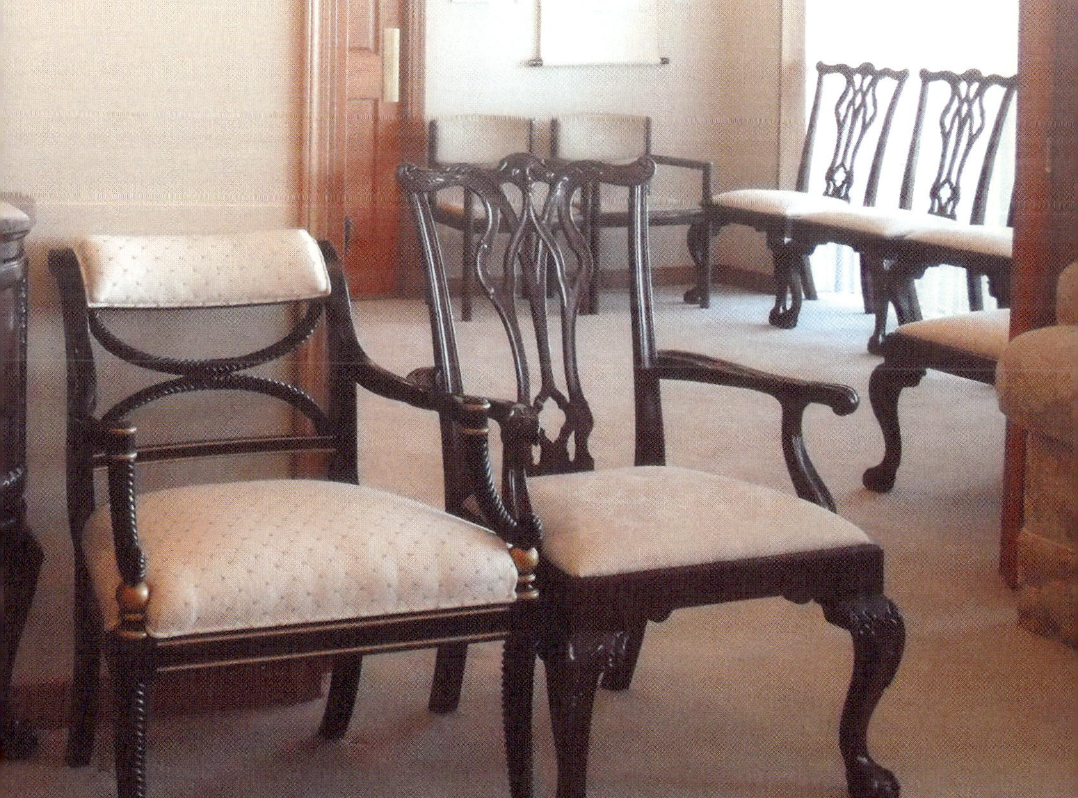

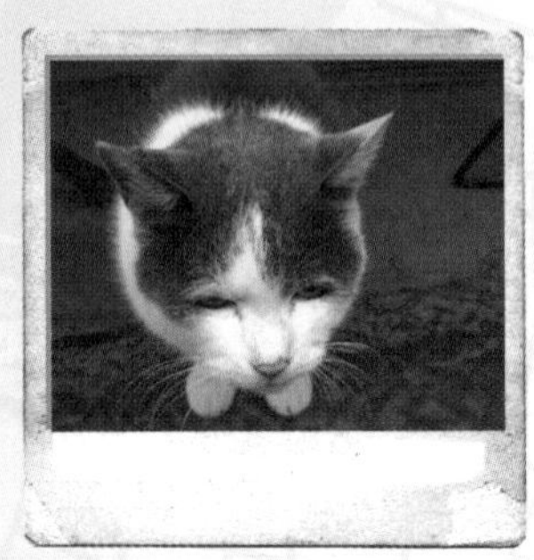

작가 이름

Tokyo Street
Photo Parade

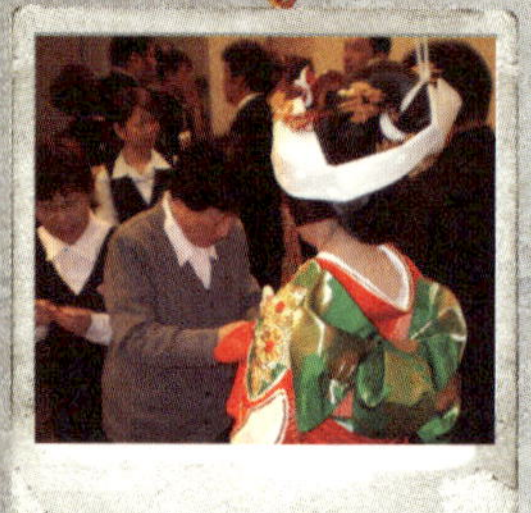
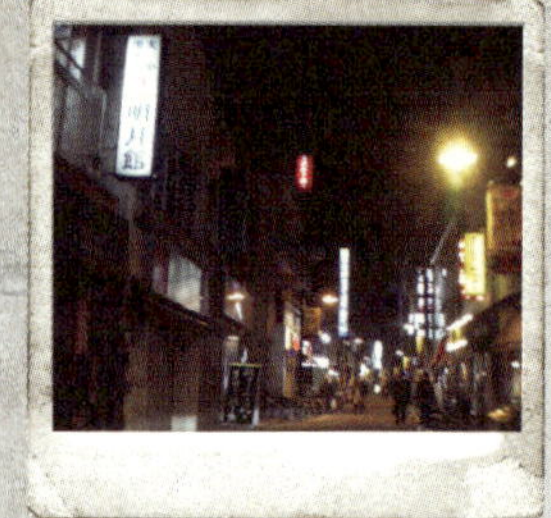
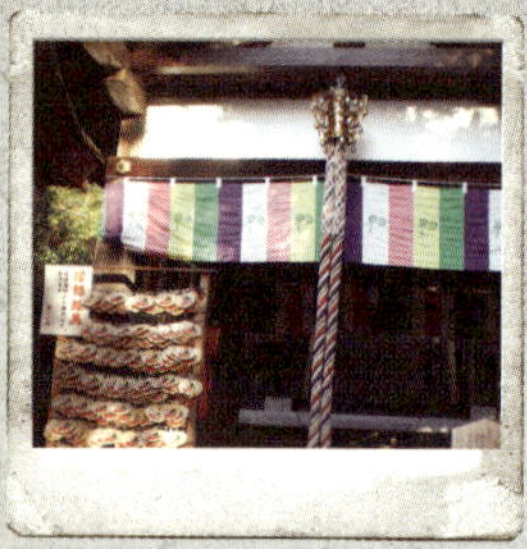
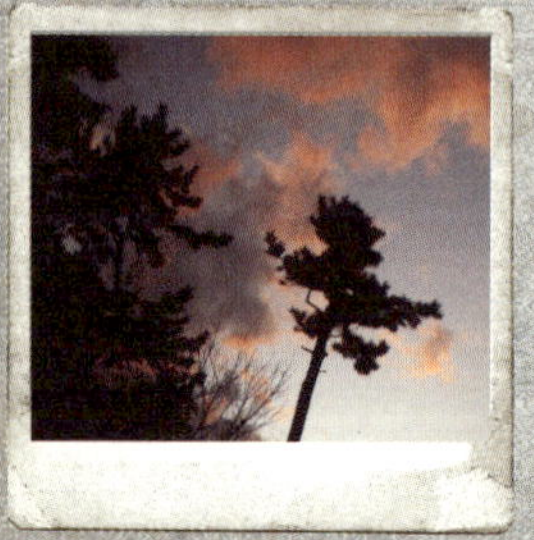
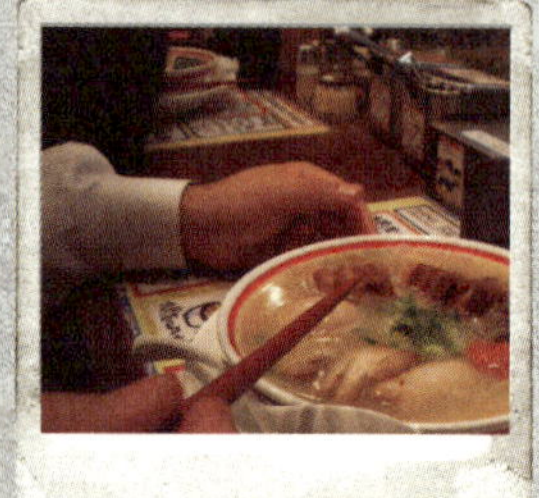
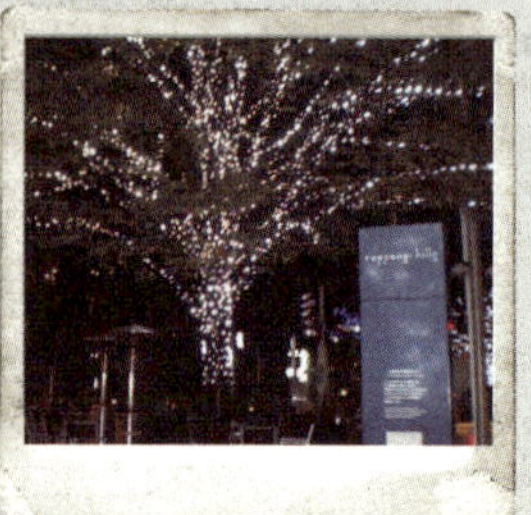
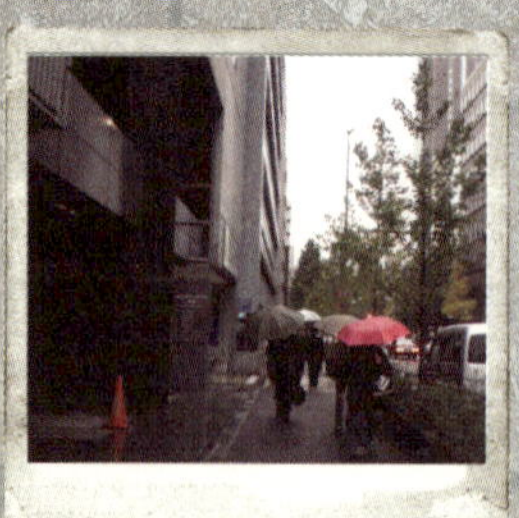
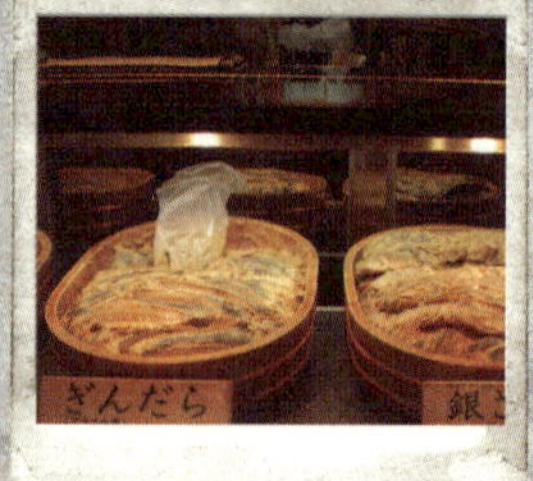
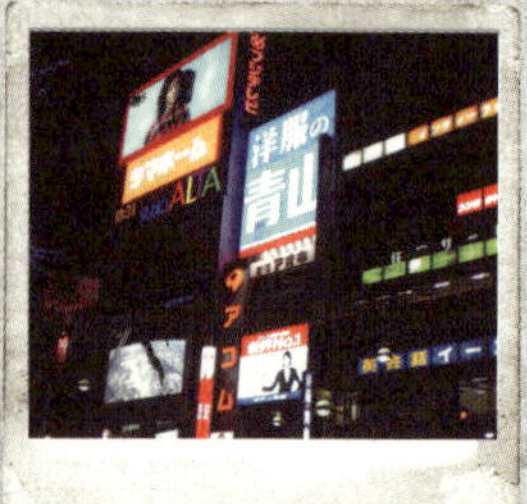

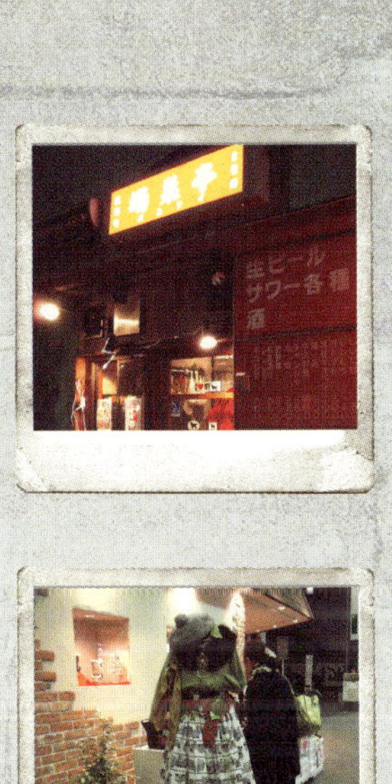
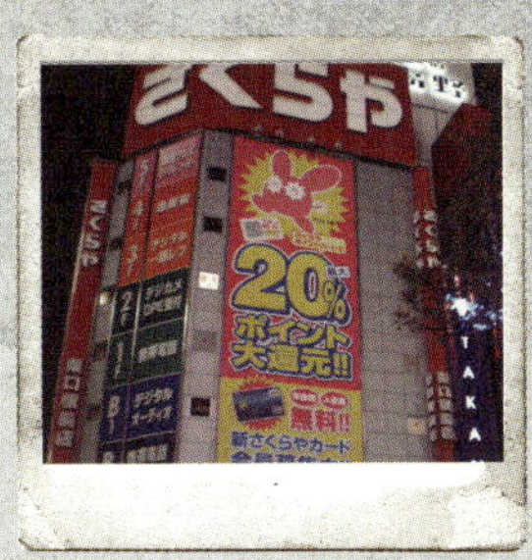
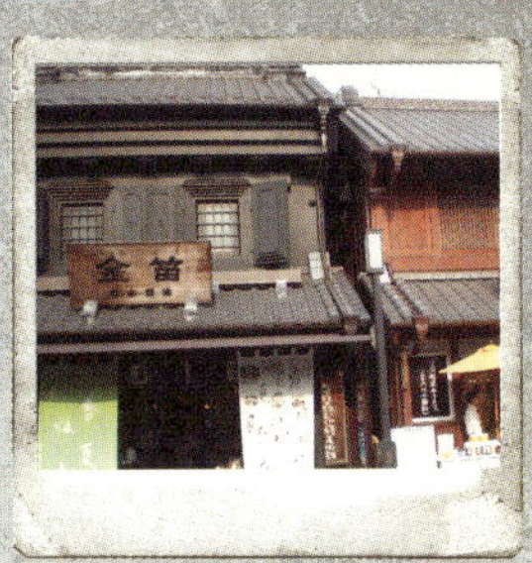
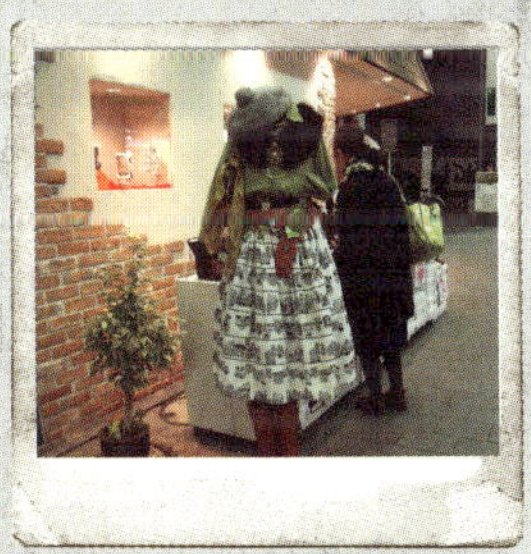
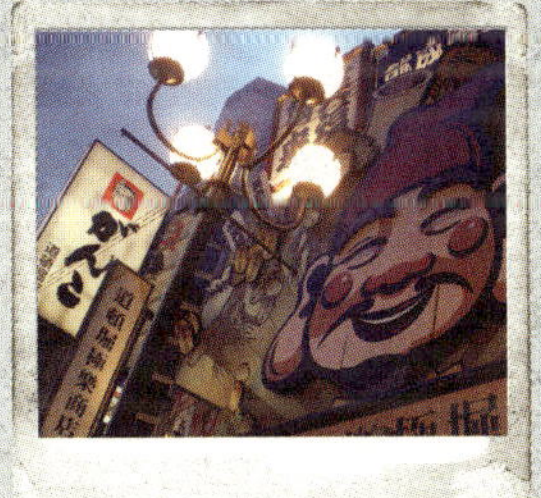
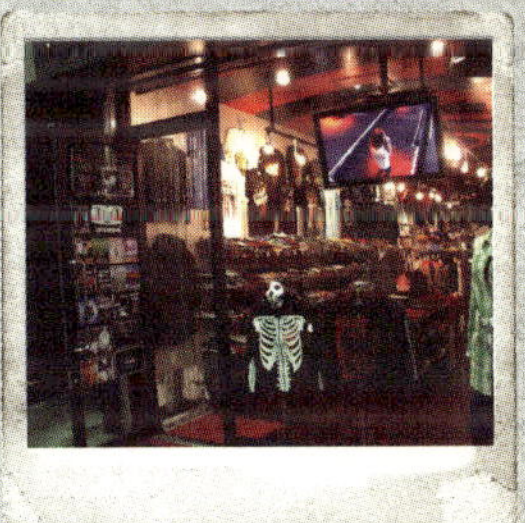
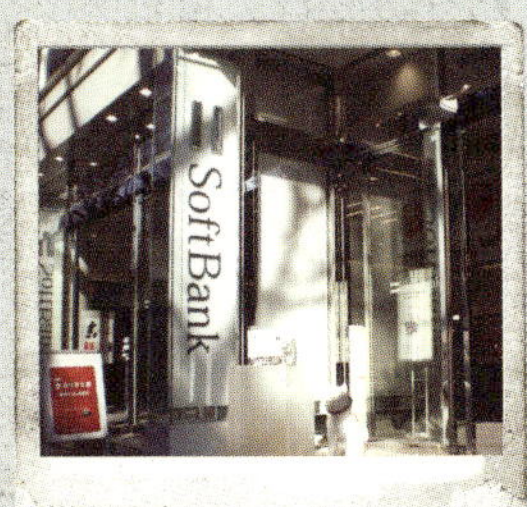
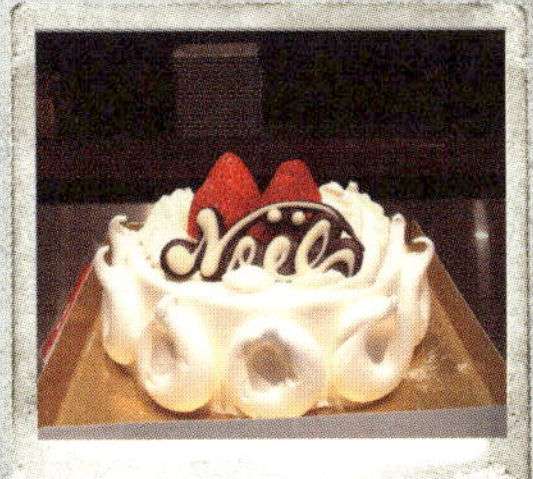
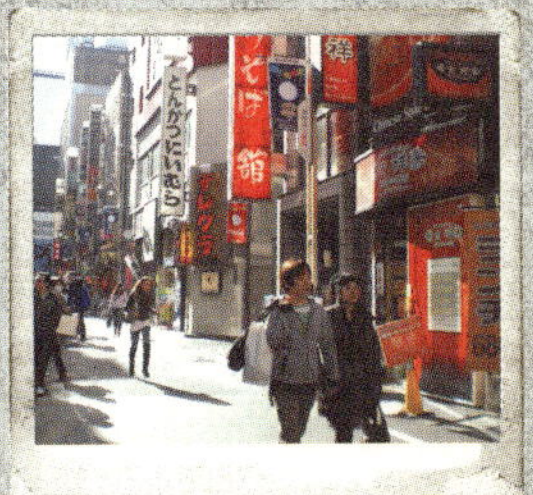

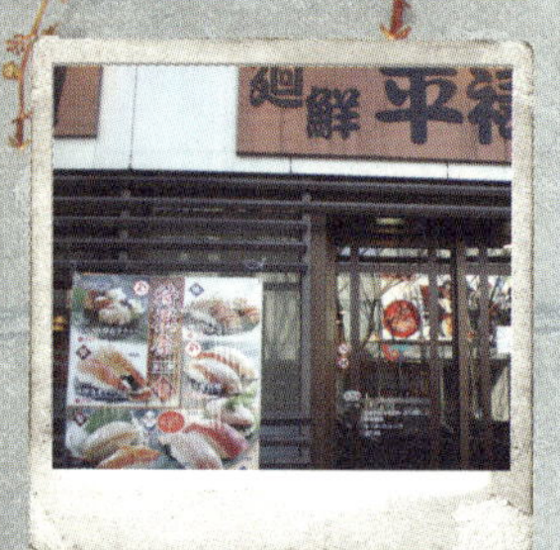

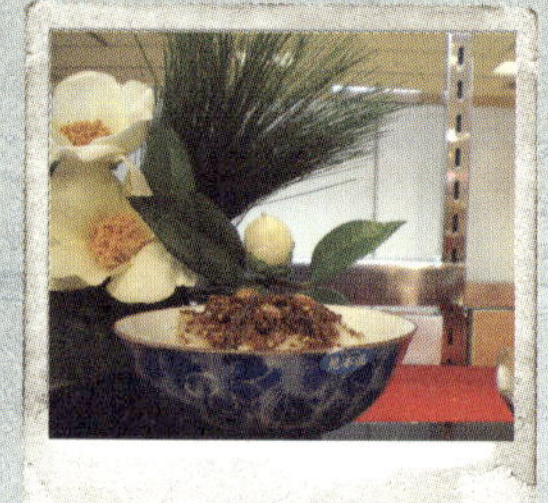

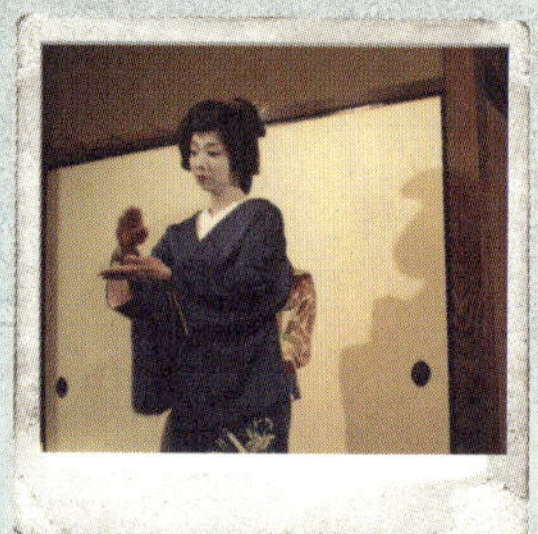

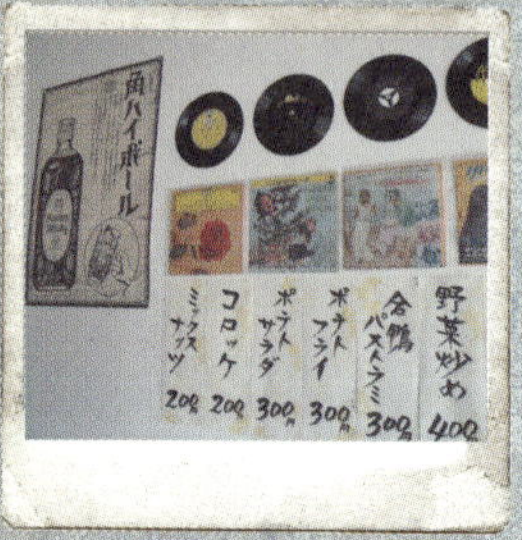

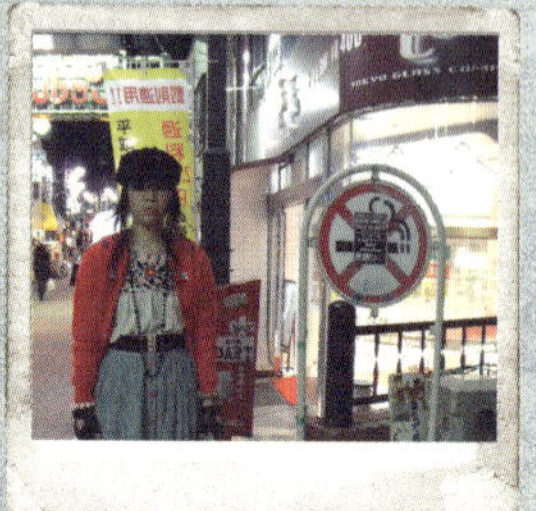

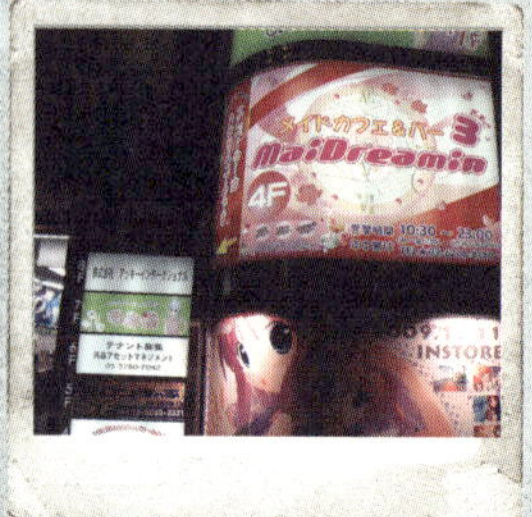

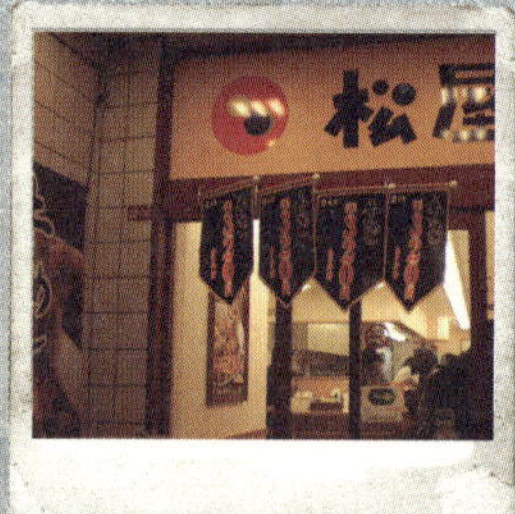

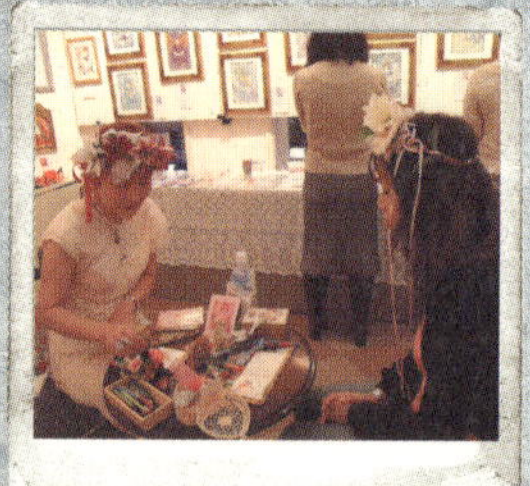

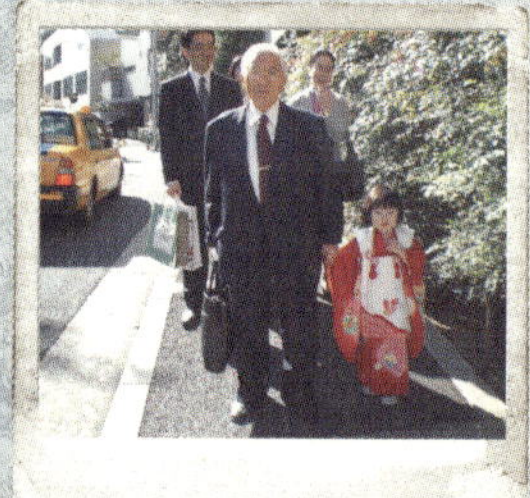